紅樓夢的補天之恨

國族寓言與遺民情懷

廖咸浩——著

大義與微言

王德威

《紅樓夢》是古典小說經典中的經典，自一七九一年問世後傾倒歷代無數讀者，影響所及，於是有了「紅學」研究。最近白先勇教授再詳《紅樓夢》，力捧程乙本，又掀起另一波解讀熱潮。在台灣學院傳統中研究《紅樓夢》，我們多半側重文本欣賞。曹雪芹所經營的神話架構、敘事手法、寫實技巧、人物造型、象徵隱喻早為識者津津樂道，更不提小說對生命的感喟和啟悟。

是在這樣豐富的研究傳統之外，廖咸浩教授別有所見，寫出《《紅樓夢》的補天之恨》。全書開宗明義，點出目前「紅學」研究的局限在於執著文本內部（人物，文字，象徵）研究，以致見樹不見林，忽略《紅樓》真正宗旨：這是一本反清復明的國族寓言，是一本政治小說。我們任何對木石前緣的矜惜，對補天遺恨的喟嘆，都必須以作者的遺民情懷為前提。

早期「紅學」研究其實不乏對文本外圍的注意。從胡適一九二一年的《紅樓夢考證》起，到日後俞平伯、周汝昌、趙剛等，都對作者曹雪芹及其家世鑽研甚深，以致「紅學」又發展出「曹學」。但考證外另有索隱一派，最重要的人物首推蔡元培。早在一九一五年蔡即發表《石頭記索隱》，勾勒全書反清復明的寓言脈絡；論「紅」樓的「朱」色隱喻，「金陵」的地理影射等，只是最明白的例子。索隱派研究以潘重規先生的著述達到高潮。一九五一年潘在台大中文系演講《紅樓夢》血淚史，解析寶黛深情下的興亡遺恨，滿座為之動容，自有彼時的歷史寄託。

廖咸浩教授的新著延續了蔡元培、潘重規這一系統的「紅學」論述，力圖「正本清源」，為《紅樓》民族大義再作解說。但在新世紀重拾政治寓言的話題，廖教授必須面臨如下的考驗。「紅學」研究汗牛充棟，唯自一九八一年余英時先生《紅樓夢的兩個世界》專論以後，我們基本承認《紅樓夢》作為歷史與虛構小說的多義性，無須在考證索隱方面亦步亦趨。畢竟文學作品本身有其自律範疇，不應為掛一漏萬的實證研究所抹殺。其次，廖教授出身比較文學專業，對現當代西學理論極其熟悉。尤其後現代風潮席捲下，探問作品始源意義，似乎成為不可能的任務。而追根究柢，《紅樓夢》作者設下重重「假語村言」機關，早在寫作過程中自行解構了。

面對這些考驗，廖教授力圖化阻力為助力，寫出《《紅樓夢》的補天之恨》。他秉持《紅樓夢》作為寓言小說的信念，將全書視為一龐大細膩的遺民密碼結構，不僅自己抽絲剝繭，也號召讀者有志一同，參與解密工作。在以往蔡元培、潘重規式的解讀方法外，他又能操作西學理論，從拉岡（Lacan）到布希亞（Baudrillard）、紀傑克（Žižek），從創傷論到國族論、後殖民論，發展出他個人的詮釋體系。他的工作一方面是解密，但另一方面因為援引、發揮繁複理論資源，其實又成為「加密」的嘗試。由此形成微妙的論述張力，最是可觀。

《《紅樓夢》的補天之恨》基本建構在廖教授所發現的三個世界觀，或三套敘述模式上：太虛論，大荒論，大觀論。我們一般的閱讀多半從太虛論進入，對《紅樓》人物和情事的真假虛實做出辯證式探討，而以警幻仙子的教訓，「以情悟道，守理衷情」作為焦點。但太虛論之外有大荒論，那就是宇宙洪荒，無因果、斷循環的莽莽乾坤。大荒論的偶然觀與太虛論的天命觀成為強烈對照。太虛論之內又有大觀論，在其中「情」之為物成為唯一的生命意義。太虛、大荒、大觀的三重世界觀因此超越余英時先生的二重世界論，指向小說更複雜的形式／觀念結構。

但廖教授有意將此（接近康德的）形式／觀念的典範政治化，將《紅樓夢》再還原至歷史情境。《紅樓夢》成書背景雖然已是雍乾盛世，卻也是文字獄的高峰期。華夷之辨、滿漢防閒的風波從查嗣庭案、呂留良案到胡中水案牽連動輒千百人。乾隆一朝文字獄高達百件，遠遠超過前朝。曹雪芹生逢其時，不可能不感受到巨大壓力。在綿密的文網裡生存，任何心懷正朔的作者下筆為文必將真事隱去，託付村言。所謂「欲彰則蓋，欲語還休」，這是一個語言即政治的時代。

根據小說種種蛛絲馬跡，廖認為上述三重世界觀和遺民論述息息相關。太虛論依違程朱理學，其實投射清廷懷柔漢人的一套思想邏輯；大荒論指向明室正統覆亡後，天崩地裂的絕對荒涼情境；而大觀論則暗示遺民一往情深，追懷前朝而不可得的烏托邦結晶。賈寶玉作為有情主體，所懷抱的不只是木石之情，更是難以言傳的黍離之情。他一心求得釵黛兼美（原初的政治完滿性），但卻落得面對白茫茫一片的大荒絕境。歷劫之後，他將何去何從？

以此，廖教授指出清初遺民論述的黑洞。作為遺民主體人物的賈寶玉必須分辨（被屈從壓抑的）民族大義，或是（被清廷攫取收編的）文化大義，更不提內裡（被異化和創傷化的）真情實意。套用拉岡對「大義物」（The Other，大他者）的認知，廖認為無論如何，遺民「大義」總已是時過境遷的後設相像，總已是矛盾反覆的欲望糾結。而《紅樓夢》最終要處理的是，如何面對這一論述的黑洞，給予一個自圓其說的可能，或啟動另一想像循環。

我以為這是廖教授專著和以往索隱派研究不同之處。他當然也論證出種種似乎相應對照的遺民人物和抉擇。如黛玉的反清復明的理想主義，妙玉的逃禪避世的遁世主義，湘雲見風轉舵的機會主義，寶釵守理衷情的妥協主義等，以及大量情節影射的可能。這些考證固然提供猜謎遊戲般的樂趣，也難免望文生義的誘惑。但與其說廖教授只在乎想當然耳的索隱考證，毋寧說他更企圖將故事「接著講下去」。

我在《後遺民寫作》（二〇〇七）一書中曾指出，「遺民」的「遺」充滿複雜意義，可以指的是失去（遺「失」），是痕跡（「殘」遺），也可以指的是餽贈（遺「留」）。究其極，遺民情懷之所以如是，正是在於「我們回不去了」：復原已經無望，真相不可能大白。剩下的是殘山剩水，是荒山頑石，是心酸淚、荒唐言。「遺民」作為論述方法既不能完，也完不了。我以為，唯有延續這一層次的弔詭，才能繼續欣賞《《紅樓夢》的補天之恨》的理論意涵：它必須是自覺地「補遺」、「加密」、「虛構」之作，而非昭告天下的詳夢之書。

如此，書中所援用的大量西方理論也就不妨視為「說故事」的方法。在討論上述太虛、大荒、大觀的三重世界觀之後，廖指出三者之間的矛盾導向遺民敘事的僵局。但《紅樓夢》最終畢竟提出令人意外的轉折，因此為遺民敘事提供了不解之結。他援引拉岡晚期的「叄統」（sinthome）

論，認為小說最後不再汲汲於「大義物」（或曰明正朔）的再現，轉而承認日常生活本身延展，也衍異，那一言難盡、不堪回首的民族大義與家國真情。是以全書的關鍵不是寶玉雪夜拜別，歸向大荒——那仍然太理想化了；而是蔣玉函以寶玉的民間分身姿態，與花襲人結合，隱入尋常百姓人家。換句話說，曾經滄海的遺民意識經過一再創傷與試煉後，並不一了百了，而是化為生活本身的症候群，點點滴滴融入穿衣吃飯的生命之流，不絕如縷。

廖教授的理論資源基本來自一九八〇年代流行一時的後現代論述，拉岡尤其得到青睞。事實上，他也可以在古典主義學者如列奧・史特勞斯（Leo Strauss, 1899-1971）的著作如《迫害與寫作藝術》（*Persecution and the Art of Writing*, 1952）找到共鳴。史特勞斯認為文本的意義從來有表面與深層的分別，相互依存，端賴有心讀者的細讀。古代哲人身處君王與宗教之間，時時可能因言賈禍，因此必須將自己的思想隱藏在字裡行間。一直到十八世紀，言行獨特的哲人都是在政治迫害的威脅下，將書寫化為一種陳倉暗渡、借此喻彼的技藝——「隱微書寫」（esoteric writing）。後之來者的解讀因此也必須理解這一技藝，抽絲剝繭，體會文本所承載的政治風險，並由此體會微言大義的苦心。廖教授的觀點其實與此不謀而合。他以遺民意識作為《紅樓夢》書寫的前提，也期望從研究中發掘「隱微書寫」的政治意義。

當代「紅學」論述百家爭鳴，《《紅樓夢》的補天之恨》言人之所未言，勢必引起討論。我們可以想見持異議者對此書的質疑。但誠如廖教授所言，目前「紅學」人物和文本研究精益求精，已難有重大突破。眼前無路想回頭，他提出遺民論述，重新召喚《紅樓夢》隱藏政治力量，的確引人深思。廖教授的研究早在一九八二年開始，窮三十五年之力方始完成，其中甘苦自不尋常。而在此時此地，他縱論《紅樓夢》「興亡有迭代」、「中華無不復」，始於「保國」、終於「保天下」，他的微言大義又是什麼？《《紅樓夢》的補天之恨》本身也是本「隱微書寫」麼？我與廖教授在臺大曾有同窗同事之誼，欣見此書出版，謹以此序，用志多年因緣。

王德威，美國哈佛大學東亞系暨比較文學系 Edward C. Henderson 講座教授。

目次

紅樓夢的補天之恨

國族寓言與遺民情懷

第一章

緒論：絳樹兩歌

——《紅樓夢》研究的新方向

已有很長一段時間，《紅樓夢》的詮釋都不斷因自詡是「文學」的研究，而極力迴避書中的「政治」面向。倒不是說與政治相關的元素都無法被接納；階級鬥爭、宮廷鬥爭等元素仍被一定程度允許。被排除的元素主要是國族鬥爭相關的遺民情懷（即反清悼明或排滿興漢的意趣）。原因眾人皆知是來自胡適對早期索隱派的致命一擊。當胡適考據出曹雪芹為作者之後，他生活的年代及包衣的背景似乎意味著他不可能有任何遺民情懷。然而書中俯拾皆是的疑似遺民情懷的線索，卻又無法輕易納入現有的所謂「文學」的詮釋架構，以至於以傳統索隱為方法的「在野」研究不但從未止息，甚至可謂春風吹而又生。

但胡適催生的是曹學，而紅學研究之所以會「純文學化」或「去政治化」，追根究柢還是肇因於不少紅學研究在方法論上停滯於一種「前新批評」的所謂「文學」研究。這類的研究對新批評忽視脈絡，頗有認知，但其因應方式卻是回到新批評所大力批判的傳記派研究（biographical literary study），對作者背景及生活細節津津樂道並以之為研究的根據，並在不知不覺間與曹學一定程度的互為體用。然而值此同時，新批評對文本細讀的要求也因此而遭到忽略。更遺憾的是自新批評迄今的大多數新思潮幾乎等於都不存在於紅學研究的領域。而在當代後殖民研究（postcolonial studies）已成為基本的文學研究方法時，「遺民情懷」這種與被殖民經驗極為相近的經驗竟常被斥為無稽，尤其令人扼腕。於是，紅學的無限空間遂被收束在極為傳統的所謂「文學」研究，而無法坦然面對書中與殖民統治相似的政治面向，當然也就無法掌握小說的「生產條件」（conditions of production）。典範早該轉移卻猶自踟躕。

現行對《紅樓夢》所謂「文學」的研究，在方法論上的另一個基本缺失則是，少有論者將《紅樓夢》當作「一本」小說來研究，多數研究對小說並無「我注六經」般的慎重其事，而更像是「六經注我」式的各取所需；論者只顧選取對自己論證有利的細節，而忽略其他不利的細節。嚴格講，這種研究甚至稱不上「文學」研究，或只能稱為私密的讀後感而已。

然而，對書中遺民情懷的探討，並不意味著一定要接受傳統索隱派的方法論。本書無意為索隱派辯駁，畢竟傳統索隱的閱讀在方法論上確有瑕疵，但這卻不意味著「反清悼明」或「排滿興漢」的遺民情懷便因此應束之高閣。文學研究中的寓言式閱讀在中西文學傳統中都源遠流長，而當代的「國族寓言」式的閱讀，更可謂結合了傳統寓言式閱讀、當代後結構主義理論及後殖民理論，對文學作品中被忽略的國族宰制關係給予了全新的關注。本書的寫作即是從這樣一個視角出發，對遺民情懷應成為一種「具正當性」的紅學研究議題，提供一點淺見。

本書欲自《紅樓夢》鉤沉的遺民情懷，非單指具遺民身分之作者所流露於作品中的情懷，更非如索隱派企圖在書中做歷史人物之一對一的指認。而是指本書乃是具有「反清悼明」乃至「排滿懷漢」之廣義遺民情懷的作品。這時作者可以是遺民，也可能是曾經仕清的前朝士人，甚至可能生於易代之後。這種情懷其實是清初眾多作品或隱或顯所共有的特質。《桃花扇》、《長生殿》二劇作可謂最為人所津津樂道、具遺民情懷的作品。但不少其他凸顯忠烈之作品（包括以建文帝靖難為主題的書寫），往往都隱含遺民情懷，差別僅在隱顯；[1]然一隱一顯之間，作者與作品之命運可謂有天壤之別。隱顯之選擇往往與時代之氛圍（主要是文網之寬緊）及作者之判斷有關。如康熙朝之《桃花扇》，雖明白與悼明相涉，最終且為統治者不容，卻未足以死。而乾隆朝以詩作婉轉托寓時，甚至雖無其事但可茲聯想，則往往立遭構陷，並處以極刑。不過，事實上自清初始文網已相當緊密，而致具遺民情懷的知識分子雖亟欲一抒塊壘，卻不敢直剖胸臆，故普遍使用自創的「隱語系統」，以輾轉言志、迂迴論事。因此，後人鉤沉遺民情懷，就不得不對當時這些「因人因事而異」的隱語系統，進行余英時所謂的「譯解暗碼」（decoding）的工作。[2]然而，可以想像的是，若為避文網而藏之過深，則作者雖或能倖存，寓意卻可能因時間的流逝而湮滅。《紅樓夢》就可能是這樣的例子。

具遺民情懷之作品就文類而言，幾乎詩作、小說、劇作皆有重大的產出。就詩而言，如收入於卓爾堪所輯《明遺民詩》中有作者四百餘人，詩文近三千首皆屬此類。而日後遭構文字獄者部分詩作也確透露出遺民情懷的蛛絲馬跡，如乾隆朝與《紅樓夢》著作年代相近的「徐述夔案」（案發於乾隆四十三年〔一七七八〕）即為一例。徐氏（一七三八年中舉，案發時去世十多年）的詩文中仍看到強烈的弔明之意（如「明朝期振翮，一舉去清都」、「大明天子重相見，且把壺兒（諧「胡兒」）擱半邊」、「毀我衣冠真恨事，搗除巢穴在明朝」等）。[3]

就劇作而言，除先前提到的《桃花扇》及《長生殿》或因作者出生於易代之後較無警覺，而渾不避人耳目，有更多作品則欲語還休，尤其情緒較澎湃者，壓抑尤重、隱藏尤深。如王夫之的

《龍舟會》改寫唐傳奇謝小娥報父親與丈夫遭賊殺害之仇，實則深藏遺民湔雪國恥之欲望與無力回天之憾恨。其餘如丁耀亢〈化人遊〉、黃星周〈人天樂〉、尤侗〈讀離騷〉、〈桃花源〉、〈鈞天樂〉、〈弔琵琶〉、吳偉業的〈秣陵春〉、〈通天臺〉、〈臨春閣〉都有類似意趣。另外，以靖難為主題的作品如李玉〈千忠錄〉、朱佐朝〈血影石〉、葉時章〈遜國疑〉、邱園〈一合相〉，也無一不以各自的隱語系統輾轉流露出不同程度的遺民情懷。

小說部分，鄭振鐸早在〈清初到中葉的長篇小說的發展〉一文中已點明：「董說的《西遊補》、陳忱的《水滸後傳》、丁耀亢的《續金瓶梅》、西周生的《醒世姻緣傳》、錢采的《精忠傳》都是頗可注意的長篇。他們都是『有所為』而作的，不是為寫小說而寫小說的。他們都是要以『古人酒杯澆自己的塊壘』的。所以在『遺民文學』的這個特殊意義上是有了很光榮的收穫

---

1 關於清初靖難作品具遺民情懷的可能性，一般性討論可參見Wai-yee Li, "Introduction," *Trauma and Transcendence in Early Qing Literature* (Cambridge, Mass.: Harvard University Asia Center, 2006), pp. 42-43。個別作品則可參見如劉瓊雲對《女仙外史》剖析（〈人、天、魔——《女仙外史》中的歷史缺憾與「她」界想像〉，《中國文哲研究集刊》三八期〔二〇一一年三月〕，頁四七—四八）。

2 余英時，《方以智晚節考》（北京：生活．讀書．新知三聯，二〇〇四），頁四。清初文網之密造成了相當的寒蟬效應，如遺民方以智之子方中履曾謂時人「諱忌而不敢語，語焉而不敢詳」（《方以智晚節考》，頁四）。

3 李鍾琴，《中國文字獄的真相》（台北：國家，二〇一一），頁四七三—七六。

的。」[4]這些作品皆透過托寓的方式暗涉弔明反滿之情。其中陳忱的《水滸後傳》尤其是各方津津樂道的例子，作者陳忱在序中明言以本書來表達「古宋遺民之心」，而魯迅及胡適的閱讀都斷言其遺民情懷。[5]小說中亦有藉婧難喻易代者，如《女仙外史》便是。

在遺民的著作中，張岱的〈湖心亭看雪〉一文就遺民之衷情未著一字，卻透過隱語言簡意賅的道盡遺民無可補天之悵恨。特別值得注意的是，此文與《紅樓夢》有著極相似的修辭：

> 崇禎五年十二月，余住西湖。大雪三日，湖中人鳥聲俱絕。是日，更定矣，余拏一小舟，擁毳衣、爐火，獨往湖心亭看雪。霧凇沆碭，天與雲、與山、與水，上下一白。湖上影子，惟長堤一痕、湖心亭一點，與余舟一芥，舟中人兩三粒而已。到亭上，有兩人鋪氈對坐，一童子燒酒，爐正沸。見余大喜，曰：「湖中焉得更有此人！」拉余同飲，余強飲三大白而別。問其姓氏，是金陵人，客此。及下船，舟子喃喃曰：「莫說相公痴，更有痴似相公者。」

張岱所寫之往事雖在明亡之前（一六三二），但晚年書此文時雖距明亡已二三十年，卻仍用崇禎年號，文中復特別點出湖心所遇係客居於此的「金陵人氏」，再銜接最後二句舟子之言「莫說相公痴，更有痴似相公者」中的「痴」字，完成了本文隱語系統所烘托的寓意：其「痴」應屬遺民感復國無望只能孤高離俗之「痴」。更值得注意的是這兩句與《紅樓夢》的表達方式緊密的呼應：

滿紙荒唐言，一把辛酸淚；
都云作者痴，誰解其中味？（第一回）

說到辛酸處，荒唐愈可悲；
由來同一夢，休笑世人痴！（第一二〇回）

此處的舟子正是「遺民圈外人」，故不解相公之「痴」。而紅樓夢此二回所指涉之狀況也極類似；「都云」及「休笑」的主詞都意指類似「舟子」的「非遺民人士」，彼等因不知「由來同一夢」，故「不解其中味」，遂如舟子對相公一般，訕笑遺民（世人）之痴。

胡適之後的紅學研究之所以難以有新的突破，正是因為書中可能的隱語系統已被束之高閣。

4 鄭振鐸，〈清初到中葉的長篇小說的發展〉，收入鄭爾康編，《鄭振鐸全集》（石家莊：花山文藝，一九九八），頁三四一。

5 魯迅在《中國小說史略》（香港：三聯書店，一九九九，二版）評價有云：「故雖遊戲之作，亦見避地之意矣」（頁一五二—五三）。胡適則在〈《水滸續集兩種》序〉中謂：「《後水滸》絕不是『遊戲之作』，乃是很沉痛地寄託他亡國之思，種族之感的書」（歐陽哲生編，《胡適全集》〔北京：北京大學出版社，一九九八〕，頁五七八），及「《水滸後傳》寫的暹羅，似暗指鄭氏的台灣。」（同上，頁五七九）

隱語必涉托寓，或西方理論所謂的「寓言」（allegory），故捨隱語則失托寓。這正是後胡適紅學研究的大罩門：徒孜矻於文字的表面，而棄托寓於不顧。然而，紅樓夢開宗明義「真事隱去假語存言」，無非是要提醒我們，不可執著於文字的表面，而應深入文字的背後。而且，通篇各種雙關語、謎語，及婉轉指涉，又更透露出小說另有寓意並非空穴來風，而是實有所指。因此，回到《紅樓夢》的隱語系統，鉤沉其被掩埋的寓意，才是還此書以公道的關鍵門徑。

我對重詮《紅樓夢》的興趣便是始於對其寓意的好奇。第一個引起我注意的是警幻仙子「所警為何幻？」因為對此不解，而警覺「警幻」、「太虛」，乃至「以情悟道、守理衷情」等語中恐有更曲折的寓意。第五回她對寶玉的訓示，結語於「將勤謹有用的功夫，置身於經濟之道」，讓人覺得錯愕不已，並且也讓人無法相信這是作者[6]的立場。這段情節促成了我對《紅樓夢》作者究竟持何種立場的探究，也催生了我在史丹福大學念博士班期間寫下的第一篇紅學論文（一九八二）。然而，這並不是《紅樓夢》書中唯一令人困惑的關鍵議題。《紅樓夢》從頭到尾幾乎在每一環節都不乏令人困惑之處。犖犖大者如：為何有兩種不同的神話起源論——補天的神話架構與太虛幻境的神話架構，各自有何寓意？石頭下凡的目的為何？英蓮為何必須失蹤？她的寓意為何？寶玉為何尊女貶男？他是否真的反儒家？若然，為何又謂「除明明德外無書」？警幻仙子警什麼「幻」？為何警幻那麼迂腐？她與寶玉的態度對比強烈，是因為作者有兩種不同的態度嗎？為何警幻稱寶玉為「天下第一淫人」？「意淫」與「皮膚濫淫」之別有何意義？賈瑞之淫與風月寶鑑治病有何寓意？本書為何又名《風月寶鑑》？可卿因何而死？為何有與其神似的「兼美」？其寓意為何？寶玉與秦鐘及蔣玉函的「男色」關係應如何理解？真與假究竟如何貫穿全書？甄寶玉與賈寶玉是何種隱喻關係？寶釵、黛玉、湘雲、妙玉各自有何寓意？寶琴又是何種角色，為何安排她帶出「真真國」？並做懷古十首？「南」與「北」的對比為何隨處皆是？薛蟠為何享有特殊地位？其個人的故事有何寓意？這些困惑可分三類：結構上的、態度上的、地域上的。這些疑點或謎團其實沒有任何研究曾真正解釋清楚。故我研究的目的固然有對《紅樓夢》整體的著迷，但也企圖有朝一日能解決這些明顯但始終無人敢置一詞的謎團。

上文已提到，我的第一篇紅學論文即有意處理作者態度的問題。警幻仙子在第五回對寶玉的一番訓勉充滿著腐儒的氣息（「將勤謹有用的功夫，置身於經濟之道」；連脂硯齋都不免感嘆：「警幻亦腐矣！」），如果這是作者的態度，難道賈寶玉的執著不為作者所苟同？換言之，果真如此，那麼《紅樓夢》就是浪得虛名，談不上是偉大的作品。更何況如果警幻仙子把本書的題旨都說白了，寶玉等人的故事還有何值得期待？但若兩者都是作者的態度，那麼作者的態度顯然是分裂的。然而，這可能是作者不得不然的立場嗎？我那篇論文雖看到了這個分裂，但並未能提出最完滿的解釋，不過已為我日後幾篇獲致關鍵性突破的論文，奠下基礎。也就是說，這個看似態度

---

6 此後本書中所論「作者」，皆指《紅樓夢》中文學理論所指的「隱含作者」（implied author），而非指書外實存之作者。

分裂的線索指向了一個方向：不能把《紅樓夢》當成一本邏輯單一的小說。它或許有著不同的兩種邏輯貫穿其間，但兩者之間卻有著密切的斡旋（negotitaion）關係，而不能單純用作者態度分裂或矛盾來理解。

由於理論的更新向來都是帶動學術研究典範轉移的主要原因，因此，在試圖重新詮釋《紅樓夢》的過程中，我也試著運用各種當代理論，以期能有新的洞察。我的第一篇紅學論文使用了結構主義的理論，雖未有重大突破，但覺得方向是可行的，遂為我後來的研究確立了方法論上的方向。接下來的論文陸續使用了榮格（C. G. Jung）精神分析，後設小說理論、德希達（Jacques Derrida）的書寫理論、巴代伊（Georges Bataille）的迷宮理論、惹內・紀哈（Rene Girard）的犧牲創生理論、羅蘭・巴特（Roland Barthes）的書寫理論、拉岡（Jacques Lacan）的精神分析理論、布希亞（Jean Baudrillard）的誘惑論、後殖民理論等。可喜的是，這些理論的運用的確為我開啟了無數新的可能性。

我的第二篇論文（一九八六）企圖探討寶玉的性向。寶玉尊女貶男，同時又似有男色傾向，很可以從酷兒的角度來切入，而且明代的性關係中男男之情愛關係並不稀奇。但在當時我已經意識到應跨出實際（literal）的層面、而從譬喻的層面來了解這個現象；我採用了榮格的理論將之視為一種對「雙性同體」（androgyny）理想的追求。藉由突出「陰性價值」制衡陽性價值的長期獨大，並以體制外男性，特別是身為乾旦的蔣玉函，顯影此種理想的可能。雖然《紅樓夢》中女男的關係遠比「陰陽平衡」複雜，甚至可以說是反陰陽平衡的，但這個直覺開啟了日後我採用寓言閱讀的方向。

第三、四、五篇論文都寫作於同一時期，但分別針對幾個不同的議題進行思考。第三篇〈有情與無情之間——中西成長小說的流變〉就第一篇論文中已明顯察覺、並也略加處理的現象——「不願成長」——進行更深入的探討。本書從《紅樓夢》最重要的元素之一——情——入手，借助西方成長小說的觀念，冀望從宋明「重情論」之興起，重審《紅樓夢》對情的處理以及之所以如此處理的歷史語境，並特別聚焦在情與理的衝突上。文中所探討的「少年世界」與「成人世界」的衝突，進一步說明了書中女人世界與男人世界兩者衝突的根由。

早期最具關鍵性突破的論文應屬同樣寫於一九九六年的第四篇論文〈詩樂園的假與真——《紅樓夢》中的後設論述〉，該文係以後設小說理論為基礎，針對《紅樓夢》在先後兩個不同的神話架構（一為補天之神話，一為太虛之神話）下「二度開啟」的現象進行爬梳。本文證實了我在第一篇論文中的初步揣測，亦即《紅樓夢》一書確實有兩種看似都具代表性的態度，但這兩種態度分屬後設小說的兩個不同層面，一屬外層，一屬內層，而且外層批判內層。外層以補天神話架構所展開之敘事（可稱為「大荒敘事」），進行的是對內層以太虛神話架構展開之敘事（即空空道人所抄錄之「石上書」，可稱「太虛敘事」）的批判。在這時候，警幻的迂腐就迎刃而解了。原來，她所代表的並非作者的態度，而是太虛幻境的態度，而作者態度雖較接近寶玉，卻並不等於寶玉。然而，作者、太虛、寶玉三者的態度究竟應如何分殊，尚待進一步處理。

同年稍後所發表的第五篇論文〈深入迷宮——《紅樓夢》的迷離與流失〉則在兩層故事的基

礎上，提出「偶然論」與「前緣論」的不同故事起源論。前緣論以「太虛敘事」（石上之書）及太虛幻境的邏輯為主，指出紅樓諸豔的命運早已前定，而外層「大荒敘事」與補天神話則以偶然為一切的開端。若外層意在批判內層，則偶然論才是《紅樓夢》所標舉的人生態度。

然而，這兩種不同的人生態度，到底是人生態度的差異，還是政治態度的差異，則是關鍵。《紅樓夢》不是沒有談人生哲學，但書中除了老莊二書及禪宗公案之外，對人生哲學的探討，其實極為有限。而在一般文學作品中，佛道開悟之觸媒多因政治起伏所致。故即使《紅樓夢》之題旨確為佛道開悟，也必須釐清其政治相關原因出自何處。簡單講，我們必須考量《紅樓夢》的「生產條件」（conditions of production），才能做出周延的判斷。在同一時代出現的文學作品都有某種共同的生產條件，有些作品固然有可能走在時代的前端，但偉大的作品完全沒有時代的印記實在難以令人置信。但《紅樓夢》的時代印記是什麼？

若欲重回《紅樓夢》的生產條件以發掘其政治面向，則必須借助能處理政治面向的理論。但傳統的階級鬥爭論過於粗疏，宮廷鬥爭論則又將小說瑣碎化，最能切中肯綮的則是以後殖民理論為基礎的國族鬥爭論，特別是在「國族寓言」觀照下的國族鬥爭論。筆者認為《紅樓夢》事關國族鬥爭，並非先有結論而後有論證，而是經由審視書中的細節所導出。國族鬥爭論的根苗始於蔡元培的索隱派直覺，而於潘重規達到一定規模。在潘先生的論著中，其論述方向其實已漸脫離了傳統索隱派將角色硬對歷史人物的窘境，而有走向寓言閱讀的趨勢，雖因方法論的限制而未竟全功，但仍留下了不少可供後人繼續發展的基石。然而，要能對《紅樓夢》提出統整的詮釋仍需當代理論之助。

筆者前述的論文，尤其是一九九六年的兩篇，可謂已在結構上完成了梳理，並將書中各種不同態度間的歸屬予以釐清，但仍無法確認太虛的前緣論與太荒的偶然論之間的衝突，究竟是人生態度的矛盾或政治態度的矛盾。這時「結構」與「態度」之外的第三個問題——「地域」問題——如何解決就成了最後的關鍵。談地域問題就必須回到《紅樓夢》的歷史語境中，如此一來，內層與外層的衝突就不會只是人生態度的衝突，而更有可能是歷史與政治方面的矛盾。

「地域」問題終於在二〇〇七年的英文論文中獲得解決。在這篇論文中，我針對困惑我已久的另一個問題，也就是書中不斷提到的「南」與「北」的差異，進行更深入的探索，而終於在後設小說的基礎上，以拉岡精神分析的理論、禪宗的認知架構，及詹明信（Fredric Jameson）「國族寓言」（national allegory）理論，較完整的呈現了本書「反清悼明」或「排滿興漢」的寓意。

至此，《紅樓夢》為何採用類似後設小說兩層（或以上）的故事架構，原因終於大白：作者是為了以外層「大荒敘事」的態度批判以內層「太虛敘事」所隱喻的清初籠絡政策。內層「太虛敘事」中的太虛神話以「前緣論」將此重大歷史轉變訴諸「天命轉移」，而外層「大荒敘事」則以「偶然論」回應，否定世變肇因於「天命轉移」。在政治寓言的閱讀方向底定之後，許多惱人的細節便都可一一理順。比如，南北之對比便隱含著「漢為南，虜為北」的反清或排滿意圖。情字也就不再是單純的兒女私情，而是與國族之情緊密關聯（一如《桃花扇》等托寓之作）。而警幻視情為意淫，便是因為此處之情所指涉乃悼明之情；從太虛幻境的角度而言，其情雖可憫，卻難免不合時宜（此也呼應了清初諸帝對遺民悼明之情的基本態度）。

接下來的兩篇論文（〈補天之恨與圖存之情：遺民與《紅樓夢》中的記憶政治〉，〈警幻與覺迷：《紅樓夢》與清初的籠絡政策〉），便循此線索將《紅樓夢》做了全面的重讀。警幻身分的釐清（這似乎是小說中勉強可以視為與歷史人物一對一對應的索隱之例），更進一步的把「反清悼明」的意旨深化。「幻」與「覺」正式與清初的籠絡政策銜接。「幻」乃是依戀前明的幻，反之則是「覺」。同時，石頭與寶玉的關係也獲得釐清：此乃玉璽與遺民（神瑛侍者）的關係，也就是政權正當性與掌握其詮釋權的知識分子間的關係。至此，《紅樓夢》終得還原其本來面貌：原來它是篇史詩鉅製的「國族寓言」。其在深層處所反映的遺民血淚，不單是國破家亡的哀痛，還有彼等在新朝的困境：補天不成，遺恨未消，復有籠絡政策當頭而來。

本書於改寫時，章節及內容都做了大幅的調整。本書的第一章「緒論」針對本書的書寫目的、研究方法及研究歷程做一簡單敘述與回顧。第二章「青埂與幻境——《紅樓夢》的兩種起源」開宗明義從三個視角（作者、寶玉，警幻）的直覺出發，正式提出具實證基礎的《紅樓夢》的「後設小說」架構，指出本書事實上是由三層論述所構成：外層是以補天神話展開的敘事，中層是以太虛神話展開的敘事，內層是大觀園。外層與中層皆試圖開示內層之執著，但外層的立場（偶然論）又批判中層的立場（前緣論）。並以此楬櫫《紅樓夢》的「遺民情懷小說」身分，及寄寓了「反清悼明」或「排滿興漢」的深層意圖。第三章「少年與成人——《紅樓夢》的兩種世界」以「成長小說」的理論，分析《紅樓夢》中「少年世界」與「成人世界」的對立可溯源自中國「本土現代性」的萌發，尤其著眼於理學與心學對於「少年世界」的不同詮釋。第四章「天命與意外——《紅樓夢》的兩種記憶」，以第二章的後設小說架構為基礎，提出《紅樓夢》的根本張力乃是：清廷與遺民對（明亡之）歷史記憶的詮釋權所展開的殊死爭奪。而警幻的寓意也因此大白；她其實是清初籠絡政策的象徵，並與雍正《大義覺迷錄》的企圖互相呼應，甚至一體兩面。第五章「可親與應憐——《紅樓夢》的兩種中國」，從英蓮與可卿的寓意出發，發掘《紅樓夢》對「庶民中國」與「菁英中國」不同形式的悲憫，及二人各自代表的兩種「書寫」——隨機與溯源——在小說中的意義。第六章「意淫與肉淫——《紅樓夢》的兩種耽溺」在前一章的基礎上，以精神分析的理論探討《紅樓夢》中的關鍵概念「淫」（以及「不淫」），以釐清「意淫」與「皮膚濫淫」的關係，並再次凸顯警幻之所以能夠「警幻」實因其不尋常的來頭。第七章「兼美與警幻——《紅樓夢》的兩種平衡」，以前一章「淫」的討論為基礎，再進一步分析寶玉與警幻對「平衡」南轅北轍的看法；寶玉認為平衡乃是選擇少年／女性世界，而警幻仙子則認為平衡意味著選擇成人／男性世界。第八章「真情與假義——《紅樓夢》的兩種本體」探索小說中從大觀園到「南北對立」到「真真國」（台灣）所串起的反清悼明之意旨，並以此解讀小說中的另一關鍵詞組「真與假」。第九章「逃禪與日常——《紅樓夢》的兩種禪宗」分析小說中的兩種佛家元素（出世與逃禪）的不同功能，並以精神分析的理論針對禪宗在《紅樓夢》中的含意深入探討：一是遺民在實際政治層面的生存及鬥爭策略，二是面對新朝籠絡政策時的心理策略。第十章「覺迷與致命——《紅樓夢》的兩種誘惑」援引布希亞的誘惑理論，析論小說中警幻（太虛）與石頭

（大荒）如何透過繁複的策略，以兩種不同但都具強烈說服力的論述，試圖召喚及爭取寶玉；兩者都企圖警寶玉對情執著之幻，但結論卻大相逕庭。警幻要寶玉走向科舉，而作者則要他回到大荒。第十一章「今聖與後王——《紅樓夢》的雙重視野」，指出小說的結局並非止於寶玉出家，而是經過了一場身分的掉包；經此寶玉已變成了蔣玉函（「將玉含」）。作者實乃以此乾旦（不男不女既男又女）的角色隱喻遺民在清朝的自處之道。本章並從蔣玉函的生存策略中，看到遺民大儒如顧炎武及黃宗羲的思想特質與實際人生。第十二章「結論」說明重建《紅樓夢》之遺民情懷內涵的目的：除了藉由發掘其深層意義、還原其本來面貌、重估其藝術價值之外，也從後殖民的角度思考這類研究的當代意義。

做《紅樓夢》研究誠非易事，但如將佛洛伊德的名言「意我（ego）總會追隨『伊底』（id）之所趨」（Wo Es war, soll Ich werden; Where id was, there ego shall be）中的「伊底」改為「情」（「伊底」其實也近乎情），則此名言適可為情牽《紅樓夢》的解釋：「情之所趨，無怨無悔。」然而情不過是第一道誘因，若用情過深，也可能成為第一道關卡，甚至永遠過不去的關卡，而徒在私情與大義間的表面糾葛中踟躕，終不免為作者笑為「刻舟求劍、膠柱鼓瑟」（百二十回）。故這本書的寫作不在於奢求達詁，但求能將論者不願談論，或不敢談論的諸多重大線索，透過新的視野，梳理一二，供後來者可繼續衍異為文。本書若能如拉岡所謂之「consensus」（sinthome）（第九章及第十一章將詳論此概念），則雖行文滑稽突梯、不類人言，卻可成為一切意義開展的源頭，於願足矣。

第二章

青埂與幻境

——《紅樓夢》的兩種起源

重讀《紅樓夢》的關鍵必須由書中某些千古公案——也就是幾個歷來的詮釋完全無法處理（通常也選擇不處理）的所在——入手，才能直搗黃龍。其中最關鍵者就是警幻仙子在書中的角色。幾乎在所有的詮釋中，她都被賦予了幾近作者代言人的身分。然而，若仔細觀察她的言行，所得的結論卻會讓人疑竇叢生。她到底是誰，為何在書中有如此關鍵的角色？

一、警幻仙子何事「亦腐矣」？

《紅樓夢》第五回，警幻仙子曾對夢中來訪的寶玉說：

> 非也！淫雖一理，意則有別。如世之好淫者，不過悅容貌，喜歌舞，調笑無厭，雲雨無時，恨不能盡天下之美女，供我片時之趣興，此皆皮膚淫濫之蠢物耳！如爾則天分中生成一段痴情，吾輩推之為「意淫」。「意淫」二字，惟心會而不可口傳，可神通而不可語達。汝今獨得此二字，在閨閣中，固可為良友，然於世道中，未免迂闊怪詭，百口嘲謗，萬目睚眥。今既遇令祖寧、榮二公剖腹深囑，吾不忍君獨為我閨閣增光，見棄於世道。是以特引前來，醉以靈酒，沁以仙茗，警以妙曲，再將吾妹一人，乳名兼美字、可卿者，許配於汝。今夕良時，即可成姻。不過令汝領略此仙閨幻境之風光尚然如此，何況塵境之情景哉！而今後

萬萬解釋，改悟前情，將謹勤有用的工夫，置身於經濟之道。[1]

這段話是《紅樓夢》書中對賈寶玉最全面也最露骨的一段教訓，而且是出自一位總管「太虛幻境」的「警幻仙子」之口，不能不說有相當的權威性。警幻的這番話清楚可見是為了「警寶玉之幻」，如果我們認為警幻有為作者代言的地位，則小說便順理成章可稱之為「警幻小說」，而這也幾乎是多數對小說的解讀義無反顧所選取的方向。但到底「幻」何所指卻是個千古公案。關於這個問題的答案，牽動到對全書的詮釋。一般而言，歷來對《紅樓夢》的詮釋在根本上屬兩個脈絡：「主情派」與「主悟派」。前者謂人生如露如電，唯情是最後真如，後者以情猶幻夢一場，需及早覺悟超脫。[2] 如果確係如此，那麼，警幻所言就必須從字面上來了解：她在上文中指

1 最後二句在甲戌本為「將謹勤有用的工夫，置身於經濟之道」，此後所有版本皆作「留意於孔孟之間，委身於經濟之道」，惟二者「經濟仕途」的意味並無二致。

2 龔鵬程在其〈紅樓猜夢：《紅樓夢》的詮釋問題〉（《紅樓夢夢》〔台北：臺灣學生，二〇〇五〕）一文中，首度將此二脈絡予以梳理。他指出：「主情說認為全書主幹，在於絳珠仙草受神瑛侍者灌溉之恩，以淚償債這件事。……主悟說則強調全書主幹在於石頭經歷一番夢幻的過程」（頁四八）。主情說認為「作者的原意，在於寫出人間天上、瀰漫宇宙、維繫乾坤的一個情字……」。主悟說則認為「全書大旨在於警幻，幻就是一切情痴欲愛」（頁五二—五六）。而自傳、索隱、鬥爭三大詮釋系統實都衍生自「主情說」與「主悟說」兩種跡近對立的詮釋系統（頁五八）。

出，即使相對於「皮膚濫淫」，寶玉的「意淫」有其真性情的一面，他仍必須早早從中覺醒，以便全心投入經書之研讀，以求取功名並經世濟民（「而今後萬萬解釋，改悟前情，將謹勤有用的工夫，置身於經濟之道」）。這時，顯而易見的矛盾就來了：一方面，不論從功能或從名稱來看，警幻仙子及所掌太虛幻境，都流露出濃厚的佛家及道家的意趣；[3]寶玉最終出家，似又更證明本書乃是佛／道家小說。然而，另一方面，警幻真正的意圖卻似乎是作為儒家的傳聲筒；放棄「意淫」只意味著脫離「幼稚」臻至「成熟」。

關於這個矛盾，除了上述引文的最後兩句透露出讓人錯愕的端倪之外，第五回稍後發生的事更強化了儒教規訓的意味。話說寶玉在太虛與可卿纏綿數日後，一日警幻攜他倆閒遊至一處：

> 但見荊榛遍地，狼虎同群。忽而，大河阻路，黑水淌洋，又無橋梁可通。寶玉正自徬徨，只聽警幻道：「寶玉休前進，作速回頭要緊！」寶玉忙止步問道：「此係何處？」警幻道：「此即迷津也。深有萬丈，遙亙千里，中無舟楫可通，只有一個木筏，乃木居士掌舵，灰侍者撐篙，不受金銀之謝，但遇有緣者渡之。爾今偶遊至此，如墮落其中，則深負我從前一番以情悟道、守理衷情之言矣！」

此引文中提到的「以情悟道、守理衷情」八字，[4]更進一步的指出了警幻與佛／道有天壤之別。前四字向來被論者引以為本書題旨之所在：或謂「情乃是道」（主情派），或謂「由情而道」

（主悟派）。[5]然而，後四字卻很少被提及，更不見與前四字並置予以理解。前四句若獨立看的確可有多重可能（可儒可佛（道）），不過，後四字卻能清楚將前四字的意義予以定位為儒家，更

---

3 論者將「太虛幻境」及「警幻仙子」視為佛道之合體，多半因為「太虛」似出自道家，「幻境」則出自佛家；「警幻」應出於佛家，而「仙子」復出於道家（黃懷萱，〈「紅樓夢」佛家思想的運用研究〉〔高雄：國立中山大學中國文學研究所碩士論文，二〇〇四，頁七〇—七六〕）。但在書中第五回寫及秦太虛（少游）時，「太虛」顯然是隱喻「男歡女愛」。而更值得注意的則是理學家的「太虛」！理學家奠基者之一張載理學體系中的「太虛」雖受老子的影響，近乎老子的「無極」（任福申，〈論朱熹理學的最高範疇〉，http://www.confuchina.com/10%20lishi/zhuxi%20lixue%20fanchou.htm），但理學家自此對「太極」或「無極」極為重視，隨後將之納入儒學體系（參考如陳佳銘，〈朱子理氣論在儒家形上體系中的定位問題〉〔台北：國立政治大學哲學研究所博士論文，一九九七〕，頁六二，關於理與太極關係的討論）。故光看「太虛」一詞，頗難判斷其理論根源，視其為隱性的儒家（理學）概念，並不牽強。但若進一步以十二回的提示「不看正面、應看反面」來了解「太虛」一詞，又更能看出「正面」的男歡女愛，其實寓寫了「反面」滿清藉程朱鞏固統治的形勢。請參考本章第三節對於「不看正面，應看反面」的詳細討論。

4 「則深負我從前一番以情悟道、守理衷情之言矣」為甲戌本文字，此後所有版本（除夢稿作「則深負我從前諄諄警戒矣」外），皆作「則深負我從前諄諄警戒之語矣」，並無此八字。但此八字中的前四字「以情悟道」廣為論者所接受，並視為了解本書意旨的關鍵。

5 「主情說」與「主悟說」對此詮釋略有不同，對前者而言「以情悟道」指「情乃是道」，對後者而言則指「由情而道」。

精確講是程朱的思考。因此，要了解這四個字的關鍵性，就必須針對程朱思想體系的核心——「人心、道心」說——做一簡單的爬梳。[6]

程頤以《古文尚書》中「人心惟危，道心惟微：惟精惟一，允執厥中」十六字為本，將「道心」與「人心」分立：前者等於「天理」，後者等於「人欲」（「人心私欲故危殆，道心天理故精微」）。[7]人若能滅人欲，則「人心」化為「道心」，即「心與道渾然一也」，[8]天理遂明（「滅私欲則天理明矣」）。[9]朱熹在他的「中和新說」中，對此加以調整並細緻化，而成一家之言。朱熹一改「道心」等於「天理」，「人心」等於「人欲」的簡單二分，而以「性」為未發，「情」為已發，「性」為「道心」，「情」為「人心」，且承張載「心統性情」說，將二者以「心」統攝。[10]如朱熹謂：「人心只見那邊利害情欲之私，道心只見這邊道理之公。有道心，則人心為所節制，人心皆道心也。」[11]故「人心如船，道心如柁。任船之所在，無所向，若執定柁，則去住在我。」[12]

為避免「道心」與「人心」被誤會為兩種心，朱熹又特別強調：「只是這一箇心，知覺從耳目之欲上去，便是人心；知覺從義理上去，便是道心。」[13]受到原本就不偏不倚的道心（性）所節制與指揮，人心（情）便能「無不中節，無所乖戾」：

按《文集》、《遺書》諸說，似皆以思慮未萌，事物未至之時，為喜怒哀樂之未發。當此之時，卻是此心寂然不動之體，而天命之性當體具焉。以其無過不及，不偏不倚，故謂之

> 中。及其感而遂通天下之故，則喜怒哀樂之情發焉，而心之用可見。以其無不中節，無所乖戾，故謂之和。此則人心之正，而性情之德然也。[14]

質言之，未發時「心」本就與「道」共存，故是「道心」，而已發則常為私欲（七情）所擺弄，則是「人心」（「此心之靈，其覺於理者，道心也。其覺于欲者，人心也」）。[15]故要務乃是

6「人心、道心」說被論者認為是宋「道統」之說的核心。參見如李明輝，〈朱子對「道心」、「人心」的詮釋〉，收入蔡振豐編，《東亞朱子學的詮釋與發展》（台北：國立臺灣大學出版中心，二〇〇九），頁七九。

7〔宋〕程顥，程頤，《二程集》（北京：中華，一九八一），上冊，卷二四，頁三一二。

8 同前注，頁二七六。

9 同前注，頁三一二。

10 林月惠，〈朱子與羅整菴的「人心道心」說〉，收入蔡振豐編，《東亞朱子學的詮釋與發展》，頁一一七。

11〔宋〕朱熹著，〔宋〕黎靖德編，王星賢點校，〔宋〕朱熹，〔宋〕黎靖德編，《朱子語類 一百四十卷》（台北：正中，一九七〇），卷七八，頁一三二七。

12 同前注，卷七八，頁一三二六。

13 同前注，卷七八，頁一三二六。

14〔宋〕朱熹，劉永翔、朱幼文點校，《晦庵先生朱文公文集 一百卷，續集十一卷，別集十卷》（北京：北京圖書館出版社，二〇〇六），卷六四，頁一四九八。

15〔宋〕朱熹，《朱子語類》，卷六二，頁九七八。

由情復歸理，以重握道心。如此，情自然中節無乖。

然而，由於「道心則微而難著」，[16]故由人心悟得道心之後，不能就此滿足，而須戒慎恐懼，維持道心之恆常。因此，朱熹對「守」的功夫特別強調，而且更明白的指出，能守才能「中」（「道心、人心，本只是一個物事，但所知覺不同。惟精、惟一，是兩截工夫；精，是辨別得這個物事；一，是辨別了，又須固守他。若不辨別得時，更固守個甚麼？若辨別得了又不固守，則不長遠。惟能如此，所以能合于中道。」）[17]

由以上討論可知，「以情悟道、守理衷情」就是程朱從「人心」（情）轉往「道心」（性）的要求，甚至可謂上述尚書十六字中「惟精惟一，允執厥中」的化身。前半「以情悟道」屬「惟精」的部分（「精，是辨別得這個物事」[18]），乃是將人自「（私）情」中超升以復於「（本）性」，以期「人心」能化為「道心」的功夫。後半「守理衷情」之「守理」屬「惟一」的部分（「一，是辨別了，又須固守他」[19]），意指在情復歸性、人心化為道心之後，需能謹敬貫徹「堅守天理」的修持。而作為最終目的「衷情」則屬「允執厥中」的部分，即「堅守天理」的修持若無疏漏，日後情之發動方能為「中和之情」（「無所偏倚，故謂之中。發皆中節，情之正也。無所乖戾，故謂之和」[20]）。總之，能夠精誠謹敬的「守理」，就能表達不偏不倚的「衷情」了。[21]

如此觀之，則「以情悟道」中的「道」字便無關乎佛道，而是道學家的「天道」或「道心」。此之所以警幻說此八字時，是要告誡寶玉萬勿墮入迷津，因為渡人之木筏是由「木居士掌舵，灰侍者撐篙」，故「但遇有緣者（佛家詞彙：有緣於佛道之人，亦即已成「槁木死灰」之人）

渡之」。[22]但從警幻仙子的角度而言，寶玉絕不能是「有緣人」，因為她對他抱持著高度的期望——「將謹勤有用的工夫，置身於經濟之道」——故斷不允他「墮落其中」。

由以上的文本細讀可知，警幻雖然提醒寶玉勿陷溺於情之虛幻，但似乎並無勸導寶玉棄世的意思。然而，對寶玉這樣一個情種而言，情若是幻夢一場，他生命的支撐也就不復存在，要他「而今後萬萬解釋，改悟前情，將謹勤有用的工夫，置身於經濟之道」，更是絕無可能，所剩似唯出家一途。

16 同前注，卷七八，頁一三三六。

17 同前注。可參閱林月惠，〈朱子與羅整菴的「人心道心」說〉，頁一二三—二四之闡釋。

18〔宋〕朱熹，《四書章句集注》，（北京：北京圖書館出版社，二〇〇三），頁三〇九。

19 同前注。

20 同前注。

21「守理衷情」可以有兩種讀法，一是解作「守理於衷情」，此時強調情中有理。亦可解作「守其理則衷其情」，則此處「衷」應取其與「中」相涌之義（《康熙字典》：「又中也。〈周語〉國之將興，其君齊明衷正，精潔惠和」），並用為動詞，此時「守理衷情」意指「唯有能將理謹敬堅守，才能將情發乎中節」。但不論哪種解法意思都一樣：在情中能守住理，便意味著能將情發乎中節。

22 此處的「槁木死灰」是從警幻仙子的角度來看，而非從作者的角度，故雖典出莊子、但其出世意味更近佛家。李紈因禮教而造成的「槁木死灰」則是從作者的角度看，前者擁程朱，後者反程朱，兩者大不相同。

二、程朱八股[23]與新舊大義

太虛幻境這個難以理解的情節安排，一直是《紅樓夢》詮釋上的瓶頸，警幻對寶玉的「開示」竟結束於二句「仕途經濟」之語，雖有夾批謂「說出此二句，警幻亦腐矣，然亦不得不然耳」，但歷來論者似多選擇沉默以對。[24]而「以情悟道，守理衷情」八個字，論者更是毫無例外只選擇前四字，而忽略後四字。

如果警幻真係代作者發言，[25]那麼寶玉為何與其立場有如此明顯的衝突？反過來說，如果警幻不是代表作者發言，那麼，她又是代表誰在發言？而與她立場衝突的寶玉代表的又是誰的立場？是作者的立場嗎？若是如此，作者為何煞費功夫，設計出一個如此繁複的太虛幻境的架構來「警（寶玉）之幻」？質言之，作者的立場有幾種可能性：第一，如果他是站在警幻的立場，那麼警幻及太虛的一切就具有正面意義。此時他的立場可能有、也可能沒有內在的矛盾。若有則意味著作者思想在程朱與佛道之間拿不定主意，《紅樓夢》便有先天的內在不統一而並非傑作；若無則意味著作者透過警幻來力挺程朱，故《紅樓夢》思想反動保守，也不可能是傑作。第二，作者站在寶玉的立場，那麼警幻便代表一種他們倆所共同反對的反動的意識形態。但作者的立場也可能是上述兩種之外尚待發現的第三種（既非警幻也非寶玉，但偏向寶玉）立場。總之，警幻及太虛幻境在全書中到底扮演什麼角色，便是理解本書的關鍵起始點。

由上可知，警幻有內在矛盾（既佛又儒）的現象，若非寫作失敗（即真有矛盾）便是勸誘向學（即實無矛盾）。前者應無可能，故必是後者。但根據全書主體部分對八股功名竭盡所能的抨擊，以及寶玉對此的毫不妥協來判斷，以警幻言論為主（但也包括少數其他人〔如寶釵及湘雲〕的迂腐言論）的向學之論（即，「情」不過是一場幻夢，而委身經濟之道才屬實在），不大可能代表作者的立場。但作者若設定警幻為批判的對象，則警幻勸誘向學的立場便不令人意外，而上述警幻立場中程朱與佛道的緊張就可能只是個障眼法。這個障眼法使得全書的戲劇張力（衝突點）環繞著寶玉「個人」的兒女私情，及對情幻滅後「個人」對人生的幻滅，並使得不論是考據（曹學）論者或後來的「文學」論者，都傾向將全書的詮釋「個人化」。但如此看待《紅樓夢》卻可能妨礙了我們掌握小說真正意圖的機會。再精確點說，警幻與太虛集儒佛二教於一身的特質，可能意味著對她而言，這兩教在書中本就是一體的兩面。但作者為了隱藏本書的某種「非個人」意旨（也就是本書的寓意〔allegorical meaning〕），而以佛儒兩者表面（而非實質）的衝突將此意旨誤導為「個人」的議題。也就是說，本書真正的衝突並不在此（即不在儒家入世與佛家出世之間的衝突），而在別處，但這個衝突可能因為事涉敏感而無法直言。基於上述論點，要找出真

23 筆者在本書中關於理學的論點純粹基於詮釋《紅樓夢》的文本，而非意圖對理學有所褒貶。

24 王府版及有正版皆有此批（陳慶浩，《新編石頭記脂硯齋評語輯校》〔台北：聯經，一九七九〕，頁一三五）。

25 理論上應不可能，一本偉大的小說應不至於把主題如此明白的標示。

正的衝突所在，首先便要對警幻地位予以重新評價，並釐清她與作者立場的關係。傳統的詮釋方式面對此都明顯左支右絀，掛一漏萬；唯有跳出成規另闢蹊徑，才能開發出新的視域。

從前述論證看來，警幻是封建意識形態（亦即程朱八股及奠基其上的封建體制）的化身殆無疑義。寶玉雖對此意識形態頑抗，但作者卻仍給了她相當的禮遇，讓不少讀者對她產生錯誤的認知。若不細心，其實很難在書中一眼看出警幻的保守甚至反動。警幻是站在「經世濟民」「顧全大局」「不忍人之心」等的立場上發言，故從常識的角度審之並無大過。

然而，寶玉固然厭惡科舉，但對警幻仙子似特別反感。在警幻仙子予以規訓之後，寶玉反而遁入大觀園，而且此後，寶玉對程朱八股的不滿更是溢於言表。特別值得注意的是，寶玉激烈的反應與書中不斷反覆出現的血淚心酸等用語，似有某種呼應，而不免讓人沉吟：如果只是單純對程朱八股的厭惡，作者為何要用如此細膩的方式凸顯寶玉對警幻的不滿，用如此曲折的方式對警幻提出批判？警幻到底是何人？換言之，警幻仙子的橫空介入到底意味著什麼事件的發生？使得反程朱八股幾乎有種生死攸關的意味？

了解警幻仙子角色的關鍵在於掌握她對賈府的批判及對寶玉的期許。警幻仙子看似站在一個絕對的高度，一方面對賈府「皮膚濫淫」表達深惡痛絕，並對寶玉戒之再三。另一方面對寶玉的「意淫」表示同情並予局部肯定，但仍不免期期以為不可。但需注意的是，賈府較正經的一面（如賈政）期待寶玉求取功名進入仕途的態度，與警幻仙子殊無二致（甚至警幻仙子對寶玉之告誡也假託榮寧二公）。這表示兩者有共同之處，不同之處則在於警幻仙子自詡其世界只有正經八百而沒有皮膚濫淫。也就是說，兩者雖都與程朱八股相關，但相對於賈府腐敗版的程朱八股，警幻仙子所代表的乃是肅清版的程朱八股。

警幻仙子對賈府舊版程朱八股的批判及肅清就觸及到了她的核心意義。賈府所標舉的程朱八股乃是拉岡精神分析理論所說的「大義物」（Other），即社會「正面價值」的整體，在本書脈絡所指乃是封建體制賴以存續的價值體系。在警幻仙子對寶玉提出了對賈府的批判之後，她顯然又標舉出另一種「大義物」以取而代之，新舊間仍維持了程朱為其主體的連續性，唯一差別在於新的「大義物」滌除了「皮膚濫淫」。是什麼原因讓兩種「大義物」發生了更迭——除了朝代的更迭？落實在本書的創作年代，則朝代的更迭更無可辯駁的落在明清交替之際：滿人統治者批判明代乃是亡於「皮膚濫淫」，同時又繼續標舉明代的程朱八股以籠絡漢人知識分子。而清朝用以證明自身乃「新中華道統」的方法，就是自詡是清新版的程朱八股。這就是先前所說的《紅樓夢》的「非個人」（寓意）的面向。

換言之，警幻與太虛幻境突兀的存在，指向了一個重大的可能性：《紅樓夢》是一本具遺民情懷的小說。[26]

26「遺民情懷」並非親身經歷易代鉅變的仕人才可能擁有。經過傳聞與閱讀都可能讓無相關經驗的人如歷其事而內化為自己的情懷，尤其是與國族傷痛相關的經驗。以猶太人二戰遭納粹大屠殺的經驗為例，其傳承便是透過各種書籍及媒體，以「後記憶」（post-memory）的形式代代相傳。參見Marianne Hirsch, *Family Frames:*

三、不從正面看，要從反面看

要看到《紅樓夢》的遺民情懷，就必須把《紅樓夢》表面的兒女私情從寓意層面來理解。這點庚辰本雙行夾批在第十二回已經一而再、再而三的明示。第十二回道士將《風月寶鑑》交予賈瑞時特別交代：「千萬不可照正面，只照他的背面，要緊，要緊！」此時庚辰本在「千萬不可照正面」句後，有批語「觀者記之，不要看這書正面，方是會看」。此處言明此鏡（「風月寶鑑」）非鏡，而是「書」，而且更重要的是此書正面只是掩護，欲得其旨則須「看其反面」。事實上，歷來已有不少論者呼應脂批，指出「看其反面」乃讀此書的不二法門。[27]

但這夾批所言的「反面」究竟何事？

在接下來的文字「向反面一照，只見一個骷髏立在裡面」這句話後，庚辰雙行夾批謂：「所謂『好知青塚骷髏骨，就是紅樓掩面人』是也。作者好苦心思。」換言之，這裡的「骷髏」並非單純的一般性死亡的象徵，而是特指「紅樓掩面人」之死亡。而且作者苦心孤詣把本書的主旨以如此迂迴的方式來表達，讓批註者為之一嘆（「作者好苦心思」）。至於「紅樓掩面人」的死亡，又可由下列夾批來理解其真實含意。庚辰本在「代儒夫婦哭的死去活來，大罵道士，『是何妖鏡！若不早毀此物，遺害於世不小』」句中「若不早毀此物」之後有夾批曰：「凡野史俱可毀，獨此書不可毀。」可知本書不可任意毀之，不只因其絕非淫穢之書；更重要者，其所論「紅樓掩

Photography, Narrative, and Postmemory (Cambridge, Mass.: Harvard University Press, 1997), pp. 22-23。清初遺民亦有李惠儀稱之為「仲介鄉愁」（mediated nostalgia）或「二手記憶」（secondhand memory）的類似狀況，有些案例甚至世代承襲。參見Wai-yee Li, "Introduction," pp. 28-29。就清初遺民情懷而言，洪昇與孔尚任都是透過「仲介」方式產生遺民情懷的例子。兩人都在甲申後出生，且仕途順遂，卻都經由與遺民論交及閱讀而產生濃厚遺民情懷。至於曹家世為包衣是否可能產生類似情懷，其實也非沒有線索。本書第四章將詳論。

27 如戚蓼生序中說：「然吾謂作者有兩意，讀者當具一心。譬之繪事，石有三面，佳處不過一峰；路看兩蹊，幽處不逾一樹。必得是意，以讀是書，乃能得作者微旨。如捉水月，只挹清輝；如雨天花，但聞香氣，庶得此書弦外音乎？」（〔清〕曹雪芹，《戚蓼生序本石頭記》〔北京：人民文學，一九七五〕，頁九—一〇）。此處兩意即正反兩意，但面對「兩意」讀者不應為正面所惑，而應「只具一心」，才能掌握作者藏於反面之「微旨」，也就是本書的「弦外音」。戚蓼生更以「捉水月，只挹清輝」及「雨天花，但聞香氣」的生動意象比喻「從反面讀」。蒙古王府本在十二回的回前總批所寫「反正從來總一心，鏡光至意兩相尋。有朝敲破蒙頭甕，綠水青山任好春」（〔清〕曹雪芹，《蒙古王府本石頭記》〔北京：書目文獻社，一九八六〕，頁三九六），也強調反面與正面只有一個意旨，但必須打破對正面的執著（「蒙頭甕」）從反面讀（「敲破蒙頭甕」），才能看到作者真義（「好春」）。另外，太平閑人（張新之）亦謂：「《紅樓》一書，不惟膾炙人口，亦且鐫刻人心、易移性情，較《金瓶梅》尤造孽，以讀者但知正面而不知反面也。間有巨眼能見知矣，而又以恍惚迷離，旋得旋失，仍難脫累。得閑人批評，使作者正意書中反面一齊湧現，夫然后聞之足戒言者無罪，豈不大妙」（〔清〕太平閑人，《妙復軒評石頭記》〔台北：天一，一九八五〕，頁六一）。再如「觀鑑我齋」在為《兒女英雄傳》所作序中更指出中國傳統小說原有「從反面讀」的傳統：「《水滸傳》以橫逆而終於草菅，《金瓶梅》以斲喪而終於潰敗，《紅樓夢》以恣縱而終於窮困：是皆托微詞、伸莊論，假風月、寓雷霆，其有裨世道人心，良非淺顯？」（〔清〕文康，《兒女英雄傳》〔台北：師大出版中心，二〇一二〕，頁一面人」之死亡與「史」有關，且此史之地位超乎「野史」之上，幾等於「正史」。[28]

由以上可知，本書乃關於「紅樓掩面人」成為「骷髏」（死亡）之事，且具有「史」的地位，再加上「紅樓」在書中又稱「朱樓」，且崇禎自縊前之遺詔也特別提到死後將「以髮覆面」，[29]「反清悼明」的遺民之情在此已呼之欲出。

對所有想以淫穢之名毀之書之人，本書的抗議乃是「誰叫你們瞧正面了！你們自己以假為真，何苦來燒我？」庚辰雙行夾批隨後更強調：「觀者記之。」顯然，如果讀《紅樓夢》只讀其正面，徒然「以假為真」，即誤以「兒女私情」甚至「貪淫戀色、好貨尋愁」（第一回）為其真義，便錯過了本書真正的訊息。

事實上，論者也已指出，《風月寶鑑》的書名已經暗含了「懷明刺清」的訊息。在清初詩人的詩作中，「清風」常對「明月」以偷渡此意旨。如雍正時因文字獄遭斬的徐駿之詩句：「明月有情還顧我，清風無意不留人」或遭「銼屍梟示」的呂留良之詩句「清風雖細難吹我，明月何嘗不照人」，[30]故由《風月寶鑑》的書名理解此書乃是「清」與「明」之寶鑑，並非無中生有。[31]

事實上從第一回的脂批，我們也可獲得以寓言閱讀的充分提示。第一回當一僧一道見到英蓮時，前者大哭並對士隱說：「施主，你把這有命無運，累及爹娘之物，抱在懷內作甚？」此處脂批曰：

八個字屈死多少英雄？屈死多少忠臣孝子？屈死多少仁人志士？屈死多少詞客騷人？今又

被作者將此一把眼淚灑與閨閣之中，見得裙釵尚遭逢此數，況天下之男子乎？看他所寫開卷之第一個女子便用此二語以定終身，則知托言寓意之旨，誰謂獨寄興於一「情」字耶！武侯之三分，武穆之二帝，二賢之恨，及今不盡，況今之草芥乎？家國君父事有大小之殊，其理其運其數則略無差異。知運知數者則必諒而後歎也。

二）。這些主張從反面讀的論者所讀出的反面寓意未必都與筆者近似，但對於「從反面讀」，也就是將之視為「寓言」（allegory）來讀之必要，則有共同的領悟。

28 察覺本書與「史」有關的論者歷來不乏其中人，如戚蓼生在序中便謂此書「如春秋之有微詞、史家之多曲筆」、「其殆稗史中之盲左腐遷乎」（〔清〕曹雪芹，《戚蓼生序本石頭記》，頁八—九）。濮文暹及濮文昶兄弟亦於《脂硯齋重評石頭記》跋中云：「《紅樓夢》雖小說，然曲而達、微而顯，頗得史家法」（〔清〕曹雪芹，《脂硯齋重評石頭記：甲戌校本》〔北京：作家，二〇〇〇〕，頁三五二）。當然，以《紅樓夢》為史的閱讀蔚為大觀者莫過於索隱派。索隱派各家的功過在此無法深入，但其閱讀倒確是緊扣著來自書中「不讀正面應讀反面」及「野史可毀此書須保」的明示。

29 崇禎遺詔謂：「朕涼德藐躬，上干天咎，致逆賊直逼京師，皆諸臣誤朕。朕死，無面目見祖宗，自去冠冕，以髮覆面，任賊分裂，無傷百姓一人」（〔清〕夏燮，《明通鑑》〔上海：上海古籍，一九九五〕，卷九〇，頁四九一）。

30 潘重規，《紅樓夢新解》（台北：三民，一九九〇），頁一八四。

31 同前注，頁一二九。

這段脂批非常值得細細分析。首先是為何英蓮的命運會「屈死多少英雄？屈死多少忠臣孝子？屈死多少仁人志士？屈死多少詞客騷人」？除了事關天下興亡？脂批接下來又明示作者「將此一把眼淚灑與閨閣之中」，其目的乃是要讓人「見得裙釵尚遭逢此數，況天下之男子乎？」由此可知，這把眼淚原非針對閨閣而灑，如此為之，是為了讓男子能受此之激勵。不只如此，脂批又更進一步指出本書有所「托言寓意」，但其旨「誰謂獨寄興於一『情』字耶！」顯然其旨並非寄興於「情」字，或起碼不在「兒女之情」。接下來，脂批就更把全書真正的「托言寓意」和盤托出了：「武侯之三分，武穆之二帝，二賢之恨，及今不盡，況今之草芥乎？家國君父事有大小之殊，其理其運其數則略無差異。知運知數者則必諒而後歎也。」岳武穆的典故毫無疑問是指北方蠻夷擄徽欽二帝之恨，而諸葛武侯的三分之恨則是針對北方僭奪之臣曹操。作者「不盡」之恨處處針對北方之侵略者（且是與滿人同為女真的金人）與僭奪者（是僭奪「漢」之奸佞），而且脂批又特別指出「家」與「國」，「君」與「父」之事乍看雖有「大小之殊」，但「其理其運其數則略無差異」；這正是在明示本書乃是「以家喻國」「以父喻君」。最後脂批還補上一句「知運知數者則必諒而後歎也」，意謂能掌握其中奧妙（也就是真正的寓意）者，必會理解而不得不為之慨嘆。至此，《紅樓夢》是一本遺民之書已殆無疑義。

至於凡例中的這段話，就更是「此地無銀三百兩」了：

此書不敢干涉朝廷，凡有不得不用朝政者，只略用一筆帶出，蓋實不敢以寫兒女之筆墨唐

> 突朝廷之上也，又不得謂其不備。（《紅樓夢》凡例）

此乃是《紅樓夢》「欲言又止，欲張彌蓋」的基本策略：分明是要談朝廷之事，但又特別強調不敢唐突朝廷，然而結尾又說，「又不得謂其不備」，也就是說該說的都經由各種管道說得齊全，若按圖索驥不怕不能窺其堂奧。這「此地無銀三百兩」的姿態，無非是要在甘冒大不韙的可能之下，提醒讀者作者的意圖就是：要「以寫兒女之筆墨唐突朝廷」！

四、《紅樓夢》的兩種神話起源論

但以寓言的詮釋方式，甚至任何詮釋方式，閱讀《紅樓夢》最大的障礙就在於對警幻仙子的詮釋。雖然本書書首已對警幻仙子立場予以揭露，但在紅樓夢的整體架構上如何一以貫之，則須借助「後設小說」（metafiction）的架構，才能找到全面統整這本小說的「反面」詮釋。

先前從「寓言閱讀」出發所提到的「正面」及「反面」直指表面意義與隱喻意義之別，後設閱讀則可循此更進一步從故事架構區分出另一種不一樣但緊密相關的「正」（表面意義）與「反」（隱喻意義）。

這個架構首見於《紅樓夢》以兩個不同的神話架構兩度開始。

故事首先開始於女媧補天的神話，並促成了石頭的下凡。但在幾個段落之後，也就是空空道人所抄錄的《石頭記》開始時，又出現了一個新的神話架構，也就是太虛幻境的體系，並且促成以神瑛侍者為首的另外一批人下凡。促成兩者下凡的各為女媧與警幻仙子兩位女神，女媧出於亙古、為天下之始，太虛則是半路殺出、橫空而來。女媧因遺忘了石頭而致他終日啼泣，最後因偶遇一僧一道，而動了下凡閱歷之心。神瑛則因警幻要他了結公案（即他與絳珠草的奇緣）而與一干人等下凡。由此可知，前者是因「偶然」下凡，後者則既有所本也有目的，且其所本還涉及「前訂之緣」。

於是，本書故事的起源在第一回便有兩種說法：先是「偶然說」，然後是「前緣說」。「偶然說」指出石頭「因巧」補天不成（「只單單剩了一塊未用」），但又已通靈性，因此在青埂峰下日夜悲哀，後「偶」有一僧一道經過（「俄見一僧一道遠遠而來」），因聽其言談而動了凡心，遂乞彼等攜之閱歷紅塵，最後並成就了鐫於石上的《石頭記》。「前緣說」則從《石頭記》開始，將故事的開始歸諸神瑛侍者灌溉絳珠草所結情緣須在人世了結公案。因此而發生的一切，便是石上所鐫《石頭記》的主體。事出偶然與緣定前生，兩者的邏輯相差不可以道理計。而且，兩者之間的差異似乎又太乾淨整齊，讓人直覺此中似有深意。但歷來這個「雙重起點」架構，始終未曾獲得重視，原因便在於未曾將之置於「遺民」書寫的脈絡中。兩者一旦結合真相便得大白，而作者精心的設計也浮出檯面。

首先讓我們看看「偶然說」與「前緣說」在書中位置上的關係。「偶然說」出現在《紅樓夢》

的書首，而「前緣說」則出現在空空道人抄自頑石的《石頭記》書首。這本石上之書是《紅樓夢》的「書中書」；但除了《紅樓夢》在《石頭記》開展前及襲人出嫁之後的部分，兩者看起來似是同一本書。「書中書」的架構讓我們很容易聯想到當代理論所謂的「後設小說」（metafiction）的敘事架構。帕特里莎・渥厄（Patricia Waugh）給「後設小說」的定義是：這種書寫：

> 會有意識而系統性的把注意力導向自身的藝術身分（status of artefact），以便對藝術與現實的關係提出問題。在批判自己的建構方法的同時，這種書寫不但檢視敘事小說的基礎結構，同時也對文學的虛構文本之外的世界可能具有的虛構性，進行探討。[32]

當代後設小說用以進行上述探討的方式，就是採用「故事中有故事」（stories within stories）的策略，以兩層到多層甚至「中國盒子」（Chinese boxes）的架構展開其敘事，其目的多半是以「外框故事」（framing story）批判「框內故事」（framed story）。[33]在內層遭批判檢視的通常是布爾喬亞寫實主義的小說（如約翰・巴特〔John Barth〕的《迷失在奇幻屋中》〔*Lost in the Fun*

---

32 Patricia Waugh, *Metafiction: The Theory and Practice of Self-conscious Fiction* (London & New York: Methuen, 2003), p. 2.

33 Ibid, pp. 30-31.

House: Fiction for Print, Tape, Live Voice〕），或是歷史敘述（如E・L・多克托羅〔E. L. Doctorow〕的《丹尼爾》（*The Book of Daniel*），[34]而外層則是「具睿智的敘述意識」（sophisticated narrative consciousness）的作者，[35]他會經由不時的介入以揭穿內層的迷思。但另一方面，後設小說也有以突出藝術之力量為目的者，[36]此時內層的藝術與外層的日常現實之間的關係便可能反向配置，即內層的藝術成為批判與主導的層次（如萊辛〔Doris Lessing〕的《生存者的回憶錄》〔*The Memoirs of a Survivor*〕，[37]甚至最後完全掩蓋外層的現實世界（如波赫士〔Jorge Luis Borges〕的短篇〈托隆・烏奇巴・第三層世界〉〔"Tlön, Uqbar, Orbis Tertius"〕）。[38]

多層次架構的目的就是要突出「邊框」（frame）的關鍵性。意義的產生乃是來自邊框的設定，不同邊框提供不同的意義。[39]如此，則「突破邊框」（frame-breaking）便有挑戰陳規舊義的作用。[40]上述的各種內外層的關係，必須經由「邊框突破」，也就是由角色在不同層次之間自由移動，才能達成。

《紅樓夢》與後設小說的相似處不只是結構，即外層的「大荒敘事」夾著內層的「太虛敘事」，「大荒敘事」始於補天神話，「太虛敘事」則始於太虛神話終於襲人出嫁，此後全書再回到「大荒敘事」。但在中間「太虛敘事」部分不時有「大荒敘事」的出現與介入。首先，石頭（近乎作者的代言人，但更是遺民情懷之所繫，即中華之道統或國魂）的存在便是「大荒敘事」介入的明證，它多數時候是緘默著近身陪同寶玉，但在某些時刻則提出後設的觀察，也有幾次被寶玉怒摔於地，或離奇自寶玉身邊消失。故石頭（作者）可視為與寶玉互為「另我」（alter-ego），多數時候其觀點可謂與寶玉近似，但因其似隨時可能為「金玉良緣」所利用，而令寶玉心煩。但有時石頭也故作視野受限，以避寫情色。至於蒙塵或匿蹤尤為關鍵，因是為了凸顯「石頭」乃是遺民情懷的核心，不可稍有違失。[41]而穿越兩重敘事、具有「邊框突破」功能的除了石頭之外，就是無

34 Ibid, p. 107.

35 Ibid, p. 27.

36 Ibid, pp. 87-114.

37 Ibid, p. 110.

38 Ibid, p. 15.

39 Ibid, pp. 28-34.

40 Ibid, p. 31.

41 石頭的視角是「後設角度」，已是不少論者的共識。如張愛玲、王瑾（Jing Wang）、高辛勇皆有相關論點。張愛玲，《紅樓夢魘》（上海：上海古籍，一九九五），頁二二五；Jing Wang, *The Story of Stone: Intertextuality, Ancient Chinese Stone Lore, and the Stone Symbolism of Dream of the Red Chamber, Water Margin, and The Journey to the West* (Durham, N.C.: Duke University Press, 1992), p. 208；高辛勇，〈從「文際關係」看《紅樓夢》〉，收入張錦池、鄒進先編，《中外學者論紅樓：哈爾濱國際《紅樓夢》研討會論文選》（哈爾濱：北方文藝，一九八九），頁三二三。但其實除了故事敘述時而採石頭的視角，「後設表達」（meta-comments）在進入《石頭記》後仍不時出現。最知名者如第十五回寶玉與秦鐘行事曖昧時，石頭宣稱：「寶玉不知與秦鐘算何帳目，未見真切，未曾記得，此是疑案，不敢纂創。」又如第十八回元妃省親，正在形容園內布置說不盡的太平氣

所不在的僧人與道士。但不論是石頭與寶玉的分合，或僧道在兩個層次間的自由來去，都是為了讓外層敘事的立場（即「偶然說」）對內層敘事的立場（即「前緣說」）進行強烈但隱晦的批判。[42]

換言之，從作者的角度觀之，警幻仙子（「太虛敘事」）是第十二回夾批所謂的「正面」（歸順之書），而作者（及其代言者石頭）（「大荒敘事」）則是「反面」（反抗之書）。若只看警幻仙子所主導的「太虛敘事」，就會接受「明亡故假，清興乃真」，而誤以為《紅樓夢》是一本歸順之書。故後設架構的目的便是要從「國族寓言」所無法觸及的另一個反面來閱讀此書。亦即，不只要從「國族寓言」（「風月」之反面）角度，看穿正面的風月情欲的煙幕，以免誤以為《紅樓夢》是情欲與道德／經濟仕途糾結不清的言情之作，而錯失反清悼明之寓意；而更要從作者（石頭）代表的「反面」（「大荒敘事」）立場讀此書，以免誤以為警幻仙子（「太虛敘事」）的邏輯——情乃是淫，故須及早回頭，投身經濟仕途——是絕對之善，而忽略作者對清的統治者以「經濟仕途」為誘因的籠絡政策，所做的隱諱但尖銳的批判。總之，要從反面看本書，就必須掌握到作者的立場，從此出發來看。

不過，我們若再更深入審視，就會發現《紅樓夢》的後設架構並非只有上述的外內兩個層次，而是有「外中內」三個層次。因為寶玉對大觀園之執著呈現出第三種敘事及立場。最內這層的敘事可稱為「大觀敘事」，而其敘事基礎則是「唯情說」。簡單講，「唯情說」便是遺民最初的立場，而外中（即前文所說的「外內」）二層次的不同論述則是對他進行遊說的兩種立場。故三者之間關係並非一般後設小說所習用的「外層批判內層」或「外層被內層淹沒」，而是內層反抗中層，中層批判內層，外層批判中層，但也開示內層。

簡單講，作為清之統治者的象徵，中層警幻仙子的「太虛敘事」從「前緣說」（天命有時而盡，已自明轉移至清）出發，以自詡為後設小說中「具睿智的敘述意識」對最內層作為遺民象徵的寶玉／神瑛，提出了仕人面對明亡創傷之上策乃是：拋棄「唯情說」，轉而勤奮讀書出仕清朝

象與富貴風流，行文忽然筆鋒一轉而成為石頭的評論——「此時自己回想當初在大荒山中，青埂峰下，那等淒涼寂寞；若不虧癩僧、跛道二人攜來到此，又安能得見這般世面。」

42 除攜玉下凡係由僧道所為之外，帶領甄士隱出家是一道士，將「風月寶鑑」攜至賈瑞家也是道士。第二十五回寶玉蒙塵則由一僧一道將之拭淨，而第九十五回則由和尚將玉送回。在最關鍵的「還玉」時刻，更可證明僧道乃是打破邊框的作者分身。在該回和尚攜玉送回時與寶玉有以下對話：「……弟子請問師父，可是從『太虛幻境』而來？」那和尚道：「什麼『幻境』，不過是來處來，去處去罷了！我是送還你的玉來的。我且問你，那玉是從那裏來的？」寶玉一時對答不來。那僧笑道：「你自己的來路還不知，便來問我！」由此可知，和尚的目的並非為太虛代言（「什麼『幻境』？」），而是在提醒寶玉之原始出處（「我且問你，那玉是從那裏來的？」）。其後小廝偷聽寶玉與和尚談話之後，回覆詢問時答曰：「我們只聽見說什麼『大荒山』，什麼『青埂峰』，又說什麼『太虛境斬斷塵緣』這些話。」我們要注意的是寶玉在重遊太虛時，確曾聽聞尤三姐揮劍曰：「一劍斬斷你的塵緣」，但完全沒有人言及「大荒山」及「青埂峰」，後二者是和尚在這段談話中才提到的。換言之，正因為和尚與道士能貫穿書中的不同層次，而使得他們具有外層批判內層的功能。關於此筆者會另文探討。

（「萬萬解釋，改悟前情，將謹勤有用的功夫，置身於經濟之道」）。[43] 但寶玉／神瑛面對此創傷則更堅定的擁抱「唯情說」，選擇了以寫詩（也就是堅守對明之「情」）為主的自我療癒方式，此即後設小說以「藝術」頑抗「現實」、甚至取代「現實」的模式。而作者／石頭在最外層次則以「偶然說」（即明亡乃是歷史的偶然，與天命轉移無關）來瓦解警幻仙子的「前緣說」，這也屬後設小說的第一種模式，即以另一更高層次的「具睿智的敘述意識」來拆解中層也以「具睿智的敘述意識」自居的前緣說。同時，石頭雖同情「唯情說」，但也對寶玉／神瑛有所開示並另予指引。

五、補天遺民與游離秀氣

在進一步闡明「後設小說架構」在《紅樓夢》中的意義前，我們必須更深入說明為何寶玉是遺民的代表。本書第二回冷子興與賈雨村的對話中已有強有力的暗示。冷子興因談起賈家而對賈政之子寶玉有所臧否，雨村遂駁斥其見識不足，並發表下列論點：

> 天地生人，除大仁大惡兩種，餘者皆無大異。若大仁者，則應運而生；大惡者，則應劫而生。運生世治，劫生世危。堯、舜、禹、湯、文、武、周、召、孔、孟、董、韓、周、程、張、朱，皆應運而生者；蚩尤、共工、桀、紂、始皇、王莽、曹操、桓溫、安祿山、秦檜

等，皆應劫而生者。大仁者，修治天下；大惡者，擾亂天下。清明靈秀，天地之正氣，仁者之所秉也；殘忍乖僻，天地之邪氣，惡者之所秉也。**今當運隆祚永之朝，太平無為之世**，清明靈秀之氣所秉者，上至朝廷，下及草野，比比皆是。**所餘之秀氣**，漫無所歸，遂為甘露，為和風，洽然溉及四海。彼殘忍乖僻之邪氣，不能蕩溢於光天化日之中，遂凝結充塞於深溝大壑之內，偶因風蕩，或被雲摧，略有搖動感發之意，**一絲半縷誤而泄出者**，偶值靈秀之氣適過，正不容邪，邪復妒正，兩不相下，亦如風水雷電，地中既遇，既不能消，又不能讓，必至搏擊掀發後始盡。故其氣亦必賦人，發泄一盡始散。**使男女偶秉此氣而生者**，在上則不能成仁人君子，下亦不能為大兇大惡。置之於萬萬人中，其聰俊靈秀之氣，則在萬萬人之上；其乖僻邪謬、不近人情之態，又在萬萬人之下。若生於公侯富貴之家，則為情痴情種；若生於詩書清貧之族，則為逸士高人；縱再偶生於薄祚寒門，斷不能為走卒健僕，甘遭庸人驅制駕馭，必為奇優名倡。如前代之許由、陶潛、阮籍、嵇康、劉伶、王謝二族、顧虎頭、陳後主、唐明皇、宋徽宗、劉庭芝、溫飛卿、米南宮、石曼卿、柳耆卿、秦少游；近日之倪雲林、唐伯虎、祝枝山；再如李龜年、黃幡綽、敬新磨、卓文君、紅拂、薛濤、崔鶯、朝雲之流，此皆易地則同之人也。（強調為筆者所加）

---

43 清初諸帝一再強調明非清所亡，在此基礎上才可能有此類「改悟前情」的論述。下文將細述清初諸帝之籠絡政策。

此處雨村特別就賈寶玉之類的人物給予了一種特殊的歷史定位，而此定位正是對遺民命運的描述。引文指出，宇宙間正邪兩種氣「搏擊掀發」後賦於人，此人便成了一種特立獨行之人。但此二種氣為何會相「搏擊掀發」呢？原因是「今當運隆祚永之朝，太平無為之世」，滿朝皆是「清明靈秀之氣所秉者」，以致「所餘之秀氣，漫無所歸，遂為甘露，為和風，洽然溉及四海」，同時邪氣在這樣一個清明的時代，便無處可去，「遂凝結充塞於深溝大壑之內」，偶爾因故「一絲半縷誤而泄出者」，與靈秀之氣遭遇，遂產生正邪之間的生死衝突。從而造就了這些「聰俊靈秀」復「乖僻邪謬、不近人情」之人。

這些人與遺民命運相違之處只有一點：遺民的時代不是盛世，故就遺民而言，邪氣與秀氣的處境是反過來的；「上至朝廷，下及草野，比比皆是」的乃是「邪氣」，而那「一絲半縷誤而泄出者」才是「秀氣」。然而，將當朝描述為「今當運隆祚永之朝，太平無為之世」，乃是作者「欲語還休，欲張彌蓋」的一貫策略下對「當朝」的不二描述。實際上，從雨村所列人物誕生的原因——正邪二氣的衝突——可知，這絕非太平盛世會發生的事，故這類人也不會出現在太平盛世。依雨村所給的例子觀之亦可佐證：其中幾乎無一是盛世之人，甚至更意有所指的明列陳後主、宋徽宗等末代皇帝。

雨村講完這段話之後冷子興無厘頭的問答，又進一步點明了這個「非太平聖世」即是遺民所處的「末世」。子興道：「依你說，『成則王侯敗則賊』了？」雨村則回答：「正是這意。」若依上述引文的說法，這些「聰俊靈秀」復「乖僻邪謬」之人係生在太平盛世，雖是「正邪相搏」的產品，卻與「邪正之間孰勝孰負」（即「成王敗賊」）並無關係；在上述「氣稟論」的邏輯中，「餘」才是重點。[44]但所謂秀氣為邪氣所糾纏，始有「乖僻邪謬、不近人情」性格，已有遺民因遭逢大變而刻意與主流社會背道而馳的暗示。而作者在此特意再加上「成王敗賊」的說法，看似突兀，實則是畫龍點睛：在「欲張彌蓋」之後，再次讓人面對此處的政治意涵。亦即，「餘民」不但身不在「盛世」，且與「成王敗賊」有關，那麼「餘民」毫無疑問就是「遺民」了。

事實上，從中層敘事（石上之書）的太虛神話架構已可看到神瑛侍者是遺民象徵的各種暗示。神瑛與絳珠草的「紅色情緣」已有充分宣示，而寶玉與「紅色」之關聯亦被作者一再強調——其居處稱「怡紅院」，別號「怡紅公子」、「絳洞公子」，前身神瑛侍者亦居「赤瑕宮」。警幻

44「氣稟論」出自理學主流，朱熹更有具體說明（「有是理而後有是氣，有是氣則必有是理。但稟氣之清者，為聖為賢，如寶珠在清冷水中；稟氣之濁者，為愚為不肖，如珠在濁水中。所謂『明明德』者，是就濁水中揩拭此珠也」（〔宋〕朱熹，《朱子語類》，卷四，頁七三）。但此處因是從賈雨村口中說出，便無疑義。因為從遺民情懷小說的角度詮釋《紅樓夢》，賈雨村所喻正是那種沒有節操、輕易降清的明末仕人。但這些人之中也有能理解、甚至暗自欽佩遺民堅持者，只是自己做不到而已。而且遺民與降臣間的關係也非漢賊不兩立般的不相往來，甚至還時相往還、互通有無（李瑄，《明遺民群體心態與文學思想研究》〔成都：巴蜀書社，二〇〇九〕，頁三四九—八七）。事實上，陽明心學在這一部分基本上是繼承了朱熹的氣稟論（杜保瑞，〈對王陽明批評朱熹的理論反省〉，《國立臺灣大學哲學論評》四四期〔二〇一二年十月〕，頁三三—七二），故最終而言誰說都一樣，重點應在賈雨村之類對遺民仍有一定的同情的理解。

仙子要神瑛與絳珠草並一干人等下凡「了結公案」，更是挑明了從大虛敘事（警幻）的角度，這份紅色情緣必須了結。

六、塵緣偶結與前緣天定

這三層架構之間的關係如任何後設小說，也牽涉到藝術、人生、歷史三者的關係，只不過因為有三個層次，而較一般後設小說更為複雜。但這三個層次到底形成何種關係，有待我們以拉岡的精神分析理論給予進一步的分析。

拉岡對主體的發展有「真實」（the Real），「想像」（the Imaginary），「象徵」（the Symbolic）三個階段或三個界域（order or register）之說。「真實」是主體尚不知任何人我區分、仍然徜徉在一種與母體合而為一的至福狀態。「想像」則是在嬰兒「鏡像期」（mirror stage）的階段形成，這時期的主體開始意識到人我之別，但仍相信失去的至福之感或「原初執爽」（primal jouissance）可經由一對一的「執認」（identification）尋回。但主體接受語言之後，便被迫與自己欲望的對象（母親）（other）永遠分離，進入了以「差異」（difference）與「關係」（relation）為基礎的語言世界，也就是進入了「象徵」（又稱「父之名」〔Name of the Father〕、「律法」〔Law〕或「大義物」〔Other〕）主導的世界。從此主體體認到自己天生的缺憾（lack），這個體認就是體制化

（institutionalized）的欲望（Desire）。體制化的欲望是一個雙面現象，一方面指向失去的「神話性物件」（此後簡稱「神物」）（the Thing），一方面讓主體認為該「神物」須經象徵世界的管道尋回。[45]

但這三種階段同時又構成主體內部的三種並存的界域或模式。在一般的狀況下，主體活在「象徵」與「想像」交互出現的狀況中，受制於常識價值時屬「象徵」狀態，在情感強烈時則偏向「想像」狀態。[46]但「真實」並非在主體進入象徵之後便消失無蹤，而仍會不時透過「小異物」（object petit a），啟動主體對「原始執爽」或「神物」的記憶，同時並經由「想像」（也就是「執認」〔identification〕）功能建構一個環繞著這個「小異物」的幻思（fantasy）。[47]但「真實」

45 關於拉岡主體性建構的理論，可參閱如Kaja Silverman, *The Subject of Semiotics* (New York & Oxford: Oxford University Press, 1983)或Bruce Fink, *The Lacanian Subject: Between Language and Jouissance* (Princeton, N.J.: Princeton University Press, 1995)。

46 Mikkel Borch-Jacobsen, *The Absolute Master* (Stanford, Calif.: Stanford University Press, 1991), pp. 77-78.

47 拉岡稱「小異物」為「欲望的原因物」（object-cause of desire），因為此物會撩撥主體，使之誤以為此即是欲望真正的對象——神物（Jacquese Lacan, *The Four Fundamental Concepts of Psycho-analysis*. Trans. Alan Sheridan. New York: W. W. Norton, 1978, 243）。但此物件可以是任何物件，其神物性質是主體所賦予；它並非執爽本身，而是指向執爽的物件。而且最終而言，小異物反而會讓主體意識到，其實「原始執爽」並不存在，而大義物的核心處乃是空洞，故其正當性也不存在。Slavoj Žižek, *Looking Awry: An Introduction to*

則會隔時沖破象徵的網絡為主體帶來「創傷」（trauma），喚起主體對「原初創傷」（因父親介入造成與母親割裂）的記憶，並推翻任何日常物件皆可為「神物」的想像。而主體面對創傷時的因應方式，也幾乎複製了最初進入語言世界的模式：面對真實衝擊時，主體會尋求將真實「再象徵化」（re-symbolize），以便生活能如常持續。[48]

創傷在精神分析中堪稱主體性形成過程中的核心問題。在主體進入象徵之後，如何處理創傷（也就是主體在象徵內的穩定存在被劇烈擾動的現象），可謂牽動到主體最根本的福祉。創傷是主體與「壓抑的回沖」（return of the repressed）（即「真實」）的遭遇所造成。但在遭遇的當下，那總是一個「錯過的邂逅」（missed encounter）。[49]從此主體便會不斷回到創傷的當下，試圖了解這個創傷。但這個過程常形成主體對創傷的執著（即所謂「陷溺於執爽」），而精神分析的目的也在於協助受創者超越這個障礙（stumbling block）。[50]創傷出現時，主體因為從象徵解離而等於重新誕生，能否成功再象徵化則成為主體是否成功成為主體的關鍵。

但後期的拉岡則對此「再象徵化」有略微不同的看法。他認為最真實的主體自我認知，必須來自於對所有不同象徵體系之虛幻本質的大徹大悟。而這種徹悟最後必導致對所有象徵體系的揚棄，此時主體唯一的依憑反而是主體自身因創傷而產生的病徵（symptom）。對後期的拉岡而言，重新成為主體必須經過兩個步驟：「徹悟幻思」（go through the fantasy）及「認同病徵」（identify with the symptom）。但此時所認同的病徵不再只是單純的病徵，而是經過主體將之「藝術化」後的病徵，又稱「叄統」（sinthome）。理論上，當創傷產生於新舊二大義物正面衝突時，最容易讓主體看透象徵的武斷性及人為性。比如易代的歷史時刻（針對「叁統」本書第九及十一章將會詳論）。

但在治療創傷及尋找真正自我的過程中，藝術也可扮演如精神分析的角色。[51]面對那隱約但不復可及的「神物」，主體也可經由藝術創作獲得「再象徵化」。因為「所有的藝術都圍繞著神物的空洞，形成某種特殊的組構」[52]，而其組構的方式通常是將一個普通的物件拉高到神物的位置。[53]經由藝術的「昇華」（sublimation）作用，將主體拉離神物的誘惑，重新安置於象徵的網

Jacques Lacan through Popular Culture (Cambridge, Mass.: MIT Press, 1991), pp. 83-84。

48 Slavoj Žižek, *Looking Awry*, p. 58; Bruce Fink, *A Clinical Introduction to Lacanian Psychoanalysis: Theory and Technique* (Cambridge, Mass.: Harvard University Press, 1997), p. 49. 然而，每次從創傷到再象徵化的過程與最初進入象徵之不同在於「真實」已不再是最初的真實，而是象徵介入之後，殘存的真實。Bruce Fink, *The Lacanian Subject*, pp. 26-28。

49 Jacques Lacan, *Four Fundamental Concepts of Psychoanalysis*, p. 55.

50 Bruce Fink, *The Lacanian Subject*, p. 26.

51 Steven Levine. *Lacan Reframed: A Guide for the Art Student* (London; New York: I. B. Tauris; New York, 2008), pp. 123-24.

52 Ibid, p. 48.

53 Ibid, pp. 32, 35.

絡。故藝術的創發即是經由「幻思」對普通物件的重構，使之成為神物。[54]但真正具有療癒效果的藝術，不能只停留在「想像」（imaginary）的層次，而必須轉化成為「象徵藝術」（symbolic art）；想像藝術仍相信藝術能提供最終的真理，但「象徵藝術」則「清出一個神聖的空間以供填滿」。[55]主體最後必須了解到，藝術的呈現（representation）本身不是真實，而是「建構的幻象」（constructed illusions），主體才能對人世有象徵層次的了解（symbolic level of understanding），[56]也就是先前提到的「再象徵化」。

但是這種「象徵藝術」所促成的「再象徵化」與一般日常的「再象徵化」卻有關鍵的不同。象徵藝術讓人經歷人世的無所依憑而大澈大悟，最終只能如喬艾斯一般從「叁統」獲得另類的「再象徵化」。

七、化石為玉，大觀獨上紅樓

作為遺民情懷小說的《紅樓夢》正是一部針對明亡之巨大創傷所作的治療之書，也是一部大徹大悟之書。遺民這個受創之人自己有一套以「唯情說」為本的應對策略，但從「偶然說」與「前緣說」的角度觀之，則是「陷溺於執爽」，故遺民可謂自己以「藝術創作」自我療癒，而這兩個起源論則可謂皆以治療師自居，只不過各自從近乎相反的角度來「治療」遺民的創痛，也就是提供遺民不同的「再象徵化」的策略。而外層大荒敘事、中層太虛敘事、內層大觀敘事這三個不同的論述，便是各自以真實、象徵、想像的三者之一為其指導原則，並且經由這三個論述各自描述了遺民主體誕生於明亡時所受之重大創傷，並各自期許遺民於誕生後應循何途徑方可找回人生意義（即「再象徵化」）。

首先是「偶然說」：明朝的「天」（大義物）原被認為是完整無缺的。不幸天破後，女媧這個母親般的角色試圖修補，但補天之事不知何故只用三萬六千五百顆頑石而有「餘石」一顆。此石未獲補天即意味著補天之事功虧一「石」，而石日夜悲哀一事，則可理解為遺民在失去「完整的天」的同時，破洞成了其心中的懸念（創傷），也就是來自「真實」的回沖。此石既是本應用於補天的最後一塊，也指向了天的破洞。這意味著遺民在為明朝之天破悲傷之餘，也體悟到明朝的天其實有根本缺陷。故一僧一道將石攜走鐫字（「勿失勿忘，仙壽恆昌」）並化為「玉」，便是寓寫「語言」在「偶然」間將創傷予以「再象徵化」（也就是把「石／真實」再化為「玉／欲」）。[57]

---

54 Ibid, p. 35.

55 Ibid, p. 49.

56 Ibid.

57 拉岡認為主體性的取得純係「偶然」。參閱其在"The Instance of the letter in the Unconscious or Reason since Freud," *Ecrits: The First Complete Edition in English*. Trans. Bruce Fink in collaboration with Heloise Fink and Russell Grigg (New York & London: Norton) 一文中關於「廁所標示」（Toilet signs）的討論（pp. 418-19）。而

但玉其實是個「小異物」：既標示了「神物」（原初執爽／母親的愛，在本書中即「明之國魂」）的失去，卻也同時以「小異物」的方式提示「神物」仍然以某種形式存在於「象徵」（新大義物／清之現實）之外。《紅樓夢》這本書就是要書寫這「玉／欲」（即遺民想像中的明之國魂）在明末清初命運的軌跡。從不知何故補天不成造成創傷，到由一僧一道偶然路過以語言將創傷「再象徵化」的過程，在在傳遞出遺民主體的形成係「事出偶然」（「不知何故」與「偶然路過」）。

然而，不幸的是，遺民主體「再象徵化」後的象徵世界已不是明的大義物，而是清的大義物。在清的象徵現實中，欲望必須以清的語言書寫，故一僧一道乃是以清的語言經由偷天換日之法（也就是本書的「假語村言」或余英時所謂「自創隱語系統」[58]）寫下了遺民的自我期待（須對「失去之神話性物件」「勿失勿忘」）。而石頭藉僧道之手下凡（成為「遺民主體」）更強化了「偶然」的重要性。在《紅樓夢》一書中，偶然之所以重要，除了因為中國佛教（禪宗）與道教皆以「隨緣」為超越人世無常的最高境界，更重要的是，作者透過這個以偶然為基礎的起源論，強調明之覆滅及遺民主體的產生皆源出偶然，而非必然。然而偶然的過程卻因係創傷所促成，而導致了「必然」的期待，即遺民主體的欲望從此會被「玉」所指向的「神物」所牽引，而對彼「勿失勿忘」，不願稍移其志。

但相對於「偶然說」這套從「真實」的角度立論（即「一切既從真實來，不免要向真實去」）的描述，警幻仙子從新的「象徵」體系的角度出發，卻另有一套本於「前緣說」的描述，目的是為了強化此新「象徵」體系的正當性及其對遺民進行召喚（interpellation）的合理性。遺民主體進入了清的「象徵」現實後，其對原初執爽的記憶不再被允許，取而代之的是一個新的「大義物」（Other）（即新價值體系）。遺民主體必須以追求清廷所提供的「積極價值」（即出仕為官）為滿足欲望的對象。於是雖然「玉」（欲）如影隨形讓遺民主體「勿失勿忘」，但最後欲望的對象會被迫「折射」（deflected）到清之「大義物」所提供的價值上，而不復是那失去的「天」。清之「大義物」對世界的運轉自有一番說詞，並以「大論述」（grand narrative）將因果串聯清楚，在在都指向「天命已轉」：舊的天已毀棄，新的天已完竣。

《紅樓夢》最初的大義物是園外的成人世界，但警幻仙子特別引導故事主角寶玉進入太虛幻境，讓他了解到大義物或「成人世界」即將（或早已）更迭，[59]故勿再留戀「舊的大義物」，應準備迎接「新的大義物」。警幻仙子提醒寶玉這個遺民的象徵：主體新舊替換是必然的，因為太虛幻境已將人生的一切根由掛號；不但寶玉與黛玉的前定情緣必須了結，而且所有「有情兒女」的命運也都早有定數，因為更大的天定之緣即將履踐。換言之，警幻仙子既掌有了天命，當然便洞燭了眾人的命運。故遺民主體趁早接受新的大義物才是識時務之俊傑。

創傷主體的命運也來自偶然。參閱如Roberto Harari, *Lacan's Four Fundamental Concepts of Psychoanalysis: An Introduction*, Trans. Judith Filc (New York: Other Press, 2004), p. 30。

58 余英時，《方以智晚節考》（北京：生活・讀書・新知三聯，二〇〇四），頁四。

59 是即將或早已，端看從哪個時間點出發。回到易代發生的時期，則是即將。從回憶的時間點則是早已。

然而，遺民的「唯情說」則讓遺民遁入「大觀園」以迴避清的新大義物。大觀園既是一個「情的樂園」，也是一個「藝術的樂園」。因為在被迫以清之大義物「再象徵化」的過程中，遺民主體失去的神物正是大明「母親的愛」，故園中諸人自然會以追求「情」為對抗（程朱之）「理」的手段。而園中諸人寫詩看戲的藝術活動，則是用以拮抗程朱八股的仕途經濟。對遺民而言，大觀園即是「明之國魂」的再現，而遺民則是以拉岡「想像」的「一對一執認」（identification）模式，全心擁抱之。

但這時偶然說的意義就出現了。偶然說與唯情說可謂遺民內在的兩個分裂的自我（即作者與寶玉）。大觀園的「藝術創作」雖然迷人，但其經由「終止時間之流」[60]以獲得某種「超越性的高度」（transcendent dignity）的策略，卻意味著大觀園作為藝術品的身分始終停留在「想像」的層次，故否定了人世的無序與偶然，某種意義上甚至可謂陷入了「象徵死亡」（symbolic death）。[61]故才需有來自更高層次的偶然說來提醒遺民：想像中的「神物」在根柢上乃是個空洞，並促成《紅樓夢》最終從「想像藝術」爬升到「象徵藝術」的轉化。

總之，石化為玉之後，明已灰飛煙滅。遺民面對舊情之不捨及新朝的籠絡，只得經由《紅樓夢》一書的撰寫，回到明的最後四十年，俾能再重履紅樓一夢。然入夢已非單純的懷舊或逃避，而是藉以讓遺民同時針對兩面——清廷的籠絡遊說以及遺民（即寶玉）對故明之情的不捨——進行周旋，以堅其不仕二主的信念並另尋絕境中的出路，復經此得以將亡國後無法吞嚥的血淚與無法傾吐的鬱積，委婉表達。

八、三層架構與三種人生

上文已經提到，《紅樓夢》後設架構的三個層次（石頭、警幻、寶玉）形成了三種論述。外層的大荒敘事是以補天神話為詮釋架構，而中層的太虛敘事則是以太虛神話為其詮釋架構。但在故事的最內層還有主角神瑛（遺民主體）經由大觀園的想像（即對明朝的美好回憶）所構成的詮釋架構。不同的詮釋架構為本書提供了不同的歷史視角與意義。若神瑛是當局者，警幻則是設局者，而石頭化為寶玉（神瑛）身上的墜子，就變成了旁觀者。警幻主導了神瑛的下凡，目的是要他放棄他原有的歷史詮釋架構，而以她所期待的方式「了結公案」——「將謹勤有用的功夫，置身於經濟之道」。而神瑛則堅守其「反太虛」的立場；他對太虛的指示做出了最激烈的反應——躲進大觀園裡，以逃避來堅定自己最初的歷史詮釋架構。與寶玉朝夕相處如影隨形的石頭，則代表一個更超越的觀點；它對警幻的歷史詮釋同樣大表不以為然，但同時卻也對寶玉的堅持有所開示並另予指引。

換言之，「大荒敘事」（作者）雖同情「大觀敘事」（寶玉）對「明」在情感上的堅持，但同

---

60 Steven Levine. *Lacan Reframed*, p. 53.

61 Ibid.

時也承認明亡已是事實，故面對清已確立其統治的現實，必須在歸順大清及反清復明兩種可能性之外另謀對策。然而，大荒敘事雖然認為「天」或「大觀」（樂園般的存在）已於明亡時崩塌，卻並不意味著華夏已無重光之日；只要「天下」（青埂＝情根）仍在，華夏便在。[62]故最外層大荒敘事對寶玉的開示乃是，在清的統治下，知識分子應從「保國」轉向「保天下」；對「國（前朝）」的執著必須轉向對「天下」（後王）的期待。[63]是故，作為回憶錄的《紅樓夢》其心理發展之過程可圖示如下：

天下 → 國 → 遺民之情 → 國 → 天下

在補天神話所展開的敘事中，石頭（作者）已因國亡而被迫墮入只剩「天下」的境地，面對清之遊說他特意重返亡國前的過往，以堅其不仕二主之志。這時石頭的經歷開始與遺民的象徵（寶玉／神瑛）同步，從面對清（警幻）強大的遊說壓力，到重回舊時家國（明末），並逆溯至想像中華夏衣冠之極盛時刻（大觀園），亦即本書的核心部分——遺民之情。之後石頭復與神瑛重履亡國（大觀園崩解）時刻，最後在石上之書結束之際石頭與化身為蔣玉函的神瑛（寶玉）又回到青埂，也就是意義已荒蕪只剩「天下」的境地。但此時的蔣玉函已在荒蕪之中找到新的圖存之道。[64]

62 紅樓夢雖由官話寫成，但深受吳語影響，發音所受影響特別明顯。吳語中ㄥ（eng）ㄣ（en）不分，故「秦」（qin）可諧音「情」（qing），「可卿」（ke-qing）可諧「可親」（ke-qin），「埂」（geng）也可諧因「根」（gen）。此現象放諸全書皆準。

63 明遺民如顧炎武與黃宗羲等人的心態與策略皆逐漸從「保國」而轉變為「保天下」，可參考孔定芳，《清初遺民社會：滿漢異質文化整合視野下的歷史考察》（武漢：湖北人民，二〇〇九），頁二六五—七九。第十一章會再詳論小說中遺民態度的此一轉變。

64 關於蔣玉函的寓意及其圖存之道為何，第十一章將有詳論。

第三章

少年與成人

——《紅樓夢》的兩種世界

《紅樓夢》書中的衝突主要在於中層的「太虛敘事」及內層的「大觀敘事」之間。其形式是以兩種世界的衝突為其體現，最主要包括女人與男人的世界以及大觀園內與園外的世界兩組可代換的對照組。但未曾明說的還有「少年世界」與「成人世界」的衝突，而且前兩組世界的衝突在本質上皆由少年世界與成人世界的衝突所貫穿。表面上看「少年」與「成人」這兩個世界的衝突似乎總結了女男世界或園內園外世界的衝突的深層意義，但如此解讀猶不夠深入。這個衝突的癥結不在於少年與成人世界各自代表的普遍性價值，而是各自的價值所隱含的具時代背景的寓意。質言之，這兩個相反且互斥的世界各自隱喻了清廷的遊說（成人）與遺民的堅持（少年）。這組對立反映了本書的主要思想淵源，也構成了本書主要的張力與戲劇性所在。

由於《紅樓夢》中的主要角色多半飽讀詩書，言語往來亦極為世故且具品味，因而少有人在閱讀的時候，會時時銘記這些角色大半都尚未成年，甚至才入青春期。青少年似乎到了明代才因才子佳人小說的風潮而漸漸成為文學作品的主角，[1]但都未有《紅樓夢》這麼年幼的少年（十二三歲始至十六七歲）。[2]然而，這個事實卻因為種種原因被忽略。主要原因可能是，《紅樓夢》史詩般的鉅製超越了多數中國古典小說的企圖，故其「少年」為主角的特色極難進入當代讀者的認知。另一方面，本書又因為與才子佳人小說在表面上的相似，而致其定位始終與之僅咫尺之遙。雖然小說開始已假石頭之口表明此書反才子佳人的意旨，而一定程度可謂「反才子佳人小說」，但今人閱讀的習慣似仍頗受才子佳人小說特定閱讀傳統的影響，而致全書的詮釋過度聚焦於男女主角的愛情與婚姻以及兩者與科舉功名的關係，遂更無法正視書中主角被設定為「少年」在才子佳人傳統之外可能有的寓意。其結果便是：無法從「少年」出發，針對書中繁複的隱喻及遍布的線索給予充分的解讀（即寓言式的閱讀）。[3]

1 傳統中國社會傾向早婚，戰國時早可男十五娶（秦），晚也不過男二十女十七（越）。漢代初期因戰亂人口減少鼓勵生產，而致年齡又降到男十五女十四。唐初上限是男二十女十五，玄宗時又改為男十五女十三即可嫁娶。宋以後皆為男十六女十四即可嫁娶（向仍旦，《中國古代婚俗文化》〔北京：新華，一九九三〕，頁一二五—二八）。才子佳人小說之男女主角大約男為二十出頭，女為十六（霍小玉；杜麗娘）到十七（崔鶯鶯）。雖為未婚，但以傳統中國結婚年齡來說皆已過適婚年齡，故此乃傳統才子佳人小說始有之套例，以形塑故事性及戲劇張力。

2 關於《紅樓夢》書中主要角色年齡的分布眾說紛紜，且書中對此也有前後不一致的描述，但在全書的主要部分，年齡應在十二三歲到十六七歲之間。以寶玉為例，他比襲人小兩歲（第五回），而在元妃省親後，寶玉去襲人家得知其「兩姨妹子」年十七，故襲人應為十七八，而寶玉便是十五六了。黛玉比寶玉小一歲，故此時為十四五歲。寶釵比寶玉、黛玉「年歲雖大不多」，故應為十六七歲。但元妃省親時（第五回夢遊太虛後兩年）為寶釵過生日時，她卻只有十五歲，寶玉便只有十三四歲。可知關於主角們年齡的描述，書中約有二至三歲的不一致。年齡大約從十二三歲到十六七皆有。

3 其實李贄、湯顯祖、馮夢龍等重情論的重要倡議者，都或隱或顯的指出，論男女之情時往往有更大的寓意存在。如李贄謂：「大不得意於君臣朋友之間者，故借夫婦離合因緣以發其端于是焉」（〔明〕李贄，張建業等編著，《李贄全集注》〔北京：社會科學文獻，二〇一〇〕第一冊，頁二七二—七三）。馮夢龍在其《情史》的〈詹詹外史〉所說的，「情始於男女」，但又「流注於君臣、父子、兄弟、朋友之間而汪然有餘乎」（〔明〕馮夢龍，《情史／詹詹外史輯》〔台北：廣文書局，一九八二〕沒有頁數／頁二）。

若從這個尷尬的年齡（濟慈〔John Keats〕所謂的「the space between」）出發，《紅樓夢》便會呈現出一個全然不同於過往的面貌。不但男主角各種乖張孤僻的行徑便較為可解，更重要的是，書中的重大對比——包括女人與男人的世界，大觀園與園外的世界、以及釵與黛的兩難——更可呵成一氣為全書架構出一個全新的詮釋方向——遺民情懷小說。若要從少年出發，《紅樓夢》必然首先須從「成長小說」（Bildungsroman）的角度進行閱讀。

一、西方成長小說與現代性矛盾

西方所謂的「成長小說」最初指涉主題為少年「『全面發展』或『自我涵育』的小說」，且「主角方面多少有意識的要把自己的能力加以整合，藉由自身的經驗開發自我」，[4]但本書所指乃是較廣義的「成長小說」，也就是「少年小說或學徒小說」（novel of youth or apprenticeship）之意。[5]不過即使如此，巴克利（Jerome Hamilton Buckley）仍然提出一些成長小說的要素，諸如：「童年，世代衝突，鄉曲局限，社會，自我教育，疏離，愛之試煉，對志業之追尋，及安身立命之哲學」，[6]缺其二三以上，就無法成其為「成長小說」。恩格爾（Manfred Engel）則認為「成長小說」的定義須包含三個要素：作品需有一個中心角色、這個角色在故事中需有自青春期到成人的發展、且這個發展需在個性的形塑與社會化兩者的辯證過程中，完成角色與社會之間的再融合。[7]然而，上述兩種成長小說的定義仍只適用於主要以德國歌德（Johann Wolfgang von Goethe）與英國奧斯汀（Jane Austen）的作品為代表的「古典成長小說」（classical bildungsroman）。[8]從較當代的視角來看則略顯狹窄。莫瑞提認為可納入成長小說範疇者最起碼可包含兩類：一類屬意「分類原則」（principle of classification），主要見諸德英成長小說，另一類則堅持「轉化原則」（principle of transformation），主要見諸法國成長小說；前者著重最後「幸福」（happiness）的取得，後者則執意追求「自由」。[9]欲了解成長小說內部的這兩大模式，必須先了解成長小說在西方文學史的重大意義。

成長小說之所以在西方文學史上具有特殊意義，乃在於它與現代性的關係。這種定義下的成長小說最初的萌芽，便是因為西方面對著現代性的出現，必須藉由少年的成長過程，來給現代性

---

4 Jerome Hamilton Buckley, *Season of Youth: The Bildungsroman from Dickens to Golding* (Cambridge, Mass.: Harvard University Press, 1974), p. 13.

5 Ibid.

6 Ibid, p. 18.

7 Manfred Engel, *Romantic Prose Fiction*, ed. Gerald Gillespie and Bernard Dieterle (Amsterdam; Philadelphia: J. Benjamins Pub. Co., 2008), pp. 265-67.

8 Franco Moretti, *The Way of the World: The Bildungsroman in European Culture* (London; New York: Verso, 2000), p. 247.

9 Ibid, p. 8.

一個意義：

> 在十八世紀初，關鍵轉變不只是對少年（youth）的再思考。在所謂「雙重革命」（double revolution）的夢境與夢魘中，歐洲幾乎是在毫無預警的情況下，突然落入了「現代性」（modernity）之中，但卻仍未擁有現代性的相關**文化**。因此，假如少年〔的意象〕因此獲得了中樞性的象徵地位，同時**成長小說**的「大敘事」（grand narrative）也逐漸成形，這與其說是因為歐洲必須給予少年一個意義，不如說是為了給現代性一個意義。（強調部分為原文所有）[10]

換言之，少年被選為現代性的「象徵形式」（symbolic form），原因是因為少年具有現代性的兩種相反的特質：一方面少年體現了「流動性」（mobility）及「內在不居」（interior restlessness），另一方面，少年「青春終將結束」（Youth must come to an end）的內涵，也被用以宣示現代性不能永無止境的流動與冒險下去。少年必須在一定的時程內被「化為人類」（made human），才能讓時人找到現代性這龐大動能的確切意義。[11]

現代性流動不居的面向來自於西方世界在文藝復興之後，對人的重新肯定以及對世界的探究欲望。這時期的西方人或文明，就像拉伯雷（François Rabelais）筆下的巨人一樣，如初生的小孩般從中世紀的黑暗母體中來到人世，不但讓黑暗的母親死亡，而且對一切充滿好奇，有如葉慈（W. B. Yeats）詩句所言：「凡事皆能引我誘我」（All things can tempt me）。因此，以人生中的少年時期喻之寧非恰當。

然而，黑暗的母親死亡後的世界又形成了另一種桎梏。啟蒙理性對舊世界進行的「除魅」（disenchantment）以及商業的興起，造成了商業價值所主導的破碎新世界。於是，現代性所帶來的可能性立即被這個新的現實大幅限縮，以求形成穩定的社會脈動。這個時期對現代性這方面的要求，便呼應了前述少年的另一個面向——「青春終將消逝」。[12]這個隱喻透露了時間對冒險精神與理想情懷的詛咒——少年最終必然「長大成人」。現代性這矛盾的兩面以少年的成長過程為其象徵的表達可謂甚為恰當：在「個性形塑」（formation）與「社會化」（socialization）之間、在理想與現實之間、在「拒絕成長」與「終須成長」之間，「熱血少年」（enthusiastic youth）試圖尋找出真正屬於自己的世界。[13]

綜上所述，少年能代表現代性，正因為它同時象徵了現代性的兩個互相衝突的面向：「拒絕成長」以及「終將成長」。[14]而在這種現代性本身的矛盾氛圍中誕生的成長小說，也自然「在本

10 Ibid, p. 5.
11 Ibid, pp. 5-6.
12 Ibid, p. 8.
13 Manfred Engel, *Romantic Prose Fiction*, p. 269.
14 Franco Moretti, *The Way of the World*, p. 8.

質上便是自我矛盾的」；[15]一方面，主人公企圖對當前的主流現實提出另類的模式，另一方面卻又無法阻止現實情勢對主人公內在發展的侵擾。[16]與現實妥協與否，便形成了前述長成小說的兩種不同模式；當「分類原則」主導時，少年便成為「長大成人」（maturity）的前奏，唯有結束青春才能取得「穩定」且「最終」的身分；若「轉化原則」主導時，則少年拒絕長大成人，因為那是對青春的背叛，並會剝奪少年的根本意義。[17]

一般都認為成長小說的濫殤乃是歌德的《威廉・麥斯特》（*Wilhelm Meisters Lehrjahre*），此書正是典型的古典成長小說，也就是分類原則所主導的成長小說。屬此類者還包括時間稍晚的英國作家如珍・奧斯汀的《傲慢與偏見》（*Pride and Prejudice*）。在這類成長小說中，主角最後都回到社會規範之中，找到安身立命的價值。這是因為歌德的小說是以席勒（Johann Christoph Friedrich von Schiller）的「美學教育」（aesthetic education）為準則展開少年的成長歷程，而一如多數浪漫主義思想家一樣，「美學教育」針對破碎世界所提出的藥方也不免執著於一種前現代的「預設和諧」（pre-estabalished harmony），以致在最後總會選擇某種程度對衝突的消弭。[18]換言之，在這些作品中少年雖然彌足珍貴，但過渡階段的意義仍重於終極目標的意義：少年的不安與流動是值得鼓勵的，但卻是因為這可以為日後「成熟」（mature）的成人（公民）打下雄厚的基礎。[19]這類成長小說不但故事發生在如「童話故事的封閉環境中」，而且在故事終了時，男主角必然透過婚姻獲致追求已久的「幸福」。故男主角不但在空間上要回到「家園」（homeland），在時間上也須終止於「彌足珍貴的某一刻」（a privileged moment）。而且，在「形塑自我」與「社會化」之間找到協調與呼應的可能。[20]

然而，成長小說在「小世界」中自己自足的狀況，不久在法國小說中出現了大翻轉：因為「大世界」開始全面入侵「小世界」，使得原先居於背景地位的外在世界成為了主宰的力量。[21]如十九世紀法國斯湯達爾（Stendhal）的《紅與黑》（*Le Rouge et le Noir*）或福樓拜（Gustave Flaubert）的《情感教育》（*Education Sentimentale*）等的寫實主義作品，其「反諷意味」（ironic）漸漸變濃，更進一步凸顯出現代性文化內在的衝突，[22]並對現代性的文化面向——布爾喬亞的價值——展開全面的批判。然而，這些作品雖然在企圖上呼應了十八世紀法國「準成長小說」《憨

---

15 Ibid, p. 6.

16 Martin Swales, *The German Bildungsroman from Wieland to Hesse* (Princeton, N.J.: Princeton University Press, 1978), pp. 29-30.

17 Franco Moretti, *The Way of the World*, p. 8.

18 Manfred Engel, *Romantic Prose Fiction*, p. 272.

19 Franco Moretti, *The Way of the World*, pp. 8-9.

20 Ibid, pp. 24-30. 歌德的《威廉・麥斯特》雖已是恩格爾所謂high romantic時期的成長小說，卻反而是浪漫主義對「預設和諧」的追求（Manfred Engel, *Romantic Prose Fiction*, p. 273）之體現。

21 Franco Moretti, *The Way of the World*, p. 75.

22 Ibid, p. 121.

弟德》（Candide, ou l'Optimisme），但結局卻大異其趣。其主角因大環境的改變，而無法如憨弟德一般「樂觀」，最後總是成為資本主義／布爾喬亞體制的犧牲品，無力反擊。[23]這種狀況莫瑞提稱之為「衷心的法則」（the law of the heart）遭到了「俗世的習例」（the way of the world）的壓制。[24]雖然十九世紀歐陸的成長小說似乎在法國走上了悲觀的窮途，但這個脈絡在二十世紀卻出現了新的高峰，那就是詹姆斯・喬伊斯（James Joyce）的《一位年輕藝術家的畫像》（*A Portrait of the Artist As a Young Man*）。在這本膾炙人口的藝術家成長小說中，主角史帝芬・戴德拉斯（Stephen Dedalus）既對僵弊的教育體制提出批判，又針對宗教體制的囿限大加抨擊，最後為了藝術家「個性」的發展，甚至不惜與「國家」絕裂。他成長的過程，就是一個不斷割捨的過程、一個追求絕對自由的過程。這部成長小說空前的敢於肯定少年的價值，可謂同時是歐陸傳統成長小說的最高峰及絕唱。其積極與正面的態度也具有雙重的意義：對歐陸傳統的成長小說而言，可謂已是迴光返照，但對此大傳統之外的「新成長小說」卻又有預言的作用。[25]

---

23 Ibid, p. 168.

24 Ibid. 伏爾泰（Voltaire）寫作《憨弟德》的目的，正是對（新古典）體制提出尖銳的批判。而被認為「理性尚不發達」的少年，在他的眼中便恰是「不為成人世界的成見所敝」的純真，遂特別適合作為批判的視角。伏氏在這個故事中，描述純真少年憨弟德原先接受理性主義的樂觀說法，認為人生無恁美好，且「存在的就是合理的」。但憨弟德從人生中所得的教訓卻是，美好的世界不會輕易來到，尤其不會從空談（抽象的理性思維）中得出。在經歷人世的荒誕無稽之後發現，理性及因果完全無法解釋人生的無常與不公。從而了悟出樂園不在彼岸而在此地，而地上樂園的建立繫於努力耕耘——「我們必須耕耘自己的園圃」（We must cultivate our garden）（Giovanna Summerfield and Lisa Downward, *New Perspective on the European Bildungsroman* [London; New York: Continuum, 2010], pp. 51-52）。憨弟德雖然對理性主義的過度樂觀有所諷刺，但相對於後來的法國成長小說仍是偏向樂觀的。

25 因為，歐陸傳統的成長小說畢竟與現代性相偕出現，再怎麼演變都是布爾喬亞的自省書寫。只要西方傳統定義中的「人」的觀念不死，終也難免無法超越其階級局限，更遑論開拓「白人中產階級基督徒」之外的成長書寫。美洲的發現曾一度為歐洲帶來新的期待，認為那會是一個可以擺脫舊大陸的新天地，因此樂觀精神也隨之在歐洲文明中有所復甦。而美國作家尤其為美國文明的年輕與純潔感到自豪，如馬克吐溫（Mark Twain）讓後世傳誦不已的《頑童歷險記》（*Adventures of Huckleberry Finn*）即是知名的例子。這本小說本身即已看到成長過程中所隱含的白人中心問題，而帶有強烈的對歐陸成長小說傳統進行反省的企圖。但最具革命性的姿態還是出自《一位年輕藝術家的畫像》。男主角戴德拉斯如希臘神話中的同名者一樣努力的飛出迷宮，便意味著布爾喬亞價值的相對地位終被察覺並捨棄，西方也終於進入了多元紛陳的後現代思維，並從「人的成長」的大敘述（grand narrative）中解放，而落實成為「各種人的成長」；也就是從「白人中產階級基督徒」的典型成長故事，演化成多元多樣的各種可能的「人」——包括女性、少數民族、少數性向、異教徒，以及任何其他各種獨特的社群與個人——的成長故事（參閱如Giovanna Summerfield and Lisa Downward, *New Perspective on the European Bildungsroman*; Tobias Boes, "Modernist Studies and the Bildungsroman: A Historical Survey of Critical Trends," *Literature Compass* 3.2 [2006]: 230-43）。

二、理學分化與心一元論

雖說我們不能將西方成長小說的定義硬套於中國文學史，但是若能擁有比較視野，卻可經由相似與差異提供更精確的判斷與理解。在宋代開始成熟的才子佳人小說，對照宋代的氛圍可以說一定程度具有「成長小說」的意義。

中國文化中類似「現代性」的文化及經濟形構（formations）可溯及由唐末到宋的轉型。工商的高度發達、城市文明的興起、市民階級的出現、公共空間的形成，以及思想上對人性的肯定及發掘等在在都標示了：中國文化在此時經歷了類似西方文藝復興至啟蒙時期般的洗禮。[26]中國雖然在當時因為沒有經濟的需求，而未如西方在文藝復興之後展開了地理上探險與擴張，但在心智與科技上卻有明顯的開拓與躍進，甚至在科技上還遙遙領先西方。[27]以「少年」比喻此時的時代精神並不為過。

而理學的成形則有如與西方現代性並起的啟蒙思潮，可謂中國「近代化」過程的思想面向。理學興起的外在原因，一般都認為來自於社會轉型，尤其是經濟轉型所產生的市民／商人階級的興起。至於內在原因則在於從漢以降的儒學已不足以面對新的時代，而亟需對儒家傳統進行體系化及再詮釋。這兩個原因的結合促成早期理學強大的解放能量。但另一方面，理學對晚唐五代以來崩解的倫理秩序又負有重整的使命，而具有相當的收束力道。[28]

而更重要的是理學的目的是要追求「天人合一」的狀態，也就是外在天理與內在人心的合一（或「道心」與「人心」的合一）[29]。如此藉由對情感的導正與調和，達到個人教育的完成，與

26 內藤湖南是此一論點的主要創始者。其後有郝若貝（Robert M. Hartwell）及韓明士（Robert P. Hymes）對此的修正。但基本上多數學者都默認在這段時間中國出現了某種形式的「現代性」或「近代性」（參閱張廣達，《史家　史學與現代學術》〔桂林：廣西師範大學出版社，二〇〇八〕，頁五七—一三三）。至於這個近代性與西方的哪個時段或可類比，則有謂「文藝復興」時期（如伍德 Alan T. Wood, *Limits to Autocracy: From Sung Neo-Confucianism to a Doctrine of Political Rights* [Honolulu: University of Hawai'i Press, 1995], pp. 25-27），亦有謂西歐十六至十八世紀間發生的轉變（如包弼德 Peter Kees Bol, *Neo-confucianism in History* [Cambridge, Mass.: Harvard University Asia Center: Distributed by Harvard University Press, 2008], pp. 118-19）差可比擬。

27 杜瑟爾（Enrique Dussel），佛納薩利（Alessandro Fornazzari）認為西方現代性的發生在於發現美洲，但為何當時國力強大、科技領先的中國與印度沒有發現美洲，原因正是因為歐洲處於落後狀態，極需尋找新航路與中印貿易之故。參閱 Dussel Enrique and Alessandro Fornazzari, "World-System and 'Trans'-Modernity," *Nepantla: Views from South* 3.2 (2002): 221-44。

28 多數論者都提出包括理學外部及內部的原因：如土地私有化及新地主階級的出現、五代的價值混亂產生對秩序的要求、新帝國需要新的意識形態、佛道的衝擊間接促成了儒學復興運動等等。可參見如姚瀛艇，〈略論理學的形成〉，《宋代文化史》（開封：河南大學出版社，一九九二），頁一—一四；尹協理，《宋明理學》（北京：新華，一九九三），頁一—二三；張立文，《宋明理學研究》（北京：人民，二〇〇二），頁一—五。

29 姚瀛艇，〈略論理學的形成〉，頁一一。

席勒的「美學教育」（aesthetic education）對「內在教育」與「外在社會化」的整合，有異曲同工之妙。然而，這正是理學所代表的少年「終將成人」的面向。也如德國美學教育對「內外合一」要求的結果一般，理學因其對「成熟」或「長大成人」的高度要求，致使「天人合一」中的「人」的一端遂漸遭忽視，最後並遭「天」的一端所覆蓋；「情」或「衷心的法則」便為「理」或「俗世的習例」所取代。[30]

理學雖沒有完全貶抑情，但因為過度誇大「天理」與「人欲」之對立，以致常被理學家視為與「人欲」有曖昧關係的「情」便成為眾矢之的。在理學家的思維中，人心本是清明，但因為七情六欲的擾動與遮蔽而墮於昏濁。故理學家自其奠基者李翺開始以迄朱熹都對情與人欲貶抑有加，馴至強調「存天理、滅人欲」。[31]

心學就是在這種脈絡下萌生並逐步朝向情的方向發展。南宋時陸象山別出心學之後，理學的束縛才出現一絲鬆動的可能。陸象山的心學有如西方浪漫主義試圖把「衷心的法則」從「俗世的習例」的覆蓋中重新發掘出來。他直截了當把程朱外求式的性／理之學，轉而為內省式的心／理之學。[32]經由將本體從「性」轉為「心」，陸象山以有別於程朱「理氣二元」論的「心一元論」[33]，開啟了以「情」對抗「理」的可能性。象山本於孟子，[34]主張「宇宙便是吾心，吾心即是宇宙」，心既是本體，心即是理。理若都已在心中，萬事萬物的道理便不假外求。而且古往今來，「同此心，同此理也」，[35]時空也非障礙。故「發明本心」乃是陸氏心學的根本法門。[36]王陽明心學繼承陸氏「心即理」且心先於理而存在的事實，並且再次回到孟子性善之說呼籲「致良知」。

因為「夫心之本體即天理也，天理之昭明靈覺，所謂良知也。」[37]甚至更推而廣之，謂天地萬物

---

30 將理學與美學教育並置看似扞格，其實良有以也。古典成長小說雖以浪漫主義為基礎進行對商業化（工具理性）及啟蒙化（思辨理性）的反撲，但最後卻導致「內外調和」的結論。故我們也許可以說，美學教育開始像心學，想要追求失去的「完整性」（totality），但結論卻像理學把情理分割，並只重後者。其中原因在於中西不同的發展模式與節奏。中國的現代性開始得早，但反現代性的風潮（乍看類似浪漫主義）卻要到晚明才出現。但西方的浪漫主義雖反現代性卻有調和情理的傾向；反情理調和的其實是後起的、具反浪漫主義傾向的寫實主義。而中國的反現代性風潮則強烈反對情理調和，並與較寫實的寫作風格合流。

31 李翱的「性善情昏」之說（「人之所以為聖人者，性也；人之所以惑其性者，情也。喜怒哀懼愛惡欲七者，皆情之所為也。情既昏，性斯匿矣，非性之過也」）可謂正式開啟了理學對情的排斥。因為「情昏」為禍，他遂提出「復性說」，主張去情復性。此後的宋理學家皆循此情惡性善予以發揮，少有例外。如周敦頤倡無為無欲，張載倡盡性致誠，程顥倡順物無情，朱熹倡存天理滅人欲等皆是（參閱如馬育良，《中國性情論史》（北京：人民，二〇一〇），頁一七六—二二〇）。

32 錢穆，《中國思想史》（台北：臺灣學生，一九八〇），頁二二〇—二二五。

33 張立文，《宋明理學研究》，頁八七。

34 牟宗三，《從陸象山到劉蕺山》（台北：臺灣學生，一九七九），頁四—一三。

35 〔明〕陸九淵，《陸九淵集》（北京：中華書局，一九八〇），卷二十二，〈雜說〉，頁二七三。

36 同前注，卷三十六，〈年譜〉，頁五二四。

37 〔明〕王守仁，《王陽明全集》（上海：上海古籍，二〇〇六），卷五，頁一九〇。

之理皆在此人之良知（「蓋天地萬物與人原是一體，其發竅之最精處，是人心一點靈明。」）[38]故最重要的功夫就在於「致良知」或「明明德」；能致良知，便能得天地萬物之理（「致吾心良知之天理於事事物物，則物物皆得其理矣。」）。[39]同時並明確指出「心外無理」，而將陸象山殘存的「即物窮理」的「天本體」論更進一步的拆解，[40]從而完成其「心本體」的建構。[41]

雖然王學與程朱皆以「存天理去人欲／存天理滅人欲」為必要之修為，但王陽明以「心本體」重返本心及內聖之學對儒學路線所做的調整，已將天理與綱常的關係脫鉤，並突出人人內在已有的成聖之種子，從而開啟了「人性解放」與「眾生平等」之路。[42]其中最為後世所矚目的開拓之一，便是將孟子已有之「情」的種子予以破土再生，為「重情論」的未來打好基礎。而「王門後學」（或稱「王學左派」、「心學異端」）又更進一步。彼等雖然繼承了「心」的根本地位，但又從對心的肯定，發展出另一條與陽明「存天理去人欲」幾乎相反的途徑，將所有人欲視為心的自然表現，往「重情論」的路上走出更徹底的一步。[43]這就幾乎可視為試圖以前述「衷心的法則」全面推翻「俗世的習例」了。

三、情的再生與少年的誕生

晚明重情論其根由其實出自儒家。孔子的仁、孟子的赤子之心與四端之說都可謂情的前身，但經由荀子性惡論轉化，性與情自此分家，到了北宋理學興起，情與欲常常被混為一談，致使情受到了更多擠壓。[44]到了明代因為理學的過度壓抑，及佛道更深的影響，肯定「情」的論述才在以王陽明為主的儒家論述（也就是心學）中重新迸發。[45]

38 同前注，卷三，頁一〇七。

39 同前注，卷二，頁四五。

40 趙士林，《心學與美學》（北京：中國社會科學，一九九二），頁五九—六九。

41 同前注，頁七四。

42 同前注，頁九九。

43 同前注。所謂「王門後學」指的是王學於王陽明之後分裂，其中泰州學派為主的後學將陽明心學予以激進化而成。其觀點從陽明的「人人可以成為聖人」（「人胸中各有箇聖人，只自信不及，自都埋倒了。」（明）王守仁，《王陽明全集》卷三，頁九三）出發，以找回「真心」為最終標的（王畿稱之為「初心」，羅近溪稱之為「赤子之心」，李贄稱之為「童心」（參閱周志文，〈「童心」、「初心」與「赤子之心」〉，《古典文學》一五期（二〇〇〇），頁七五—九七）），並以此作為人人皆可成聖的起點。

44 中國文化中與情相關的正面論述，多半出自儒家。自孔子即有之，郭店楚簡以迄孟子都有所繼續發揮。但自荀子始對情有了更多戒懼，至張載以降則已偏向壓抑情（馬育良，《中國性情論史》）。

45 但即使在朱熹「存天理滅人欲」看似極端的說法中，情也沒有被全面污名化。理學家原則上仍然是把情與欲（或四端與七情）有所區隔。錢穆以下的說法可謂一語道破。「宋儒說心統性情，毋寧可以說，在全部人生中，中國儒學思想，則更著重此心之情感部分，尤勝於其著重理知的部分。我們只能說，由理知來完成性

王陽明雖然也認為應「存天理，去人欲」，但在他的學說中，因為以心為終極的理之所在，故心不但能「知善知惡」，且能夠「好善好惡」。故只要能致良知，便能獲得「道德意識與道德情感的統一」。[46]如此，情已相當程度除罪化，並開始扮演關鍵的角色。不過也因為王陽明對「心」的定義同時兼有「道德本體」與「自然感性」這看似矛盾的兩面，於是在王門後學對「心」的全面肯定過程中，難免走上對「自然人性」的全面肯定。[47]

王門後學經由王艮對「身」的肯定，開始把「情」與「欲」重疊，並以近乎道家或禪宗的「百姓日用為道」之說，突出人人皆有可以成聖的潛能。羅近溪更進一步認為「天理即在人欲之中」。至李贄已將「心」視為六欲的總體表現，「穿衣吃飯，即是人倫物理」，反而是知識的吸收會日漸蔽障「童心」之自然。最後再經由李贄將「童心」與「私心」等同，而完成了化「情」為「欲」的轉換，至此「自然人性論」已水到渠成。[48]於是，王門後學便將陽明心學完全往「自然感性」一方傾斜：一方面，率性而為就是「本心」，另一方面，日常生活就是「天理」。自然人性論便無可避免會導出「情」的關鍵地位，從而發展出重情的論述。

「重情論」在晚明重要文學家的論述中，一再出現並一再被強化，不僅是推崇情，甚且把情視為一種生可予死，死可予生的本體。從唐順之開始，竟陵派、公安派（性靈說）、湯顯祖、馮夢龍等重情論者，都受到心學及王門後學，尤其是李贄的影響。[49]其論述共同確立了明末的重情論。如袁中郎在《瓶花齋雜錄》中即直指「理在情內」：「夫非理之為害也，不知理在情內，而欲拂情以為理，故去治彌遠。」[50]湯顯祖在《牡丹亭》〈題辭〉中所言幾乎道盡重情論的核心意義：「情不知所起，一往而深。生者可以死，死者可以生，生而不可與死，死而不可復生者，皆非情之至也」。[51]而馮夢龍的《情史序》更把「情」視為近乎道家之「道」、乃是賦予天地萬物生命的終極本體：「天地若無情，不生一切物。一切物無情，不能環相生。生生而不滅，由情不滅故。四大皆幻設，惟情不虛假。有情疏者親，無情親者疏。無情與有情，相去不可量。」[52]故知情之必要一如道家體道之必要，而馮氏乃有「我欲立情教，教誨諸眾生」的結論。[53]

整體而言，心學自陽明到泰州學派可謂對理學之抽象人性、僵化綱常、壓抑情感的反制。尤

情，不能說由性情來完成理知。情失於正，則流而為欲。中國儒家，極看中情欲之分異。人生應以情為主，但不能以欲為主。儒家論人生，主張節欲寡欲以至於無欲。但絕不許人寡情、絕情乃至於無情」（錢穆，《中國思想史》，頁一九八）。

46 陳來，《宋明理學》（台北：允晨文化，二〇一〇），頁二七六。

47 趙士林，《心學與美學》，頁八四—八七。

48 同前注，頁九一—九八。

49 傅衣凌主編，楊國楨、陳支平著，《明史新編》（台北：雲龍，一九九九），頁四二六—二七。

50（明）袁中郎，《瓶花齋雜錄》（北京：中國書店，二〇〇〇），頁七。

51（明）湯顯祖，《牡丹亭》（台北：三民，二〇〇九），頁一。

52（明）馮夢龍，《古本小說集成　第三五二冊》《情史二十四卷》（上海：上海古籍，一九九四），頁七—八。

53 同前注，頁八。

其心學一脈對「情」的正面認知，更為中國文化保留了「情」的薪火，「重情論」的出現則是其高峰。相當程度而言，我們也可以把心學與理學這兩個論述的歧異，視為早期「中國現代性」的兩個互相矛盾的面向。程朱理學屬於現代性中理性高漲的「終將成人」的面向，而以心學及王門後學，尤其是李贄「童心說」為根基的「重情論」則是與之拮抗的「抗拒成人」的面向。在這兩種論述的糾結與互動中，展開了中國成長小說的演化。

四、才子佳人與紅樓迷情

情對成長必然的反叛，在古典文學中主要始於才子佳人小說。這種文類雖可以上溯到董西廂、甚至唐傳奇，但蔚成文類，還要等到宋代。宋代政治經濟結構的重大轉變，包括商品經濟的繁榮及市民／商人階層的崛起等，促成了人本意識的覺醒，也引發對「人欲的摹寫」及俗文化的勃興。但同時興起的理學則一定程度可視為宋代文化的「雅文化」或士大夫的面向。兩者時合時分，並造就了特殊的宋代文化。[54]而這種在雅俗之間形成的新文化的端倪，可謂具體呈現在文言小說與話本小說合流而產生的宋代「才子佳人」小說。其融合雅俗，甚至開始由雅趨俗的走向，為日後明清才子佳人小說建立了雛形。[55]才子佳人題材大盛則在明代，不只成為世情小說之大宗，在戲曲中也是「十部傳奇九相思」。[56]

然而，一如西方古典成長小說，宋代至明初的才子佳人小說對少年與情的頌揚畢竟不徹底。西方早期的成長小說因不願放棄「教育」而終究回到常規的社會，自不免馴化其文類的衝擊力，才子佳人小說的發展也有類似的自我設限。一方面恪遵「順情而不越禮，風流而無傷風教」的原則，[57]以「情理調和」為其終極目標。[58]另一方面在最後也如西方古典成長小說一般，以婚姻為尋得「幸福」的象徵。而在才子佳人小說中，還加上功名的俗套，也就是以國家權威取代父母之命以成就其感情的「正當性」(legitimacy)。因此，才子佳人小說遂如《紅樓夢》所言：「千部一腔，千人一面」(第一回)，批判能量當然有限，藝術價值更不耐深掘。

一直要等到明末興起的「重情論」受到全面的肯定，少年的價值才隨之獲得足夠的重視。在這樣的基礎上，中國的成長小說終於有了空前亮麗的表現——《紅樓夢》。成長小說能臻至《紅

54 王穎，《才子佳人小說史論》(北京：中國社會科學，二〇一〇)，頁七三—一一八；亦參閱姚瀛艇，《宋代文化史》。

55 同前注，頁七三，九二—九三。

56 依據方正耀的分析，世情小說興起的原因大致有四：政治經濟的促進、哲學思想的啟示、文學思潮的影響(主要是戲曲)、小說理論的引導等(《明清人情小說研究》〔上海：華東師範大學出版社，一九八六〕，頁三九—六四)。

57 何滿子，《中國愛情與兩性關係：中國小說研究》(台北：臺灣商務，一九九五)，頁一五七。

58 王穎，《才子佳人小說史論》，頁一七〇—七七。

樓夢》這樣的境界，關鍵在於擺脫了「情理調和」的制約，而改採「情理相斥」的態度。先前袁宏道對理學之抨擊，雖謂其乃是「內欺己心，外拂人情」，但仍強調「理在情內」，[59]而未全然斥理為無稽。至湯顯祖則直指：「情有者理必無，理有者情必無。」[60]在情理全然互斥的基礎上，才能有《紅樓夢》的誕生。由此更可知警幻那「以情悟道，守理衷情」八個字對寶玉而言是何等刺耳！

與西方成長小說從「個性形塑」與「社會化」兩者的調和發展到兩者必然衝突的原因類似，才子佳人小說中情與理的無法調和也牽涉到「世情」對此類小說及敘事的滲入。換言之，在才子佳人小說發展的過程中，亦如西方成長小說般逐漸因為外在「大世界」入侵其「小世界」，而產生相當程度的質變。這裡所謂的大世界當然與西方成長小說所面對的大世界（資本主義體制的逐漸落實）不盡相同。除了商業化所形成的新文化的滲透之外，更重要的是社會及國家的危機。[61]故即使多數才子佳人小說仍選擇以大團圓收場，但逐漸有某些反對情理調和的根苗冒出。[62]世情小說中的兩大類——人情小說與才子佳人小說——皆因此而更能反映現實人生。[63]

但此一改變不只見於才子佳人小說內部，也出現在運用才子佳人題材的戲曲，如《牡丹亭》即是世情滲入而大幅提升敘事水準的關鍵一例，而《紅樓夢》這本號稱為「反才子佳人小說」，之所以能成為中國文學史上最精采的一本成長小說，更是因為外在大世界或「世情」的介入。尤其值得注意的是，在這些受到世情滲透的作品中發展出了一種以「男女之情」喻「家國之思」的寓言寫作。[64]《牡丹亭》中，有情人之情感路途受到的阻力其實早已是國族命運的寫照，[65]在

《紅樓夢》中這種「以私情寓寫國族」的狀況更為明顯。質言之，當外在大世界變成了無法迴避的現實，對世情的關注，尤其是國族命運的關注，往往使得「情」變成了寓言，而「男女之情」

59（明）袁中郎，《瓶花齋雜錄》，頁七。

60（明）湯顯祖，〈寄達觀〉，《湯顯祖集》（上海：上海人民，一九七三），頁一二六八。

61 王穎，《才子佳人小說史論》，頁一六八—六九。

62 同前注，頁一八五—八八。

63 趙興勤，《理學思潮與世情小說》（北京：文物，二〇一〇），頁八二；方正耀，《明清人情小說研究》，頁三九—六四。魯迅的《中國小說史略》，將世情小說分為人情與才子佳人小說兩類。

64 張春田在〈不同的「現代」〉一文中把晚明的男女之情所普遍具有的「家國寓意」做了極精闢的分析：「『情迷』甚至應當被看作晚明的政治衰敗狀況下一種隱約的政治表達。在閹黨當政情況下，文人越來越疏離政權，但同時他們內心裡深藏一種失落和挫折感。……不僅延續了自屈原『離騷』以降的……的傳統，發揚了古代詩教的怨刺功能與人倫政治向度，而且成為一種隱約的政治話語，供文人澆自家塊壘。」故晚明「『情迷』的流動性，使得『男女』與『家國』獲得了某種統一……。推而言之，晚明的『情迷』並不是一個業已分化了的、只關聯於男女私情的文化特徵，相反，其精義恰恰在於溝通公共（public）與私人（private）的混合性」（〈不同的「現代」：「情迷」與「影戀」——馮小青故事的再解讀〉，《漢語言文學研究》二〇一一年第一期〔二〇一一〕，頁四一—四二）。

65 柯慶明，〈愛情與時代的辯證——《牡丹亭》中的憂患意識〉，收入華瑋主編，《湯顯祖與牡丹亭》（台北：中央研究院中國文哲研究所，二〇〇五），頁二四八—五〇。

更變成了「家國之思」的寓言（此為紅樓夢的主旨，將留待下一章詳論）。

五、程朱杜撰與王門後學

從中國「成長小說」傳統中孕育出來的《紅樓夢》，在承繼了此傳統的重要精神與元素的同時，也對此文類大加批判。其所跨出的最關鍵的一步，就是從對婚姻的最終追求轉而拒斥婚姻，而成為徹底的「反成長」的代表性小說，也因此毫無疑問的是一部「反才子佳人小說」。但《紅樓夢》更大的成就則是總結了晚明「以男女之情喻家國之思」的傳統。換言之，在《紅樓夢》中，成長並非成長，少年亦非少年，兩者都是從遺民情懷角度出發的國族寓言的一部分。拒絕成長意味著重情反理，旨在隱喻拒絕進入清的體制，而終將成人則意味著守理抑情，旨在隱喻接受新朝納編。筆者將女與男、園內與園外兩組對比，再以「少年世界」與「成人世界」涵蓋之，正是因為最後這組對比能更充分的表達出兩個極端之間的緊張。[66]也就是說這組對比乃是以情（王門後學）與理（程朱八股）之間的緊張，寓寫明與清在遺民心中的兩相對立。

---

66 以上兩個世界的區別乍看與榮格關於少年（puer）與老年（senex）的理論有許多相似處。榮格的這套理論在李文森（Daniel Levenson）的《人生四季》（*The Seasons of a Man's Life*）中曾有一段簡潔的說明：

> 廣義來說，少與老與年紀無關。而是一種象徵，用以指涉人生每一階段基本的心理，生理，以及社會性品質。我們在每一個階段都同時老與少。我們一出生就開始衰老，正如我們即使在老年時仍有些方面保持年輕。最終而言，年輕（少）是一個原型象徵（archetype），含有多重意義。它代表出生，長，可能性，啟蒙，開放，能量，潛能。許多具體的意象如嬰孩，日出，新年，種仔，花與春天的儀節，新人，承諾，對未來的憧憬，我們都會透過它來理解。只要這類聯想影響我們的心理與社會功能，我們在任何年紀的時候都有可能年輕。相反的老的象徵則是用以表達結束，結果，安定，結構，完成，死亡。屬於此的意象包括：時間父親，死神，時代的巨石，睿智老者，昏聵老人，冬天，午夜……
>
> 年輕與年老各有利與弊，各有長與短。都可以賦予正面與負面的意義。年輕意味著活躍，生長，意氣風發，充滿可能；但同時也意味著脆弱，成長不完全，衝動，缺乏經驗與毅力。同樣的，成年人（不管多大年紀）則可視為睿智，充滿力量，成熟，「知天命」（孔子曰）——但也可視為衰老無力，一意孤行，（性）無能，與現實脫節。
>
> 少與老兩極——少與老的分與合——也就是人生演化的兩極……。（Daniel Levenson, *The Seasons of a Man's Life* [New York: Knopf, 1978], pp. 209-10.）

故「少年世界」（world of puer）包括了各種我們會將之與少年聯想的態度與品質如：純真，大膽，直覺，敏感，情感，不苟同，理想主義，自我救贖，而「成人世界」（world of senex）則包括了各種與成人世界較接近的態度與品質如：經驗，謹慎，算計，明理，理性，隨俗，現實取向，普度眾生等。每個個人的人格的形成都來自這兩個世界的互動。故在榮格這個明顯受到中國陰陽觀念影響的定義裡，這兩個世界應平衡看待，且相互補足，但在《紅樓夢》裡，正如前文所言，這兩個世界並沒有被平衡看待，而是給予了明顯的好惡。關鍵正在於這兩者各被賦予了相反且互斥的政治寓意——明與清，故平衡便意味著投向令人厭惡的一端——清。

《紅樓夢》書中成人世界的代表之一是賈政。他時時關心寶玉讀書的狀況，而且對他求全苛責，動輒打罵，當然是程朱八股的代表人。故寶玉也對他畏懼到極點。同時，寶玉一聽到有人要他念書，便不勝其煩，甚至立即不假辭色（如第三十二回湘雲曾勸寶玉多與「為官做宰的人們，談談講講些仕途經濟的學問」，寶玉馬上回曰：「姑娘請別的姊妹屋裏坐坐，我這裏仔細髒了你知經濟學問的。」）。第七十三回更直接批判八股：「更有時文八股一道，因平素深惡此道，原非聖賢之制撰，焉能闡發聖賢之微奧，不過作後人餌名釣祿之階。」故寶玉對於成人世界的懼與厭，首先在於他對程朱八股與仕途經濟的厭惡。而賈府男人除賈政這個門面勉強及格之外，其他則可謂一無是處，若非習於貪腐便是耽於淫亂。故寶玉對成人世界的鄙夷，更包含科舉八股所建立的表裡不一的體制。對學習程朱八股的不屑遂可謂寶玉對成人世界最具指標性的排拒。

但寶玉並非「不讀書」的人。但他愛讀的是閒書，不正經的書（如第二十三回茗煙購自書坊的雜書；更明顯的例證是他與黛玉共讀《西廂記》）。但話又說回來，寶玉也並非認為四書（五經）不值得讀，而是因為後人「杜撰太多」，淹沒了四書的本意（如第三回寶玉說：「除《四書》外，杜撰的太多」；第十九回襲人引述寶玉的話謂：「又說只除『明明德』外無書，都是前人自己不能解聖人之書，便另出己意，混編纂出來的」）。第三十六回描述寶玉因不滿「如寶釵輩有時見機導勸」，而致「除《四書》外，竟將別的書焚了」。顯然，寶玉所指陳乃是主導八股的程朱之學扭曲了經典的原意；他乍看狀似反儒家，但其實反的不是「經典本身」，而是程朱理學的注釋，[67]尤其是經此而加諸於人性的綱常桎梏。[68]（關於寶玉對「明明德」的重視，下文會再詳論）

由此可知，寶玉並不「反儒學」，而是反「程朱對儒學的詮釋」。《紅樓夢》與儒學的關係也是歷來紅學研究含糊其詞的所在之一。主悟派當然會以佛道（而非心學或王門後學）為儒學之反面，且未必確知此儒學乃是程朱之學。主情派則多半以明末諸重情論者之論述為本，但卻未在系譜上敘明其出自心學。寶玉毫無疑問是用情來抗拒由程朱八股貫穿其間的新舊大義物；大觀園之所以建構為「情的樂園」，便是要用以對抗園外「理的殿堂」。然而書中的「情」的思想基礎正是程朱理學的勁敵——王陽明的心學及王門後學對王學的闡發。故我們幾乎可以說，從作者的角度觀之，《紅樓夢》不啻是一部以「真儒學」（心學）對抗「假儒學」（理學）的文學紀錄。

上述關於寶玉讀（儒家）書與否的辯析，可謂更進一步說明了少年世界與成人世界的寓意，也就是王門後學（情）與程朱杜撰（理）為主的衝突，當然更深一層來看就是明與清之間調和的絕對不可能。

67 潘運告，《從王陽明到曹雪芹：陽明心學與明清文藝思潮》（長沙：湖南教育，一九九九），頁三二二—二三。

68 朱熹根據張載「兩故化」的思想，指出天下事由一演化成二後才能變化，但仍有亙古不變的「天理」，亦即，陰陽動但太極不動。故朱熹的理似有兩種分殊：一是「抽象的絕對本體」，另一則指「具體事物的規律」。而「三綱五常」屬前者，具有本體的意義。「三綱五常」既然是由「天理」演化而成，便不容置疑，也不會改變，而成為了封建統治的基石（陳正夫，〈朱熹哲學思想研究〉，《江西社會科學》〔一九八一〕，第一期，頁五〇—五四）。

六、赤子之心是否不忍天倫

但《紅樓夢》與心學的關係論者甚少觸及，偶有觸及也多點到為止或語焉不詳，[69]然而，這卻是理解《紅樓夢》的關鍵。事實上《紅樓夢》以少年世界與成人世界的對比隱喻陸王心學（尤其是王門後學）與程朱八股，在小說中隨手摭拾都是線索。除了對科舉的反感之外，犖犖大者還有以下一些事例。

首先是寶玉對「明明德」的重視。寶玉為何說「除明明德外無書」？乍看的確讓人不解，甚至認為寶玉難道也有冬烘的一面？但若了解了王陽明對「明明德」的詮釋就會霍然貫通。對寶玉而言，明明德之所以有關鍵的重要性，顯然是得自陽明心學的影響。對王陽明而言，「明德」與「親民」本就是體與用的關係，明德是內聖的功夫，而親民則是外王的實踐，至極則是「至善」（「明明德者，立其天地萬物一體之體也，親民者，達其天地萬物一體之用也。故明明德必在於親民，而親民乃所以明其明德也」[70]。故在陽明的體系中，明德即是「良知」，「根於天命之性，而自然靈昭不昧者也」。[71]良知人人生而俱有，只須求諸本心。而《大學》之所以為「大人之學」正是因為要經由「明明德」的功夫，以及「親民」的實踐，以使人人成為「大人」。

而王陽明對「大人」（已明明德之人）的定義又更契合寶玉的個性：「大人者，以天地萬物為一體者也。其視天下猶一家，中國猶一人焉」，[72]這境界正是寶玉「情不情」的境界，也就是對天地萬物不分親疏遠近皆能泛愛的態度（脂批對寶玉意淫之描述：「凡世間之無知無識，彼俱有一痴情去體貼。」[73]若再佐以李贄對「明明德」之中樞意義的強調（李贄曾說：「『大學之道，在明明德，在親民。』只此一親字，便是孔門學脈，能親便是生機」），[74]則寶玉對明明德的重視幾乎就是心學的反映。[75]

第一一八回寶玉與寶釵關於出仕或隱逸的辯論，更可看出寶玉與王門後學的直接關聯：

> 卻說寶玉送了王夫人去後，正拿著《秋水》一篇在那裏細玩。寶釵從裏間走出，見他看得得意忘言，便走過來一看，見是這個，心裏著實煩悶。細想：「他只顧把這些出世離群的話當作一件正經事，終究不妥。」看他這種光景，料勸不過來，便坐在寶玉旁邊，怔怔的坐

---

69 如劉再復，《紅樓夢悟》（香港：三聯書店，二〇〇八）略有提及，但僅點到為止。

70 （明）王守仁，《王陽明全集》卷二六，頁九六八—九六九。

71 同前注，頁九六八。

72 同前注。

73 陳慶浩，《新編石頭記脂硯齋評語輯校》，頁一九九。

74 （明）李贄，〈復京中友朋〉，《焚書；續焚書》卷一（北京：中華，二〇〇九），頁一八。

75 不過，王陽明及李贄對「明明德」與「親民」的關係看法相反；陽明認「親民」先行才能明明德；李贄則必先「明明德」才能親民。同前注。

著。寶玉見她這般，便道：「你這又是為什麼？」寶釵道：「我想你我既為夫婦，你便是我終身的倚靠，卻不在情欲之私。論起榮華富貴，原不過是過眼煙雲，但自古聖賢以人品根柢為重……」寶玉也沒聽完，把那書本擱在旁邊，微微的笑道：「據你說人品根柢，又是什麼古聖賢，你可知古聖賢說過『不失其赤子之心』。那赤子有什麼好處？不過是無知、無識、無貪、無忌。我們生來已陷溺在貪、嗔、痴、愛中，猶如污泥一般，怎麼能跳出這般塵網？如今才曉得『聚散浮生』四字，古人說了，不曾提醒一個。既要講到人品根柢，誰是到那太初一步地位的？」寶釵道：「你既說『赤子之心』，古聖賢原以忠孝為赤子之心，並不是遁世離群、無關無係為赤子之心。堯、舜、禹、湯、周、孔時刻以救民濟世為心，所謂赤子之心，原不過是『不忍』二字。若你方才所說的，忍於拋棄天倫，還成什麼道理？」寶玉點頭笑道：「堯舜不強巢許，武周不強夷齊。」寶釵不等他說完，便道：「你這個話益發不是了。古來若都是巢、許、夷、齊，為什麼如今人又把堯、舜、周、孔稱為聖賢呢？況且你自比夷齊，更不成話，伯夷、叔齊原是生在商末世，有許多難處之事，所以才有托而逃。當此聖世，咱們世受國恩，祖父錦衣玉食，況你自有生以來，自去世的老太太，以及老爺、太太視如珍寶。你方才所說，自己想一想，是與不是？」寶玉聽了，也不答言，只有仰頭微笑。

寶玉所堅持的「赤子之心」，正是上文提到的明代王學左派的核心。更具體的說，此處的「赤子之心」幾可謂襲自羅近溪的「赤子之心」，是一種回歸孟子、重拾初心的企圖，與李贄的

「童心」也毗鄰而並。寶玉對少年世界的重視與對「赤子之心」的強調可謂一體之兩面。

七、寶珠不明與寶珠已死

而以下寶玉的「寶珠論」與朱熹的「寶珠論」之對照，更可謂傳神的點出王門後學與程朱的差異。兩相對照即可充分見出前者受到李贄之影響，並且有強烈的反理學意味。第五十九回假春燕之口轉述寶玉的寶珠論：

> 女孩兒未出嫁，是顆無價之寶珠；出了嫁，不知怎麼就變出許多的不好的毛病來，雖是顆珠子，卻沒有光彩寶色，是顆死珠了；再老了，更變得不是珠子，竟是魚眼睛了！分明一個人，怎麼變出三樣來？

而朱子的寶珠論看似與寶玉的寶珠論極為相似，但失之毫釐差之千里：

> 孔子所謂「克己復禮」，《中庸》所謂「致中和」，「尊德性」，「道問學」，《大學》所謂「明明德」，《書》曰「人心惟危，道心惟微，惟精惟一，允執厥中」。聖賢千言萬語，只是

教人明天理，滅人欲。天理明，自不消講學。**人性本明，如寶珠沉溷水中，明不可見；去了溷水，則寶珠依舊自明**。自家若得知是人欲蔽了，便是明處。只是這已便緊緊著力主定，一面格物。今日格一物，明日格一物，正如遊兵攻圍拔守，人欲自消鑠去。所以程先生說「敬」字，只是謂我自有一箇明底物事在這裏。把箇「敬」字抵敵，常常存箇敬在這裏，則人欲自然來不得。夫子曰：「為仁由己，而由人乎哉！」緊要處正在這裏！（強調為筆者所加）[76]

以上二種「寶珠」論主要的不同在於對「原始狀態」的理解。朱熹所理解的「寶珠」是抽象的天理，用以擦拭的方式是「格物」與「滅欲」，而寶玉所理解的「寶珠」則顯然是受到李贄「自然」觀的影響；對寶玉而言，未被污染的「童心」愈格物反而愈混濁（「多讀書識義理而反障之也」），故唯有「不多讀書識義理」才能「護此童心而使之勿失焉耳」。[77]

另外，寶玉對小傳統的偏愛（如對《西廂記》的喜愛）也來自王門後學的具體影響。李贄對《西廂記》的高度評價是基因於對「邇言」的重視，因為後者內蘊「童心」，能讓情欲自然流露。[78]寶玉亦是因此而視《西廂記》之類作品為程朱八股的桎梏下喘息的空間。而《紅樓夢》對民俗或小傳統的重視，更含有擁抱庶民文化（如王艮「聖人之道，無異於百姓日用」[79]）的思考。《紅樓夢》對庶民的處理顯示出作者及寶玉對庶民有極高的評價，甚至認為其中蘊藏了中國的救贖（在本書第七章將有詳論）。

此外，受到李贄極大影響的湯顯祖對《紅樓夢》的影響，也極為直接。《牡丹亭》與《西廂記》不但在書中並列為最被作者激賞的兩本小傳統的文學作品，第二十三回還曾直接描寫林黛玉聽到《牡丹亭》曲時的心理變化，及其對戲文的讚賞，最後並與《西廂記》之名句對照而心有所動：

這裏黛玉見寶玉去了，又聽見眾姊妹也不在房，自己悶悶的。正欲回房，剛走到梨香院牆角邊，只聽牆內笛韻悠揚，歌聲婉轉。黛玉便知是那十二個女孩子演習戲文呢。只黛玉素習不大喜看戲文，便不留心，只管往前走。偶然兩句吹到耳內，明明白白，一字不落，唱道是：「原來奼紫嫣紅開遍，似這般都付與斷井頹垣。」黛玉聽了，倒也十分感慨纏綿，便止住步側耳細聽，又聽唱道是：「良辰美景奈何天，賞心樂事誰家院？」聽了這兩句，不覺點頭自嘆，心下自思道：「原來戲上也有好文章。可惜世人只知看戲，未必能領略這其中的趣味。」想畢，又後悔不該胡想，耽誤了聽曲子。又側耳時，只聽唱道：「則為你如花美眷，

76〔宋〕朱熹，《朱子語類・卷一二・學六・持守》，頁一二六。
77〔明〕李贄，張建業等編著，《李贄全集注》（北京：社會科學文獻，二〇一〇）第一冊，頁二七六。
78 趙士林，《心學與美學》，頁九七。
79〔明〕王艮，《重刻心齋王先生語錄》（上海：上海古籍，一九九七），頁二二四。

似水流年……」林黛玉聽了這兩句，不覺心動神搖。又聽道：「你在幽閨自憐」等句，越發如醉如痴，站立不住，便一蹲身坐在一塊山子石上，細嚼「如花美眷，似水流年」八個字的滋味。忽又想起前日見古人詩中有「水流花謝兩無情」之句，再又有詞中有「流水落花春去也，天上人間」之句，又兼方才所見《西廂記》中「花落水流紅，閑愁萬種」之句，都一時想起來，湊聚在一處。仔細忖度，不覺心痛神痴，眼中落淚。

這段文字既描寫了黛玉用情之深（幾可謂情的化身），同時也突出了《紅樓夢》與《牡丹亭》在「重情論」上的傳承關係。

以上透過「成長小說」的概念，將寶玉的思想脈絡與陽明及王門後學重情論述予以銜接後，也將寶玉反體制、反道學、反八股的寓意明確化。簡言之，他對整個奠基在程朱八股上的工具理性與倫理體制提出根本的質疑及全面的揚棄，乃是前述明末以降以「男女之情」喻「家國之思」的具體表現。換言之，《紅樓夢》以王門後學為主的「情」對抗程朱理學之「理」，不只是將此對明末重情論的總結作為其成長小說的重要思想依據，更以此作為遺民拒不投效新朝的根本所賴。而躲進大觀園當然是這種堅守少年世界／情的世界的極致表現，也就是對警幻所代表的清初籠絡政策的全面拒斥。

第四章

天命與意外

——《紅樓夢》的兩種記憶

由上一章的討論可知，在明末的才子佳人小說已經因為世情的滲入，而發展出寓言的走向。而《紅樓夢》更是以心學（少年世界）與理學（成人世界）的對立，寓寫了效忠故明與投效新朝的勢不兩立。其實《紅樓夢》在〈好了歌〉中已開宗明義道出了小說的寓言本質，如果我們能認真看待最後這幾句：「亂烘烘你方唱罷我登場，反認他鄉是故鄉。甚荒唐，到頭來都是為他人作嫁衣裳！」。第一句便是在影射統治者的替換，第二句更觸及了「大義物」強迫交替的現象；而一旦前朝知識分子效忠了新朝，豈不是「反認他鄉是故鄉」？而且「都是為他人作嫁衣裳」？經過第二章及第三章的探討，《紅樓夢》遺民情懷小說身分似已無庸置疑。

一、血淚辛酸與二手記憶

然而，在二十世紀初葉時，遺民政治已經與索隱派一起被逐出了學院門牆。索隱派認為《紅樓夢》指向了一個和故事表面完全不相干、但卻更為真實的故事。其中最政治的一派莫過於把《紅樓夢》視為以浪漫愛情為表，但實乃悼明反清的密碼之書。[1]但這個曾經大盛的政治索隱的讀法，卻被胡適一筆鉤銷。胡適首先證明《紅樓夢》的作者是曹雪芹，而曹雪芹既是滿洲包衣，又在明亡已超過一百年之後（約是一七四四至一七五四年之間）才寫了這本書，不大可能藏有悼明反清的意向。[2]因此，政治索隱派被胡適斷定為純屬無稽。

但是，生產年代並不足以否定《紅樓夢》為遺民情懷小說的可能性。

從本書的生產年代觀之，應有諸多外在理由足茲相信書中可能暗含反滿情緒或意旨。首先，清初大興文字獄至乾隆時期，尤其是中後期，達到了有史以來的最高峰。[3]這種政治氣氛應是維持反滿情緒的最佳溫床，同時也造成寫作敏感內容時需要隱諱化處理。即使在康熙時期對知識分子打壓尚不嚴厲的狀況下，作品若含弔明成分已然不見容於清室（如寫作《長生殿》的洪昇與寫作《桃花扇》的孔尚任皆因內容弔明而丟官），更何況雍正與乾隆兩朝文網之密遠超過康熙時期。因此，時人寫作常常以隱語曲言，婉轉表達，消極者免於賈禍，積極者則夾帶反滿之憤及故國之思，但即使如此，「意象的隱晦和模糊性直至乾隆初，依然不具有絕對的安全係數」。[4]

1 清末民初索隱三大派有以《紅樓夢》為順治與董鄂妃的戀史，有以為納蘭性德的家事，蔡元培等一系則視為政治小說，以之為反清悼明的隱筆。參見劉夢溪，《紅樓夢與百年中國》（台北：風雲時代，二〇〇七），頁一六七—八七。

2 一般對曹雪芹寫作《紅樓夢》時間的推測，請參閱蔡義江在其《紅樓夢：新注校本》（杭州：浙江文藝，一九九四）一書序言中的討論。

3 清代文字獄始於順治，雍正時轉為有系統的政治壓迫手段，至乾隆時期，尤其是中後期，文網尤緊，株連更廣（孔立，《清代文字獄》〔北京：中華，一九八〇〕，頁六；李鍾琴，《中國文字獄的真相》，頁三八四—八五）。

4 孔定芳，《清初遺民社會》，頁三八。清初文網之密造成了相當的寒蟬效應，如遺民方以智之子方中履曾謂時另外，就歷史是否必須親身經歷才能有切膚之痛，則洪昇與孔尚任就是兩個反證。洪昇生於一六四五年，也就是崇禎自縊的甲申隔年，並未親身經歷甲申之變，且任有清國子監生多年，但家難及仕途不遂卻極可能促成了《長生殿》（康熙二十七年〔一六八八〕）這部弔明之作的產生。孔尚任生於甲申後三年（一六四八），曾受康熙破格拔擢，但在與江南遺民論交的過程中，對南明之覆滅深有感觸而投入大量精力寫出名垂千古的哀悼南明之作《桃花扇》（康熙二十八年〔一六八九〕出版）。至於曹雪芹若真是作者，且又確在一七四四至一七五四年之間撰寫《紅樓夢》，也無法證明他就不會有弔明之心。以乾隆四十三年（一七七八）的「徐述夔案」為例，徐氏（一七三八年中舉，案發時去世十多年）的詩文中仍看到強烈的弔明之意（如「明朝期振翮，一舉去清都」、「大明天子重相見，且把壺兒（諧「胡兒」）擱半邊」、「毀我衣冠真恨事，搗除巢穴在明朝」等。[5]

從曹雪芹之父曹寅個人的言行觀之，也讓人無法不與遺民情懷有相當的聯想。周汝昌向來反對紅樓夢具有反滿背景之說，但其研究卻為這個可能性提供了大量證據。在《獻芹集》一書中的〈曹雪芹家世生平叢話〉一文列舉了許多事例，暗示曹寅應有「終身臣漢」的類遺民情懷，才有可能獲得江南眾多備受尊崇的遺民推心置腹的友誼，甚至地位崇高近乎曹寅父輩的杜岕在為曹寅詩集作序時，更直指「陳思之心即荔軒之心」。[6]而在他的《曹雪芹小傳》一書中論曹雪芹密友張宜泉的政治思想時，又指出張有令人「駭異」的排滿傾向，故「也是一位具有叛逆性格、反抗思想的人物，這方面成為他和雪芹之間的友情基礎，因而也幫助我們更深刻的了解雪芹的性格思想」。[7]

楊興讓則以周氏的發現為基礎，對其未敢直言處再加發揮補足，指出從曹寅到曹雪芹都應有相當人「諱忌而不敢語，語焉而不敢詳」（余英時，《方以智晚節考》，頁四）；余英時在其論方以智的書中更開宗明義的指出，遺民雖亟欲一抒塊壘，卻不敢直剖胸臆，而普遍的使用自創的「隱語系統」，以輾轉言志迂迴論事（《方以智晚節考》，頁四）。

5 李鍾琴，《中國文字獄的真相》，頁四七三—七六。

6 周汝昌，《獻芹集》（太原：山西人民，一九八五），頁二九—八六。荔軒乃曹寅之號，陳思指陳思王曹植。周汝昌指出此處典故乃暗指曹寅在內心幽微處或如曹植有「終身繫漢」之心。周汝昌對此討論的關鍵文字如下：

> 「我嘗想：曹楝亭既非『皇子』，又非不見親信，更談不到『克讓遠防』和『終致攜隙』（陳壽論曹子建語），而杜蒼略一直把這二曹牽在一起，擬於不倫，這究竟是怎麼個道理？難道只因為他們『同姓』嗎？那就太玩笑了，絕非如此。那麼『陳思之心』，『君子之心』，到底又是個什麼『心』呢？後來讀楝亭過東阿絕句：『不遇王喬死即休，吾山（即魚山）何必樹松楸。黃初實下千秋淚，卻望臨淄作首丘！』其自注云：『子建聞曹丕受禪，大哭。見魏志。』不禁有觸。又讀復社張溥之論子建：『論者又云：禪代事起，子建發服悲泣；使其嗣爵，必終身臣漢。若然，則王之心，其周文王乎！余將登箕山而問許由焉。』於是恍然，杜老微詞閃爍地所謂『陳思』的『君子』的那『之心』，就是這個『臣漢』『之心』了。看這事更『玄』不是？」
>
> （周汝昌，《獻芹集》，頁六九—七〇）

7 周汝昌，《曹雪芹小傳》（天津：百花文藝，一九八〇），頁一六一—六六。

的排滿情緒。[8]

而余英時針對此更曾寫有兩篇重要文章。第一篇文章表面上是余英時對潘重規認為曹雪芹非紅樓夢作者的論點提出異議，但卻同時肯定了潘氏大體的研究方向，即把此書視為一本具有刺清懷明可能性的寓言之書。余氏在其文章中強調的正是，書中有懷明刺清的情懷並不能證明曹雪芹不是作者，因為曹雪芹極有可能因為各種因素（如敦誠敦敏（滿人）及張宜泉（包衣）友人反滿情緒的影響）產生了某種「漢族認同感」，而使他在書中流露出「譏刺滿清或同情明亡」的企圖。[9]余英時的第二篇文章，則是為回應其他論者對前文中所言的曹雪芹「漢族認同感」的質疑。余氏從周汝昌的研究出發，更進一步的詳細闡發這種可能性，可以說為曹雪芹的「漢族認同感」做了決定性的判讀。[10]

若再參考二戰猶太人遭納粹大屠殺的歷史記憶迄今傳承不滅的事例，又可進一步了解到，並未親身經歷的歷史創傷，亦可經由各種文本所形成的「後記憶」（post-memory）代代相傳。[11]由前述可知，即使本書是曹雪芹於乾隆時所作，《紅樓夢》反清弔明的內容亦不無可能。更何況，面對亡國的創傷，遺民或後人為文悼念者，在戲劇中有《桃花扇》、《長生殿》等鉅作，詩與散文方面的重要作品更是俯拾皆是，唯獨小說似無突出作品。從鉅變與創傷的角度觀之，也係難以置信之事。[12]而筆者要證明的正是，《紅樓夢》就是一個例外。[13]

然而，由於索隱派（主要是反清弔明的一支）雖時有洞察、卻過於膠柱鼓瑟，[14]在胡適推出曹雪芹作者論後，紅學便進入了考據研究的時代。但這種研究實際上更近於「曹學」，也就是作者家世的重建。相信曹雪芹是作者的論者，認為本書的內容必然是曹雪芹本人的經驗，因此，多半時候，《紅樓夢》會被解讀成是作者對一生的回顧；從早年的富裕優渥到中年因曹家失寵於雍正而落魄潦倒。本書的遺民政治面向自此變成了紅學研究的「被壓抑部分」（the repressed），但這部分卻又不斷回返，比如索隱派的發展其實從未中斷過便是一例。[15]

8 楊興讓，〈曹雪芹的社會思想〉，《紅樓夢研究》網站，2005.03.11，http://www.redchamber.net/（2007.11.12上網）。

9 余英時，〈關於紅樓夢的作者與思想問題〉，《紅樓夢的兩個世界》（台北：聯經，一九七八），頁一八一—一九五。

10 余英時，〈曹雪芹的「漢族認同感補論」〉，《紅樓夢的兩個世界》，頁一九七—二〇八。

11 Marianne Hirsch, *Family Frames*, pp. 22-23；亦可參見 Wai-yee Li, "Introduction," pp. 28-29 論「仲介鄉愁」（mediated nostalgia）或「二手記憶」（secondhand memory）。

12 關於明遺民在清初如何透過文字療癒或超越創傷，請參閱 Wilt L. Idema, Wai-yee Li, and Ellen Widmer ed., *Trauma and Transcendence in Early Qing Literature*.

13 參見第一章針對清初文學中具遺民情懷之作品俯拾皆是的討論。

14 劉夢溪對傳統索隱派的評語可謂一針見血：「紅學索隱派的致命弱點是求之過深，以無一事無來歷，無一人不影射，把索隱無限擴大化，結果弄得捉襟見肘，不能自圓其說」（《紅樓夢與百年中國》，頁二三七）。

15 後胡適時期索隱派的發展，參見同前注，頁一六一—二三五。在網路上索隱相關的討論，更是摭拾即是。

如果從遺民情懷小說的角度探討《紅樓夢》，便是將之視為具遺民情懷者在清初統治之下的「血淚辛酸史」。不過，筆者對此面向的認知，並非如傳統索隱派經由少數孤立的線索為基礎，無限上綱的進行歷史人物一對一的推衍，馴至如胡適所言「猜笨謎」；而是透過本書中俯拾皆是的政治暗示（幾可謂覆蓋全書的龐大魅影）所做的再發掘與再整合的工作。首先，書名「紅樓夢」到底指涉什麼當然是每個研究者不能迴避的亙古大謎。[16] 除此外，還有更多不從遺民政治無法參透的矛盾與不可解。犖犖大者如：為何有兩種不同的神話起源論？補天的神話架構與太虛幻境的神話架構各自有何意義？石頭下凡的目的為何？警幻仙子警什麼「幻」？為何警幻那麼迂腐？為何警幻稱寶玉為「天下第一淫人」？「意淫」與「皮膚濫淫」之別有何意義？賈瑞之淫有何寓意？本書為何又名《風月寶鑑》？可卿因何而死？為何有「兼美」此人？其寓意為何？「南」與「北」的對比為何隨處皆是？薛蟠為何享有特殊地位？其個人的故事有何意義？英蓮為何必須失蹤？甄寶玉的寓意為何？這些問題不從遺民情懷小說的角度切入，很難獲得較全面而一貫的詮釋。

但若以遺民情懷小說的視角重新梳理《紅樓夢》，上述這些難題便能一一迎刃而解。警幻之謎已於本書第二章予以全盤說明，並在《紅樓夢》作為遺民情懷小說的詮釋方向上踏出了第一步。第三章進一步再就《紅樓夢》的寫作策略說明其乃是承襲了明末以「兒女之情」寓寫「家國之思」的傳統。在本章我們可再以「國族寓言」（national allegory）的理論來強化第二章所論及的「寓言閱讀」。

二、紅樓殘夢與國族寓言

「國族寓言」這套理論是由詹明信（Fredric Jameson）提出。他認為，「所有第三世界文學都必然……具寓言性，而且極具特殊性：也就是必須以我所稱的『國族寓言』的方式閱讀。」[17]第一世界因為「公」（the public）與「私」（the private）早已分道揚鑣，故文學變成了「關乎私領域而非公領域的事，關乎個人品味與孤獨冥想而非公共辯論與斟酌」，但「第三世界中公與私的關係則完全不同：並沒有經過這種區分與隔離。因而文學文本絕對不會只論及私人事務」。[18]因此，詹明信認為，在第三世界「個人私己命運的故事，都可謂以寓言譬喻了第三世界公共文化與

16《甲戌本凡例《紅樓夢》旨義》有謂：「是書書名極多，《紅樓夢》是總其全部之名也。又曰《風月寶鑑》，是戒風月之情。又曰《石頭記》，是自譬石頭所記之事也。此三名皆書中曾已點矣……然此書又名曰《金陵十二釵》，審其名則必係金陵十二女子也。」但這段對「紅樓夢」為何總其全部之名，並未細述。這就必須從第五十二回的「朱樓夢」入手。後文會有詳論。

17 Fredric Jameson, "Third-World Literature in the Era of Multinational Capitalism," *Social Text* 15 (Autumn 1986): 65-88. *JSTOR*. Web. 15 Aug, 2000. http://www.jstor.org/stable/pdfplus/466493.pdf?acceptTC=true.

18 Imre Szeman, "National Allegories Today: A Return to Jameson," *On Jameson: From Postmodernism to Globalization*, ed. Caren Irr and Ian Buchanan (Albany: State University of New York Press, 2006), p. 192.

社會的困頓處境」。[19]

這是一個什麼樣的「困頓處境」呢？我們必須從詹明信在「文化革命」（cultural revolution）與「屈從狀態」（subalternity）之間所做的連結，看出「國族寓言」確是詮釋第三世界文本的重要策略。[20]所謂「屈從狀態」，乃是「在宰制的局面下，因結構因素必然會形成的心理的卑屈感以及伏低做小的習慣——在被殖民者的經驗中有最戲劇化的呈現」。[21]故「國族寓言」所指出的方向乃是「心理的狀態如何指向政治面向，以及『屈從狀態』如何讓自己（以寓言的方式）外爍（projected outwards"）到文化領域」。[22]最終是要促成「文化革命」以「拆解所謂『屈從狀態』形成的習慣，俾能產生一個本真而自主的主體性及群體」。[23]詹明信認為「唯有把第三世界知識分子、作家、藝術家的成敗重置於『文化革命』這個議題的脈絡中，才能掌握其歷史意義」。[24]因此，每一個第三世界的文本都應視為「一種特殊的文化策略，而不只將之毫不考慮的以第一世界學院所習知的「文學」定義來閱讀」。[25]

第三章重點在於從《紅樓夢》中少年世界與成人世界對立的現象，導出明末才子佳人作品以個人生命史（男女之情）反映國族命運（家國之思）的寫作策略。本章從「國族寓言」的理論出發，則特別針對國族主體與外部壓力的周旋與拮抗。根據以上的理論簡述可知，由於第三世界作者在作品中與「西方現代性」（也就是「殖民現代性」）的斡旋，遂使這些作品自然而然具有了「國族寓言」的意味。而各個殖民地與後殖民國家的諸多作品都可以從「國族寓言」的視角閱讀與詮釋。（如台灣日據時代朱點人的〈秋信〉、奈及利亞奇努瓦・阿契貝〔Chinua Achebe〕的

《分崩離析》〔*Things Fall Apart*〕，哥倫比亞馬奎斯〔Gabriel García Márquez〕的《百年孤寂》〔*Cien años de soledad*〕皆是。）

有趣的是，詹明信在文章中舉了十九世紀西班牙小說家貝雷茲・加爾多士（Benito Perez Galdos）的小說《佛都娜妲和哈芯妲》（*Fortunata y Jacinta*, 1887）為例，說明「國族寓言」未必只能用於二十世紀的第三世界。只要遭到強勢外在力量壓迫而墮入「邊緣」（peripheral）的社會，其作品皆有可能成為國族處境的反映。而這本小說甚至於直接提供了以「國族寓言」閱讀《紅樓夢》的可能性。在小說中，男主角便是「國族」的隱喻：他游移在兩個女主角之間，一個是他的太太，另一個是他的情人，前者來自上層階級，後者來自庶民階層。男主角在兩者間的游移所反映的正是：國族的命運「躊躇於一八六八年的共和革命（republican revolution）與一八七

---

19 Fredric Jameson, "Third-World Literature in the Era of Multinational Capitalism," p. 69.
20 Imre Szeman, "National Allegories Today," p. 194.
21 Fredric Jameson, "Third-World Literature in the Era of Multinational Capitalism," p. 76.
22 Imre Szeman, "National Allegories Today," p. 195.
23 Ibid.
24 Ibid, p. 76.
25 Ibid, p. 197.

三年的波旁王朝復辟（Bourbon restoration）」。[26]詹明信認為，在此我們可以很容易就「將小說的整個情境轉化為對西班牙命運的『寓言式評論』（allegorical commentary）」。[27]

我們只要把詹明信的這句話中的「西班牙」改成「中國」，便可完全適用於《紅樓夢》，因為《紅樓夢》更是容易讓人「將小說的整個情境轉化為對『中國』命運的『寓言式評論』」。《紅樓夢》雖不是「第三世界」文本，但卻產生在一種類似殖民的時刻。被殖民者雖沒有面對現代性時必然會產生的卑屈感，但在武力的威迫下，類似的「屈從狀態」卻也四處在蔓延。明清易代之際，不少知識分子都試圖經由「文化保存」及「文化改革」來抗拒「屈從狀態」，故類似第三世界文本的作品（即審視「心理的狀態如何指向政治面向，以及『屈從狀態』的文本如何讓自己〔以寓言的方式〕『外爍』〔projected outwards〕到文化領域」的文本）在其他文類中都屢見不鮮（戲劇如《長生殿》、《桃花扇》，詩則更是不計其數），小說中其實也有如《後水滸傳》、《女仙外史》等例，但多未被深究，而《紅樓夢》雖也全面參與了這個浩大的工程，卻因為藏埋過深，竟至長時間不為人所正視。

但只要將方才提到的西班牙小說與《紅樓夢》並置，即可看出以「國族寓言」閱讀《紅樓夢》的必要性及迫切性。賈寶玉在黛與釵兩人之間的游移便是在兩種國族命運之間的游移：效忠明朝的國魂或接受清朝的收編。換言之，寶玉個人的心理狀態指向了明末清初的政治局面，而全書的企圖就是要從「屈從狀態」中掙脫，其策略則是全面的「文化保存」（中華道統）及「文化改革」（反科舉八股）。

三、警幻收編與遺民不移

第二章已經以「後設小說」的理論將《紅樓夢》的三個層次及其間的糾葛有了初步的梳理：《紅樓夢》的兩個開始，意味著兩種政治態度。一屬石頭（實），一屬太虛（虛）。太虛代表的是清初的統治者對遺民籠絡納編之企圖，石頭則表達了遺民反清悼明的堅定意志。換言之，石頭最初補綴的對象就非一般的天空，而是大明「天子」上方的天空。「補天」之典故本出女媧補共工撞不周山造成的天傾，[28]俗語中用到「補天」一詞時，都意味著試圖補救一個極難補救的狀況，而且通常也只有國家民族的規模才能適用這個俗語。衡諸明遺民亦不時以「天地之崩解」比喻明之淪亡，更顯得此處用補天之典故，並非偶然。[29]更重要的是，此處所寫「石頭」未能補天日夜涕泣，便暗示「無以」或「無力」。這就更讓我們了解到這個神話結構的目的乃是對「真實處境」

---

26 Fredric Jameson, "Third-World Literature in the Era of Multinational Capitalism," p. 78.

27 Ibid, p. 79.

28 〔漢〕王充撰，蕭登福校注，《新編論衡》（台北：台灣古籍，二〇〇〇），頁九六七。

29 明末知識分子對此巨變之描述極為相似，如史可法謂之「地坼天崩」，王夫之謂之「乾坤反復，中原陸沉」及「裂天維，傾地紀」，黃宗羲謂之「天崩地解」（孔定芳，《清初遺民社會》，頁二七—二八）。

的影射：以「石頭城」為根據地的南明，終究補天不成（作者著書時明已亡國）。

在這樣的理解下，兩個看似無關的神話，就建立起了一種「無關的關係」。原來這兩批人（一邊是石頭，另一邊是警幻仙子囑咐下凡的一干人等），其實是君與臣，或更精確的講，（故）國與（遺）民的關係。但書中卻故意製造兩者不相干的印象：石頭下凡是因為一僧一道「偶然」經過，而神瑛等一干人等則是另有木石奇緣必須了結公案。明明彼此密切牽連卻故做毫無瓜葛，顯然是意欲降低政治聯想以避人耳目。但凡事皆需在警幻處掛號一事，卻又有意無意透露出二者確有關係，而且這層關係與警幻君臨天下的局面息息相關。此處值得強調的是，這種「無關的關係」在《紅樓夢》中可謂隨處皆是。之所以如此，正是因為作者對其政治內涵「欲語還休、欲張彌蓋」；意欲讀者了解其隱衷而四處布下線索，但為避免文字獄迫害又隨時淡化線索。

但外層「大荒敘事」對中層「太虛敘事」（即從「石上之書」開始到襲人出嫁的敘事）的拆解，卻不只是藉以呈現石頭悲傷及歷史偶然的事實，更重要的是要凸顯石頭面對悲傷所採的態度。「太虛敘事」將一切歸因於「太虛」，「大荒敘事」則堅持一切出於「大荒」，兩者容或皆採萬事皆空的假設，但「太虛敘事」中警幻仙子要寶玉轉而向學，而「大荒敘事」則要寶玉回到大荒山的青埂峰下；這兩種完全相反的意旨，即是「太虛敘事」及「大荒敘事」的根本差別。

如此一來，《大荒敘事》一書便是作者藉石頭（明之亡魂／傳國玉璽）[30]及神瑛侍者（曾服侍石頭的遺民）所建構的「回憶錄」，其追憶的對象應是集中在明朝的最後四十年——也就是南明——及清初。追憶的目的則在於再次確認自己對此歷史的詮釋，以力拒清廷對遺民記憶的僭奪

（也就是，針對中層「太虛敘事」所呈現的回憶〔錄〕提出批駁）。因此，這段記憶便是由自太虛下凡的一干人等（即太虛幻境中列入各冊的女子，加上諸豔之冠的寶玉〔神瑛侍者〕）所重演的明末演義。而寶玉（神瑛侍者）與黛玉（絳珠草）的木石奇緣則是其核心：明遺民難以割捨的紅色情懷（對朱明的依戀）。如是，警幻仙子囑彼等自太虛下凡了結公案，乃指新朝以籠絡政策對遺民的故國之思進行滌清的工作。相反的，石頭則逆勢操作，時時刻刻在遺民耳邊提醒，勿為籠絡政策所動。

第二章已約略提到，石上之書《石頭記》中來自太虛的詮釋想要將這段歷史藉由命定論（前緣論）一筆勾消，但「大荒敘事」則以外層敘事的優勢，再次將此段歷史予以顯影，只是顯影的方式因為兩層敘事間互相糾葛，乍看無法明確的區隔而顯得語意不明。是以，絕大多數論者將「太虛敘事」與「大荒敘事」視為同一個故事，以獲取前後連貫、因果清晰的線性敘事（linear

30 寶玉的正面刻著八個字「勿失勿忘，仙壽恆昌」與所謂「傳國玉璽」上之鐫字極為相近。「傳國玉璽，又稱傳國璽、傳國寶，為秦始皇所作，正面刻著秦丞相李斯所書『受命於天，既壽永昌』八個篆字，後來的歷代中國帝王，都把它當作『皇權神授』的信物，用以證明自己皇權的正統性。得到它就表示自己『受命於天』，是『真命天子』，應該做皇帝；失去它就表示『氣數已盡』」（逗紅軒，《石頭印紅樓之傳國玉璽傳》〔濟南：山東畫報，二〇〇八〕，頁九—一七；潘重規，《紅樓血淚史》〔台北：東大，一九九六〕，頁一六五—一七八）。

narrative），而有意無意忽略了這兩個部分之間的衝突與互斥。於是，作者精心設計的敘事策略遂遭束之高閣，書中所再三強調的血淚辛酸，及主角歷劫歸來後的大徹大悟，亦石沉大海不復為世人所感知。但只要能清楚掌握上述的後設小說結構，便能注意到外層敘事與中層敘事有所扞格，而且前者對後者有所批駁。那麼，警幻所勸誘的覺悟，就非外層敘事觀點所期待的結果，而是其所批駁者。

職是，在「太虛敘事」中乍看似出世的結論，在即將重回外層大荒敘事時，似又可進一步發展成一個今世取向的結論。簡單的說，在太虛敘事中，警幻以類似佛家的方式警惕寶玉，但最終的期望卻是要他能改悟向學、回歸程朱。但寶玉似乎只接受了佛家這部分的啟示而出家。然而，值得注意的是，事實上寶玉的故事並未真正結束於此。在中層「太虛敘事」接近尾聲即將回到外層「大荒敘事」之際，全書又醞釀出了另一種可能性，也就是說，寶玉其實並未真正出家，而是以極為另類、曲折的方式（詳第十一章）繼續留在紅塵之內。這種可能性唯有掌握了本書的後設小說結構，才可能看到。換言之，後設小說結構使我們得以看到《紅樓夢》不同層次之間的矛盾，以及作者如何經過小說的寫作找到超越此矛盾的可能性，也就是如何在悼念故明與抗拒新朝之外找到第三種可能性。

四、自傳他作與人生藝想

從遺民情懷小說的角度觀之，《紅樓夢》確可視為作者在書中分採「大荒敘事」與「大觀敘事」兩個視角的自傳。自傳本就具有強烈的歷史意味，寫作自傳就等於寫作個人歷史。在這種個人歷史中，我們可以看到主體的單軌線性歷史發展。然而，自傳真是所謂歷史嗎？甚至歷史真的就是「真正的事實」嗎？就後者而言，尼采（F. W. Nietzsche）其實已經給予了決定性的答案：「歷史其實是美學（藝術）的創造，故其所謂真相其實是戲劇性而非客觀性的。」[31]雖然自傳由於具有口述的權威（oral authority），而予人比一般歷史更可靠的印象，但其實自傳又比一般歷史書寫更具有「藝術性」，而其藝術性的來源正是「自我」的深度介入。基本上，任何一個論述的行為（discursive act）都是一個「治療的行為」（therapeutic process），對歷史的重建企圖更是充滿了治療色彩。這個行為往往是要藉著「把不堪的過去予以反省檢視」，[32]尋找重生的契機。但「在這樣的過程中所憶起的事件，事實上未必是當時發生的事件，而是治療過程所創造的歷史中

31 Paul Jay, *Being in the Text: Self-representation from Wordsworth to Roland Barthes* (Ithaca, N.Y.: Cornell University Press, 1984), p. 35.

32 Ibid, p. 23.

的一些想像時刻」。[33]

作為一個遺民主體，「神瑛」因為明之淪亡而受到了重大的創傷，故他在撰寫自傳的時候，治療動機必然會使他對過去予以重新組合，使之成為「從此時此地的角度對過去事件所做的完美歷史化」。[34]神瑛對歷史的重寫更完全排除了歷史時間，讓一切都凍結在大觀園這個完美的空間中，如此故明的美好就不會因時間而為清所取代。但面對遺民主體對清的抗拒，警幻則提供了另一種治療方式——一切都在太虛已有定數，故遺民無須為之傷感，只要擁抱天命所有問題皆可迎刃而解。換言之，所謂緣定太虛的命運並非神瑛自傳的一部分，而是警幻所強加的「他傳」。

神瑛的自傳（即大觀敘事）以大觀園為一個超越時空的永恆存在，容或有始，但絕無終期。而「太虛敘事」則是因果分明，一切都來自太虛復回歸太虛。於是，在太虛敘事中，書中所載一切人生之無常便似乎可由「了結公案」四字輕易超越，而大觀敘事則強力抗拒「必須了結」的命運。在大觀敘事中木石前緣為永遠的盟約，而警幻則強烈暗示或明示——此緣已盡、他緣（金玉良緣）將始。過去的歷史在此二敘事中皆非獲得「恢復」（recovered），而是得以「克服」（overcome）。[35]大觀敘事拒絕承認明朝已亡的事實，而繼續藏身於明朝仍如大觀園般永不崩壞的幻思（fantasy）中，而「太虛敘事」則為神瑛寫下了另一部「緣定太虛」但「天命已轉」的「真實歷史」。然而「大荒敘事」於書首對故事創生方式的描述——石頭進入清的歷史是因為補天不成偶然下凡，而非「緣定太虛」或「天命已轉」——則是第三種書寫歷史的方式，也是作者心中最終的「真實歷史」，而這應是他在接受「大觀園」早已崩壞、甚至從來不曾存在之後，在萬般悲痛中所下的結論。

第二章已提到，由於太虛敘事所提出的「真實歷史」其實是「偽歷史」，故寶玉／神瑛用以對抗的是「藝術化的歷史」，試圖以藝術的「真」來面對歷史的「假」。也就是本章所言，以「藝術」的「自傳」來對抗「大義物」的「他傳」。但從石頭的角度看來，兩者都是「虛構」或「杜撰」，雖然前者擁有一種強烈的動人之處：不只是因為「藝術」本就比論述易於動人，更是因為「藝術」在此處是用以隱喻以「情」為本質的「中華文化」道統，而太虛的新大義物則是與程朱八股沆瀣一氣的僭奪政權者。

故這個藝術世界雖是杜撰，卻幾乎可以取代程朱八股所籠罩的真實世界，而讓寶玉為之纏綿不已。此即第二章所言「後設小說也有以突出藝術之力量」為目的者，[36]此時內層的藝術與中層的日常現實之間的關係便可能是反向配置，即內層的藝術成為批判與主導的層次。也就是說，大觀園這個藝術世界雖被太虛幻境批為虛幻，卻本是一種用以抗拒中層「太虛敘事」的反論述（counter-discourse），並與外層屬於作者的大荒敘事形成夾殺太虛的形勢。不過，這個藝術的世

33 Ibid, p. 25.
34 Ibid, p. 26.
35 Ibid, p. 143.
36 Ibid, pp. 87-114.

界內部乍看卻有著兩種跡近對立的、對寫詩（或藝術創作）的看法：一種突出「個人獨創」（originality），另一種強調「追求本源」。何以如此？

五、個人獨創或追求本源？

個人獨創的凸顯首先可見諸大觀初竣工時，賈政攜寶玉於其中巡行並予「命名」（naming）的行為。就論述理論而言，「命名」的行為就是「創造新世界」（world-creating）的行為（如上帝創造世界）。但在《紅樓夢》中並非任何命名行為都有藝術創生的含意，唯有「創新」之命名能之。而結果必是寶玉所選之名獲得認可，也有其暗示。比如對入口處的命名，眾人意見總不免俗套而刻板，諸如「疊翠」，「錦嶂」，「賽香爐」，「小終南」等。這些命名的共同特色不只是俗套，而且是「固著」的（static），完全沒有藝術生命特有的流動的色彩。而寶玉所名「曲徑通幽處」則是寓含著離開固著、朝現實成規之幽微處探索發展。事實上，幾乎所有寶玉之命名（如「沁芳」，「有鳳來儀」，「杏帘在望」等）與他人之別就在於，寶玉所命之名一概都有動詞意味，且隱含著不被固著（於現實成規世界）的意圖。當寶玉的命名「曲徑通幽處」出現之後，才算是藝術真正自現實人生的蒙昧中誕生。

園中少女生活方式的主體——起詩社作詩——更說明了大觀園的藝術性質主要彰顯於「創

造」。每回作詩雖都是以詠物為主，但所有詩作到頭來總會脫離即物而進入獨立的文本世界。現實中的物件只是創作的起點，最終的目的是獨立藝術世界的建立。而第五十回及第七十六回兩度做五言排律，這種純然的「文本的繁衍」（multiplication of texts），與即物更似毫無關係了。[37]「文本性」（textuality）的突出主要是為了指出，藝術的文本世界不同於其他論述的地方在於「文本物質性」（textual materiality）的中樞地位。而此文本世界中人程度之深尤可見諸四十八回香菱學詩一事。在她學詩的過程中，我們看到她一步一步的陷入詩的文本世界，不但白日時恍恍惚惚一切以作詩為上，甚至在夢中亦不忘做詩；不但人成了「詩魔」，生活也與詩畫上了等號。[38]然而，此獨立世界並不是真的遺世的世界，而是遺民用以拒絕滿清現實的故明記憶。顯然，這種對創新的強調從寓意的角度而言，是針對程朱八股之因襲。

然而，在創造被凸顯的同時，大觀園卻又有一種跡近相反的走向。十七回賈政命寶玉擬題時，寶玉卻說：「嘗聞古人有云：『編新不如述舊，刻古終勝雕今』。」寶玉何以會自相矛盾？一方面固然因為這些清客所題並非真正編新，不過是「只將些俗套來敷衍」以凸顯寶玉。故此處寶玉的反應並非反創新，而是對這種沒有必要的敷衍為文（也是程朱八股的隱喻）表示厭惡。但另

37 然而，大觀園逃避清之現實的企圖終究無法成功。即使這類看似純粹文本演練的詩也立即成為現實世界滲入的管道。在本書第七章會詳論。

38 香菱在此的表現有重大象徵意義，第七章會詳述。

一方面，此處的象徵意義必須從寶玉對程朱「杜撰」的批判來理解。如第三回寶玉開宗明義謂「除《四書》外，杜撰的太多」，這意味著寶玉並不反對四書（儒家），而是對科考以朱子注解喧賓奪主頗不以為然。第十九回襲人轉述寶玉：「除『明明德』外無書，都是前人自己不能解聖人之書，便另出己意，混編纂出來的」，也是推崇儒家原典而批判程朱。第三十六回描述寶玉因不滿「如寶釵輩有時見機導勸」，而致「除《四書》外，竟將別的書焚了」，更是對程朱不滿之極致。而第七十三回描述寶玉不耐為科考讀書，謂「更有時文八股一道，因平素深惡此道，原非聖賢之制撰，焉能闡發聖賢之微奧，不過作後人餌名釣祿之階」，則直指八股的杜撰。故毫無疑問的，「述古」是針對程朱對經典的偏離，尤其是成為八股之後所形成的「杜撰」。39

反杜撰的例子還可見諸寶玉在十七回另一處提出「本源」的重要性。當賈政一行人來到某處時，因覺所見花草「有趣，只是不大認識」，有的說：「是薜荔藤蘿。」賈政道：

> 「薜荔藤蘿不得如此異香。」寶玉回答道：「果然不是。這些之中也有藤蘿薜荔；那香的是杜若蘅蕪，那一種大約是茝蘭，這一種大約是清葛，那一種是金簦草，這一種是玉蕗藤，紅的自然是紫芸，綠的定是青芷。想來《離騷》《文選》等書上所有的那些異草，也有叫作什麼藿蒳薑蕁的，也有叫作什麼綸組紫絳的，還有石帆、水松、扶留等樣，又有叫什麼綠荑的，還有什麼丹椒、蘼蕪、風連。**如今年深歲改，人不能識，故皆象形奪名，漸漸的喚差了也是有的。**」草木各有其名，但「如今年深歲改，人不能識，故皆象形奪名，漸漸的喚差了

也是有的」。（強調為筆者所加）

這裡談的也是悖離本源，用意在於再批程朱的不識本源、以訛傳訛。寶玉強調「本源」的另一種方式則是，不時以小傳統來挑戰被程朱扭曲的大傳統。這個時候程朱八股就變成了一個假的本源，反而是小傳統或通俗文化被作者及寶玉認為保留了中華文化的本真（authenticity）——情。如第七十七回寶玉憂晴雯恐將不保而與襲人談起時謂：「今年春天已有兆頭的」，襲人斥謂妄誕，寶玉遂引經據典，並分別以「大題目比」「小題目比」，從典故上證明自己的預兆論：

你們哪裏知道，不但草木，凡天下之物，皆是有情有理的，也和人一樣，得了知己，便極

39　然而到下一處後，賈政及清客們欲採歐陽修〈醉翁亭記〉之典名其亭為「瀉玉」時，寶玉卻有保留，認為不應用典而應創新。寶玉的反覆讓賈政也感到困惑：「諸公聽此論若何？方才眾人編新，你又說不如述古，如今我們述古，你又說粗陋不妥。你且說你的來找聽。」要了解他表面上的反覆，我們必須掌握當時說話的脈絡。寶玉完整的意見是：「況此處雖云省親駐蹕別墅，亦當入於應制之例，用此等字眼，亦覺粗陋不雅。求再擬較此蘊籍含蓄者。」換言之，此處寶玉態度之轉變與「當入於應制之例」有關，並非純粹的創新。或說「創新」亦等於「述古」。這就牽涉到寶玉對元妃身分象徵意義。這點我們在第五章會有詳論。

有靈驗的。若用大題目比，就有孔子廟前之檜，墳前之蓍，諸葛祠前之柏，岳武穆墳前之松。這都是堂堂正大、隨人之正氣，千古不磨之物。**世亂則萎，世治則榮，幾千百年了，枯而復生者幾次**。這豈不是兆應？就是小題目比，也有楊太真沉香亭之木芍藥，端正樓之相思樹，王昭君塚上之草，豈不也有靈驗？所以這海棠亦應其人欲亡，故先就死了半邊。（強調為筆者所加）

這段引文其實有大學問在。文中首先提中華文化的根源孔子，但立即與先前英蓮出場時脂批的評語密切的呼應：亦即，以武侯及岳武「二賢」之典故對北方僭奪者曹操及北方犯境之胡人（女真人）進行隱晦的批判（「武侯之三分，武穆之二帝，二賢之恨，及今不盡，況今之草芥乎？家國君父事有大小之殊，其理其運其數則略無差異。知運知數者則必諒而後歎也」）。[40]並再輔以楊太真及王昭君這兩位被胡人糟蹋的女子，來說明就「情緣」（對明之依戀）而論，小傳統的意義一如未被程朱扭曲過的大傳統。

第五十一回及五十二回各有一段寶釵與黛玉及寶釵與寶琴的對話，對上述的觀點復再予強調。第五十一回中，在眾人看過寶琴的十首懷古絕句之後，寶釵提出異議卻遭到黛玉的反駁：

「前八首都是史鑑上有據的；後二首卻無考，我們也不大懂得，不如另做兩首為是。」黛玉忙攔道：「這寶姐姐也太忒『膠柱鼓瑟，矯揉造作』了。兩首雖然於史鑑上無考，咱們雖不曾看這些外傳，不知底裡，難道偺們連兩本戲也沒見過不成？那三歲的孩子也知道，何況偺們？」

而探春也補充道：有多少與歷史有關的「古蹟」也不過是以訛傳訛，因此，既然「……如今這兩首詩雖無考，凡說書唱戲，甚至於求的籤上都有。老少男女，俗語口頭，人人皆知皆說的……，那也無妨，只管留著」。這兩段引言所呈現的正是寶釵對「正史」（被程朱扭曲的大傳統）的執著。而黛玉與探春則指出「正史」中雖未有鑑，但是卻已存在於野史民俗（小傳統）當中久矣。此處固然是對「藝術虛構亦真」的辯護，但更是再一次的以「小傳統」（情）駁「扭曲後的大傳統」（程朱八股）。對小傳統的重視同時包含了對本源的重視及對創新的重視：因為創新及本源兩者都能連結中華文化的本真——情。

由以上兩種相反但其實互通的關於寫詩／藝術創作的論述可知，不論「編新」（個人獨創）

40 脂批全文為：八個字屈死多少英雄？屈死多少忠臣孝子？屈死多少仁人志士？屈死多少詞客騷人？今又被作者將此一把眼淚灑與閨閣之中，見得裙釵尚遭逢此數，況天下之男子乎？看他所寫開卷之第一個女子便用此二語以定終身，則知托言寓意之旨，誰謂獨寄興於一「情」字耶！「武侯之三分，武穆之二帝，二賢之恨，及今不盡，況今之草芥乎？家國君父事有大小之殊，其理其運其數則略無差異。知運知數者則必諒而後歎也。」英蓮出場時何以如此之驚天動地？實因她正是庶民中國的象徵。關於此下一章會詳論。關於本段脂批的詳論，請參閱第二章。

或「述古」（追求本源），都是針對程朱，只是針對的是其不同的面向。「編新」針對其八股酸腐、附會綱常，「述古」針對其敷衍曲解、杜撰本源。

六、搜奇檢怪，不離本來面目

由上可知，作為一部遺民情懷小說，「根源」與「獨創」的目標是一樣的，都是為了找回「本來面目」。因為面對異族對「道統」的把持，最讓遺民心痗的當然是變節者為了討好統治者所做的胡亂比附。黛玉就是同時注重「根源」與「獨創」的另一例證。她雖是「個人獨創」的主要倡議者，但也不忘強調「本來面目」的重要。如四十八回黛玉教香菱作詩時，先指出「若是果有了奇句，連平仄虛實不對都使得的。」但是當香菱結論謂「只要詞句新奇為上」時，黛玉又趕緊補充道「……詞句究竟還是末事，第一是立意要緊。若意趣真了，連詞句不用修飾，自是好的；這叫做『不以辭害意』。」換言之，黛玉此處強調的是「修辭立其誠」的古訓。

這種說法在第七十六回湘雲與黛玉合做排律時也曾出現。當兩人所聯詩句愈趨奇險，而至警句「冷月葬詩（花）魂」迸現之際，妙玉突然出現，阻止她們再做下去，並曰：「如今收結，到底還歸到本來面目上去。若只管搭了真情真事，且去搜奇檢怪，一則失了偺們閨閣面目，二則也與題目無涉了。」妙玉此處強調的「本來面目」也就是修辭立誠之謂。而她又特別將「閨閣面目」與「本來面目」等同，不但再次說明了女性世界乃是「本來面目」或「根源」的隱喻，也將之與「自然」連結，也就是說，大觀園是未受「文化」污染前的世界：「修辭立其誠」，就是堅守「閨閣面目」，就是堅守「本來面目」，就是保有「詩魂／花魂」，也就是堅持對故明的效忠。

方才所論「文本的繁衍」（藝術世界的虛構）固然是大觀園的本質，但如果忘了初衷是「反程朱八股」，也就是忘了「修辭立其誠」，忘了堅持「女性」乃是「自然」而須與「文化」（男性／程朱）清楚區隔，反而與之在文本繁衍上起舞，那麼反而會被標奇立異的枝節所分心離神，終至喪失最重要的「詩魂」。我們可再以寶玉的「自然觀」來對照了解這裡的「本來面目／閨閣面目／詩魂」。第十七回賈政一行人來到未來的瀚葛出莊（李紈住處）時，寶玉與之有一段關於「天然／自然」的討論，可以大要說明園內園外的關係。賈政對此處的樸實無華之「清幽氣象」頗為欣賞，但寶玉則認為此處之粗淡其實甚不自然，反不如先前較華麗文飾之景（「不及『有鳳來儀』多矣」）。寶玉所持之理便是，先前之景乃是「有自然之理，得自然之趣」；雖是藝術，而無人為之感（「亦不傷穿鑿」）；然此處之景看似自然，卻「分明是人力造作」，更顯出其與一般俗世文化的穿鑿附會接近。故大觀園的藝術性質，未必會妨礙對自然的掌握，只要能掌握文本的繁衍出於精神上的自然（也就是先前的「修辭立其誠」），而非形式上的自然。如此一來，對本源的追求與藝術的創新就不是對立的；本源是創新的基礎，也是創新的目標，兩者相輔相成。

而瀚葛山莊乃是李紈的住所，又可知其中的春秋之筆。李紈的槁木死灰乃是程朱禮教下的產物，理論上她所彰顯的應該就是「存天理滅人欲」的境界，但寶玉斥之為假自然（假根源）可知又是對程朱之批判！此處對「自然」的論辯可謂再一次的區分了兩種根源：一種是腐儒的杜撰所形成的特定儒家大傳統（即程朱八股），另一種則是在精神上忠於文化根源（情）的小傳統及藝術創作（寫詩）。大觀園所象徵的藝術雖然四向嬉遊，看似只求文本的繁衍而純屬杜撰，但實則堅持本來面目，在精神上仍然於忠於根源。寶玉與黛玉在文本嬉遊或繁衍的過程中，其實多半是以中國的小傳統為其另類選擇（如莊子、會真記，及其他各種筆記小說及戲文），一如第五十一回黛玉與探春對寶釵「史鑑有據」的反駁。他們反而是要從這些小傳統中去尋找被把持大傳統的學究腐儒所壓抑的中國文化「本來面目」，並非純粹無所為而為的杜撰。

上文已提過，寶玉對所謂「杜撰」已給予明確定義（第三回、十九回、三十六回）。他對「四書」（五經）本身不但並無反感，反而應說是甚為珍惜，因為這是一切真正的根源，是本來面目。他不滿的對象是「杜撰者」，亦即某些自以為是的腐儒或彼等所代表的官方論述（寶釵的「史鑑有據」論便是腐儒大傳統的隱喻）。當然反對的原因不只是杜撰者本身的迂腐，更是因為程朱已經成為新朝的官方意識形態，並被用以籠絡召喚遺民。

七、以「詩樂園」重建「失樂園」？

上述「創新」與「根源／本來面目」的探討，突出了大觀園（女性世界／少年世界）的關鍵意義。在大觀園中的遺民，必須藉由詩的嬉遊與獨創，尋回遭程朱八股淹沒的中華文化本來面目，亦即經藝術重建被「文化」糟蹋的「自然」。第五十二回寶釵與寶琴針對「太極圖」的對話正可為此態度之注腳。寶琴先是嘲諷寶釵說她「不是真心起社，而是要如作八股文般『難人』」，讓人「顛來倒去，弄些《易經》上的話生填」，以勉力「強扭的出來」（這顯然是對八股的批判），之後話鋒一轉，說起她八歲時曾遇一頭披金髮腰佩倭刀之「真真國」女子，年方十五竟「通中國的詩書，會講五經，能做詩填詞。因此，我父親央煩了一位通官煩他寫了一張字，就寫他做的詩」。最後她應眾人之請還背誦了這女子的一首詩，並博得眾人對詩的稱讚：「難為他！竟比我們中國人還強。」

真真國年輕美人的故事與看似中華文化之正宗（根源）太極圖（其實是程朱八股所塑造出來的「正宗」），其間「正經度」差距不可以道理計，但寶琴故事方說起，立時吸引了眾人的注意，太極圖的話題遂遭棄置。而眾人聽寶琴誦其詩之後，結論也是根源／中心未必強似外圍／邊緣（但這個中心是程朱的中心，而非中華文化的中心）。[41]——「難為他！竟比我們中國人還強」。

41　這段情節並非針對易經，而是針對「太極圖」。寶玉對四書五經都沒有惡言，甚至表達讚美，關於五經部分如第二十八回：「寶玉拿起海來，一氣飲乾，說道：『如今要說悲、愁、喜、樂四字，都要說出「女兒」來，還要注明這四字原故。說完了，飲門杯。酒面要唱一個新鮮時樣曲子；酒底要席上生風一樣東西，或古詩、舊對，《四書》、《五經》成語。』」某種意義上來說，「太極圖」幾可謂程朱之學的靈魂。周敦頤的始

為何這看似遠離根源的「遊嬉杜撰」反而更為眾人所稱道？[42]因為，大觀園這個「情的樂園」是不容程朱八股所污染的。離這個偽中心愈遠，反而愈近於情的本質。

故寶玉建立大觀敘事的目的顯然是要以「詩樂園」重塑「失樂園」，而且這個失樂園就是中華文化的失樂園；樂園的失去是因為程朱八股的杜撰，亦即滿人入關。因此，詩或藝術也不真指藝術本身，而是寓意中華文化的重情傳統；「詩樂園」所試圖重建的如前述其實是中華文化的「本來面目」。

但以詩重建失樂園的障礙最後卻是來自大觀園內部的背叛者（附清降臣）。寶玉在第一一八回與寶釵的一段關於「赤子之心」的對話呈現了背叛者的邏輯：

> 寶玉也沒聽完，把那本書擱在旁邊，微微的笑道：「據你說『人品根柢』，又是什麼『古聖賢』，你可知古聖賢說過，『不失其赤子之心？』那赤子有什麼好處？不過是無知、無識、無貪、無忌。我們生來已陷溺在貪、嗔、痴、愛中，猶如污泥一般，怎麼能跳出這般塵網？如今纔曉得『聚散浮生』四字，古人說了，不曾提醒一個。既要講到人品根柢，誰是到那太初一步地位的？」寶釵道：「你既說赤子之心，**古聖賢原以忠孝為赤子之心，並不是遁世離群，無關無係為赤子之心**。堯、舜、禹、湯、周、孔，時刻以救民濟世為心，所謂赤子之心，原不過是『**不忍**』二字。若你方纔所說的忍於拋棄天倫，還成什麼道理？」寶玉點頭笑道：「**堯、舜不強巢、許，武、周不強夷、齊……**」寶釵不等他說完，便道：「你這個話，

益發不是了。古來若都是巢、許、夷、齊，為什麼如今人又把堯、舜、周、孔稱為聖賢呢？……。」（強調為筆者所加）

以上這段辯論同樣是針對「本來面目」（赤子之心），但兩人對何為「本來面目」卻有針鋒相對的看法。第三章已經提到，寶玉的「赤子之心」接近羅近溪的「赤子之心」。後者是一種回歸孟子、重拾初心的企圖，與李贄的「童心」毗鄰。故寶玉此處表示要「跳出塵網」，就不是暗示佛家「意欲出世」的企圖，而是拒絕受到「文化」污染的企圖。從遺民情懷小說的框架來看，也就是「拒絕仕清」的隱喻。然而寶釵的反駁則是大義凜然，甚至動用到了原始儒家的觀念「不忍」。但值得注意的是，在「不忍」提出之前，寶釵對「赤子之心」的最初的定義是「忠孝」，是「經世濟民之心」。這與孟子的「不忍人之心」仍有相當一段距離。[43]由以上這段引文看來，

做，程氏兄弟及朱子的發展，「終於成為程朱理學的基礎」，明《性理大全》卷一即收入周氏的〈太極圖說〉，乾隆親撰《性理精義》也將此文列入卷首（朱淡文，《紅樓夢研究》（台北：貫雅文化，一九九一），頁六六—七一，尤其是頁七〇。潘運告，《從王陽明到曹雪芹》，頁三一七）。

42 此處的「邊緣」也非真的「邊緣」，本書第八章會再詳論「真真國」的寓意。

43 公孫丑下之原文為：「孟子曰：『人皆有不忍人之心。先王有不忍人之心，斯有不忍人之政矣。以不忍人之心，行不忍人之政，治天下可運之掌上。所以謂人皆有不忍人之心者：今人乍見孺子將入於井，皆有怵惕惻隱之心；非所以內交於孺子之父母也，非所以要譽於鄉黨朋友也，非惡其聲而然也。由是觀之：無惻隱之

寶玉以大觀敘事（小傳統、拒絕出仕、堅持本來面目）對抗寶釵代言的太虛敘事（經世濟民、籠絡政策、詆毀巢許夷齊）的企圖，顯然是遭到了決定性的反擊。更進一步的「跳出塵網」之舉似不得不然。

而黛玉在《紅樓夢》被尊為大觀園的「詩魂」必然與中華文化核心有關。但她卻通篇被比喻成具強烈棄世意涵的青女素娥，顯然反映了她的處境類似寶玉。首先是第七十六回黛玉與湘雲聯吟排律：至湘雲吟出「銀蟾氣吐吞。藥經靈兔搗」時，「黛玉不語點頭，半日隨念道：『人向廣寒奔。犯斗邀牛女』」。此後第八十五、八十九、九十七、一〇〇等回都一再把黛玉比喻為青女素娥。另香菱潛心學詩，最後竟寫出酷似黛玉之棄世傾向詩句——「博得嫦娥應自問，何緣不使永團圞」（第四十九回）。[44]如果黛玉是「詩魂」，寶釵則是「反詩」的俗世；而詩魂若是中華文化核心之喻，則寶釵就是僭奪華魂者（程朱八股及以此為工具的清廷）的打手。她始終是站在常識性（commonsensical）的立場發言（「為什麼如今人又把堯、舜、周、孔稱為聖賢呢」〔第一一八回；強調為筆者所加〕），挾眾人的意見自重。因此，對她而言，詩是「工具」，故會一再以詩介入人生之實際操作（如第三十八回食蟹所作諷刺詩，眾人覺得諷刺世人太毒了些；第七十回詠柳絮詩，功利之心似也太重），又屢屢標舉程朱的綱常之論以為反詩的根據（第三十八回「究竟也算不得什麼，還是紡績針黹是你我的本等。一時閒了，倒是把那於身心有益的書看幾章卻還是正經」；第四十九回「一個女兒家，只管拿著詩做正經事」；第六十四回「『女子無才便是德』，總以貞靜為主，女工還是第二件。其餘詩詞，不過是閨中遊戲，原可以會，可以不會」等等）。

甚至於說「原是詩從胡說來」（第四十八回），也就不足為怪了。

黛玉的出世傾向與寶釵的入世勸說，正好反映出這兩人所各自象徵的意識形態（在第七章會再細論）在這個歷史時點上的消長。遺民面對籠絡政策的壓力，「跳出塵網」似是唯一的選擇。

總之，由於寶玉及黛玉所執著的「本來面目」是儒家的中華道統而不是佛家的本來面目，故寶玉與黛玉看似離世的傾向並不是佛家式的棄世，而是大觀園對園外世界——不論舊或新——的厭棄。而且這種厭棄也不意味著對以儒家為主的中華文化的厭棄。這點從杜撰與反杜撰的辯論可看得非常清楚，不宜再有歪曲。值得進一步探討的是《紅樓夢》如何在標舉程朱八股的籠絡政策所施加的壓力下，維護中華道統的本來面目？如果大觀園最終勢必崩解，作者在憐惜大觀園之餘所提出的第三種可能性是什麼？

心，非人也；無羞惡之心，非人也；無辭讓之心，非人也；無是非之心，非人也。惻隱之心，仁之端也；羞惡之心，義之端也；辭讓之心，禮之端也；是非之心，智之端也。人之有是四端也，猶其有四體也。有是四端而自謂不能者，自賊者也；謂其君不能者，賊其君者也。凡有四端於我者，知皆擴而充之矣，若火之始然，泉之始達。苟能充之，足以保四海；苟不能充之，不足以事父母。』」孟子認為「先王有不忍人之心，斯有不忍人之政矣」，這是因與果的關係，而不是直接將「不忍人之心」直接等同於「不忍人之政」，故「不忍人之心」更不等於「經世濟民之心」。寶釵此處直接將此二心相等，是邏輯之詐術也。

44　香菱在小說中是庶民中國的象徵，本書第五章會詳論。

第五章

可親與應憐

——《紅樓夢》的兩種中國

前一章談到對歷史的兩種不同的記憶方式，主要是滿清與作者對遺民的記憶詮釋權之爭，亦即明與清之政權輪替，到底是「天命已改」或是「事出偶然」？寶玉（遺民）的大觀敘事以「唯情說」表達對故明的「至情」，而警幻仙子的太虛敘事則以「前緣說」（天命已改）向寶玉曉以「大義」，另一方面，作者的「大荒敘事」則以「偶然說」（事出偶然）來破解「前緣說」，但也對寶玉另有開示。不過，作者通篇對寶玉的「至情」卻有無限的憐惜與不捨，因為寶玉就是他的「另我」（alter ego）。對故明之「情」畢竟是遺民存在之核心。在小說中這份情乍看似是對菁英中國（明朝皇室／華夏道統）之情，但其實不但不乏對庶民中國之情，而且，庶民之情的部分甚且事關菁英中國的救贖，可謂作者別具慧眼的論述。以下我們將審視《紅樓夢》如何同時關懷這兩個相關又不同的中國面向。

一、英蓮迷失與「山崩地陷」

要了解《紅樓夢》的遺民情境，英蓮與可卿的身分與意義必須被準確的解讀。這兩人一個貫穿全書（英蓮比誰都早出現），一個稍縱即逝（可卿比誰都早死）。一個命如草芥，一個尊貴崇隆。一個流離失親，一個死於淫亂。一個與薛蟠糾葛不清，一個被警幻誣為夢幻。一個沒有她的走失，故事不會開始；一個沒有她的喪命，樂園不會重構。這兩個背景懸殊，遭遇互異，但又似有某種牽連（第七回周瑞初見英蓮時，覺得神似可卿。下文會論及）的兩人，在書中實具有某種核心的地位。

我們先看英蓮。她是甄士隱之女。一般都同意，甄士隱與賈雨村二人只是穿針引線的虛角色。傳統上這二人的寓意乃是「真事隱」去，「假語存」言（第一二〇回）；有隱才有言，或需要隱去真事才如此言說。換言之，做如是曲折之言，乃因作者有其隱衷。甄士隱為何去（出家），乃是因為他的女兒「英蓮」失蹤。甄氏有「真事」寓意，故甄氏之女應也有相當一般性的意涵。我們回頭看看她是如何失蹤的。書中非常明確的指出，她是在「元宵佳節」失蹤，而且是因為霍啟而走失。「霍啟」諧音「禍起」，但究竟起了什麼「禍」？無人深究過。另外除元宵之外，還有兩個日期出現在這一部分的情節，他們又有何意義？也值得特別思量。一般「禍起」都與「蕭牆」並用，意為「禍亂之事出自內部」。如果這個「禍」是一個一般性的指涉，那麼這是一種什麼「起自內部」的禍亂？與日期的關係又當如何理解？讓我們逐一審視。

事實上，被名為《石頭記》的石上之書從一開始就充滿玄機。這段中層敘事始於甄士隱在夢中與一僧一道見面並一窺寶玉，之後他正欲隨兩人進入太虛幻境，「忽聽一聲霹靂，有若山崩地陷」。如果這部小說是遺民的「回憶錄」，石頭下凡正是要重履從崇禎自縊到南明覆滅的這段歷史，那麼在這段歷史的開始時刻到底發生了什麼可喻為「一聲霹靂，有若山崩地陷」的事，便非常容易理解：這聲霹靂正是甲申噩耗，故緊接著就是明末文人對國亡鉅變的描述——「天崩地陷」。換言之，故事一開始已出現了明亡的暗示。隨後甄士隱便在現實中遇到了一僧一道。那僧人一見他手中的女兒便大哭起來，並向士隱道：「施主，你把這有命無運、累及爹娘之物，抱在懷內作甚？」士隱不睬他，那僧又說：「捨我罷，捨我罷」，口內念了四句言詞：

慣養嬌生笑你痴，菱花空對雪澌澌。好防佳節元宵後，便是煙消火滅時。

詩中預言這夏日的花朵將遇「雪」而傷。印證嗣後的情節可知她將落入薛蟠之手。但夏與雪的對比也暗指「華夏」與「北方」（蠻夷）在遭遇時受到折損。可知這首詩不但預言了英蓮即將失蹤及落入薛蟠之手，更寓寫了華夏之殤。故英蓮（應憐）應是「華夏」的象徵。

此時脂批的文字也毫不遮掩的對英蓮的寓意提供了線索：

八個字屈死多少英雄？屈死多少忠臣孝子？屈死多少仁人志士？屈死多少詞客騷人？今又被作者將此一把眼淚灑與閨閣之中，見得裙釵尚遭逢此數，況天下之男子乎？看他所寫開卷之第一個女子便用此二語以定終身，則知托言寓意之旨，誰謂獨寄興於一「情」字耶！「武侯之三分，武穆之二帝，二賢之恨，及今不盡，況今之草芥乎？家國君父事有大小之殊，其理其運其數則略無差異。知運知數者則必諒而後歎也。

這段文字在第二章已經分析過，在此再予簡述。前四句已經明白的指出香菱的身世會激起這些家國情懷。其次則點出作者將這把眼淚藉由閨閣的故事表達，但其「托言寓意之旨」並不只在「情」，而是另有所寄。最重要的是，這個寓寄事關諸葛武侯對三分之恨及岳武穆對二帝之恨。最後還強調《紅樓夢》書中的家與父之事，其理同於國與君之事，以明確定位此書。然而，英蓮何德何能而能承擔這種具有國族寓意的描述？除非她本身就有家國的寓意。

如此，她在元宵節失蹤的意義便清楚了。針對此，作者特意在英蓮失蹤的元宵節的前與後，安排了另外兩個日期：十九日及三月十五日；這兩個日期與元宵節結合成了一個完整的意義。十九日出現在甄士隱與賈雨村一起飲酒時。當時甄聽了賈所做的詩，佩服其胸懷壯志，而「贈他五十兩白銀及兩套冬衣，並說：『十九日乃黃道之期，兄可即買舟西上，待雄飛高舉，明冬再晤，豈非大快之事耶？』」，故此日乃賈雨村「買舟西上」之日。（這是賈雨村開始發達之日，也是英蓮日後受苦受難的開始，同時也是《紅樓夢》賈雨村言〔假語存言〕的開始之處。）而三月十五日則是葫蘆廟中炸供不慎把整條街都燒毀，而致甄士隱最終遁入方外。

對照明末歷史可知，元宵及這兩個日期其實標誌的是明末最重大的「內亂」（「禍起蕭牆」），也就是李自成的農民起義。李自成在一六四四年（崇禎十七年）正月一日建國，初八率四十萬軍東征北京。二月一日李自成並宣布將於三月十五日攻下北京。換言之，李自成攻進北京前的幾個重要的動作剛好發生在元宵節前與後（正月一日是元宵前兩星期，二月一日是元宵後兩星期）。這段時期也就是「中國」蒙難的關鍵時刻，因此，這段時期英蓮開始「迷失」。雖然，李自成實際上攻入北京的時間比他預期晚了四天（三月十九日），但三月十五這個日期的宣布，應有重大的心理衝擊，故也是個關鍵日期。

由上述透過數字煞費苦心的安排對這段歷史所做出的曲折暗示，可以再次看出《紅樓夢》作者「欲張彌蓋、欲語還休」的策略。這種方法也可稱為「分散線索法」：線索一是以元宵（正月十五）來暗示李自成從正月初一到三月一日的整個進軍北京的過程。線索二則是以三月十五標示出李自成所宣布的攻入北京的日期，而十九日則是實際攻入的日期。如此將線索拆開但放在附近，讓讀者雖在煙霧中仍有一絲聯想的機會，卻又不至於成為文字檢查者的口實。

而為什麼英蓮落入薛蟠手中，賈雨村竟見死不救？表面上是因為有人提示了他做官之道，但其實賈雨村早就是這種心態。比如中秋與甄士隱飲酒時所作之詩即可得見：

> 時逢三五便團圓，滿把晴光護玉欄。天上一輪才捧出，人間萬姓仰頭看。

詩中已充分流露出急欲輸誠的心態：「團圓」在此當暗指中原已由新朝統一，「滿把晴光護玉欄」，則清楚表達自己願為滿洲效犬馬的悃誠（「滿」把「晴（清）」光「護禦」欄）。後二句更寫出降臣輸誠之速及諂媚之急。而中秋次日賈雨村留言予甄士隱：「讀書人不在黃道黑道，總以事理為要，不及面辭了」，也儼然縱橫家只論成效不論手段的作風。

但雨村畢竟只是個穿針引線的虛角色。書的反面是真事，正面則是「假語」，但何以需要以「假語」的面貌出現，正是因為真事太敏感，只好以「風月之事」的面貌避人耳目。故全書看似寶玉的浪漫愛情，其實則是寶玉（遺民）在兩種朝代（黛與釵；明與清）效忠之間的選擇。但賈雨村這個角色的特質（出賣英蓮）也已決定了故事的走向：「玉在匱中求善價，釵於奩內待時飛。」因為賈雨村，黛玉欲求善價（賈）而不得，寶釵早已擇良辰而飛！

二、可卿猝死與甲申之變

英蓮屬「迷」，可卿則屬「失」。這兩人身分懸殊，但卻有密切關聯。關於這兩人的一體兩面，第七回也提供了強烈暗示：當周瑞初見香菱時，她驚道：

> 「倒好個模樣兒！**竟有些像咱們東府裏蓉大奶奶的品格**。」金釧兒笑道：「我也是這麼說呢。」周瑞家的又問香菱：「你幾歲投身到這裏？」又問：「你父母今在何處？今年十幾歲了？本處是哪裏人？」香菱聽問，都搖頭說：「不記得了。」周瑞家的和金釧兒聽了，倒反為她嘆息傷感一回。（強調為筆者所加）

她倆的神似讓人可以推斷，如果英蓮隱喻中國，顯然可卿也隱喻中國，但她們卻代表了不同的中國。

秦可卿在書中的地位始終令人納悶，既似有關鍵性的重要地位，又以如此簡短的文字交代，脂批甚至以「淫喪天香樓」喻之，其中顯然有重大隱情。但細究各種線索卻可以看出她應是「菁英中國」的象徵。首先，秦可卿葬禮之隆重非常人能有，連脂批都忍不住透露來弔唁的賓貴中暗含十二干支。新近的索隱研究更指出可卿喪禮反映出其「崇禎」的身分。書中不但突出喪禮貴賓地位之尊貴（四王八公、十二干支皆到齊），更以喪禮相關儀節暗合易經「用九」「用五」來彰顯秦可卿「九五至尊」的地位：停靈七七四十九日，請一百零八眾禪僧拜大悲讖。同時復於天香樓上設道壇，請九十九位全真道士打四十九日解冤洗業醮。以上四十九、九十九、九乘十二得一百零八屬「用九」。而會芳園中靈前另有五十眾高僧五十眾高道按七作好事，則是「用五」。[1]

而可卿於第十三回對鳳姐交代之遺言，亦如亡國之君交代後事（盛宴必散故須建立祭祠產業以謀衰敗時回歸田園之後路）。而最後致贈的關鍵的兩句話「三春去後諸芳盡，各自須尋各自門」，則指出了崇禎駕崩之「季春」三月（三春中的最後一春）時節。關於崇禎的死在這段文字還有另兩次暗示。一是在「樹倒猢猻散」這一句。五行中的「木」所對應的是「甲」，而「猴」所對應的則是「申」，故此句亦暗指此崩塌之事發生於「甲申」。而本回秦可卿入夢親頒遺訓一節，係鳳姐睡前正在計算賈璉與黛玉「行程該到何處」，從而夢見秦可卿對她說「嬸子好睡！我今日回去，你也不送我一程。因娘兒們素日相好，我捨不得嬸嬸，故來別你一別。還有一件心願未了，非告訴嬸子，別人未必中用。」這「計算行程」與「夢見可卿」之間的連結是脂批的「所謂計程今日到梁州」。「計程今日到梁州」語出唐白行簡〈三夢記〉，三夢之一提到其兄白居易與元稹之軼事，其中隱含了「三月二十一日」這個日期，也就是崇禎遺體被發現的時間點。[2]

此外，醫生對可卿病史的描述也頗似崇禎的性格：「大奶奶是個心性高強，聰明不過的人；但聰明太過，則不如意事常有；不如意事常有，則思慮太過」（第十回）。而可卿的死因「水虧木旺」（「這就是病源了。從前若能夠以養心調經之藥服之，何至於此！這如今明顯出一個水虧木旺的症候來」（第十回））則更寓寫了甲申之變的緣由乃是「北虧東旺」。[3]她死後追封的爵位

1 可參閱王以安，〈秦可卿考釋〉，http://balas.idu.tw/emperorr.htm。

2 同前注。崇禎遺體發現的時間是三月二十一日（計六奇，《明季北略》（上海：上海古籍，一九九五））。〈三夢記〉中所隱指的日期可由以下方式推斷。〈三夢記〉中提到：「元和四年，河南元微之為監察御史，奉使劍外。去逾旬，予與仲兄樂天，隴西李杓直同遊曲江。詣慈恩佛舍，遍歷僧院，淹留移時。日已晚，同詣杓直修行裏第，命酒對酬，甚歡暢。兄停杯久之，曰：『微之當達梁矣。』命題一篇於屋壁。其詞曰：『春來無計破春愁，醉折花枝作酒籌。忽憶故人天際去，計程今日到梁州。』實二十一日也。十許日，會梁州使適至，獲微之書一函，後寄《紀夢詩》一篇，其詞曰：『夢君兄弟曲江頭，也入慈恩院裏遊。屬吏喚人排馬去，覺來身在古梁州。』日月與遊寺題詩日月率同，蓋所謂此有所為而彼夢之者矣」（汪辟疆校錄，《唐人小說》（上海：上海古籍，一九七八），頁一〇八—一一二）。而元稹使東川之日為三月七日（「元和四年三月七日，予以監察御史使東川」（《御定全唐詩》四二二卷，一四九冊，頁四一）），十餘日後便是彼此相夢的日期「三月二十一日」。

3 所謂「水虧木旺」其實是一個曲折的說法，因水屬北，木屬東，故其指涉乃是「北虧東旺」，也就是北方防務空虛，而予東方興起之滿洲有機可乘之意（南佳人，《紅樓夢真相大發現》（台北：秀威資訊，二〇〇八），頁一五三—五四）。

「龍禁衛」更直指亡國之君的遭遇：「龍禁威」。以上線索在在都指向她應是「明朝」的化身。

先前是以各種側面線索來推論，但她的名字以《紅樓夢》書中對明的隱喻——情——為名，則是本質上的印證：秦可卿（諧音：情可親；第五回並以「情天情海幻情身」描述）。換言之，秦可卿就是「情」最完美的呈現。第三章已經對「情」之所以成為「明」的隱喻有所說明。明末不但因重情論的興起促成「男女之情」在諸多作品中成為「家國之思」的隱喻，而且王門後學對程朱之學之逆向操作，也使得「情」在《紅樓夢》中成為「反程朱」（即「反滿」）的先峰。王門後學之一的劉宗周可謂以其自己殉國時之表白具現了這個事實。他當時表示：「君臣之義本以情決，舍情而言義，非義也。」[4]

雖然王門後學在明末不但始終沒有被主流的知識分子正面接受，甚且受到部分東林黨人的抨擊與排斥，[5]但其思想的核心——情——在明末對整體社會的影響力卻逐日擴大，馴至滲入不少知識分子的思維中。明末的重要思想家如前述的劉宗周及黃宗羲等都為王學之後。而南明時期抗清主力「復社」雖被視為東林黨的繼起者，但其成員多受到王門後學的影響而對「情」頗有執著，與東林黨人之剛愎直烈大不相同。[6]因此，在《紅樓夢》一書中，情字絕不只浪漫一義。它既承襲了「情」喻「家國」的傳統，也是反程朱的利器，且是南明知識分子的核心思考，三者可謂一體。

甲戌脂批在第八回提到可卿來歷時的夾批，也有清楚的暗示：

> 出名秦氏，究竟不知系出何氏，所謂寓褒貶別善惡是也。秉刀斧之筆、具菩薩之心，亦甚難矣。如此寫出，可見來歷亦甚苦矣。又知作者是欲天下人共來哭此情字。[7]

何以秦氏有氏亦如無氏？因為不宜明說。而不宜明說其氏又是因為寫她的目的是「欲天下人共來哭此情字」。何人有本事地位讓天下人共來一哭對彼之「情」？除了皇帝？更何況「欲天下人共來哭此情字」的原因，或許已在「情」字本身體現：「情」本就可以拆成「心」、「主」、「月」三字，亦即「心」向「明朝」之「主」。[8]

4〔明〕劉宗周著，《答秦嗣瞻》，收入吳光主編，《劉宗周全集》（杭州：浙江古籍，二〇〇七），頁六〇六—六〇七。

5 如王門後學主要人物李贄之死，即因東林黨人張問達之窮追猛打，整個王門後學也因而自此衰落。參見許蘇民，《李贄評傳》（南京：南京大學出版社），頁一七六—八六。不過東林黨與王學的衝突倒不完全是程朱與王學的衝突，因為東林本身的學風融合了王學與程朱，甚且可以說基底是王學，而表面為程朱。參閱李紀祥，《明末清初儒學之發展》（台北：文津，一九九二），頁三二—三八。

6 如復社成員與秦淮歌妓之戀情便是最好的例證。其中陳子龍、錢謙益與柳如是，冒襄與董小宛，侯方域與李香君等戀情尤為後人所傳誦。

7 陳慶浩，《新編石頭記脂硯齋評語輯校》，頁二〇二。

8 在《紅樓夢》或時人的詩作中，「清風」常對「明月」以表達懷明諷清的意旨。如雍正時因文字獄遭斬的徐若「情」（「意淫」）代表對明室的忠貞，「皮膚濫淫」則譬喻不當的君臣關係。秦可卿為賈珍所「淫」及賈瑞對鳳姐的非分之想，都屬皮膚濫淫。前者是一種長期的行為，寓寫可卿作為皇帝其實頗受制於臣子之腐敗與欺瞞。以崇禎在遺詔中對朝臣的控訴觀之，說他為臣子所淫亦不為過。[9]而賈瑞與鳳姐則寓寫南明的君臣關係或國臣關係。國家風雨飄搖之際，貪官（故名曰「假天祥」，取其「文天祥」之反面）仍一心淫國，終不得好死。[10]

總之，可卿之死標記了明朝皇室的崩殂，也自此展開了南明抗清的歷史（即元妃入宮及大觀園之建立——可卿亦在鳳姐夢中預言）。可卿死後，明便裂解成了黛玉與寶釵兩個極端之間不復能統一的各種可能性，而無法繼續維持「殞落」（fall）之前的「完整性」或「整體性」（totality）——兼具釵黛之美的「兼美」。因此，遺民便在想像中建構了試圖模擬明之完整性的大觀園。故可卿所代表的是統治階級的中國，而英蓮則寓意庶民的中國。

三、「英蓮書寫」與「可卿書寫」

從前述來理解，英蓮失蹤這件讓人費解的疑案便霍然開朗。英蓮的下落到第四回時終於大白：她遭人口販子誘拐，最後賣給了薛蟠。《紅樓夢》的前五回可謂本書的序曲，把書中最重要的線索一一布下——第一回寫《紅樓夢》緣起與英蓮失蹤，第二回側寫寶玉，第三回寫黛玉，第四回寫寶釵、薛蟠與英蓮，第五回寫寶玉神遊太虛——而英蓮一人就獨占了兩回，可見她的重要。而把英蓮與薛蟠這個《紅樓夢》中的第一莽夫送作堆，更讓人覺得頗有點學問（本章第三節會詳論）。

讓我們回頭再看看英蓮的身世。她是甄士隱的獨女，某上元夜因下人霍啟（禍起）攜出看花燈時，不慎丟失。後賈雨村復職任金陵應天府縣令時發現為薛蟠所買得。然賈雖明知為恩人之女，卻為了自己的仕途而任由她為薛蟠霸占。這樣的情節安排，我們若由「真事隱去」「假語存言」的寓意看來，理由就再清楚不過：英蓮不失散，甄士（真事）隱不去；後者是因英蓮失散後生活日蹇，而終於看破紅塵遁入方外。而賈雨村「背叛」甄士隱的情節，則更強化了以「語言」把「真實／源頭」（truth/origin）隱去的意味（此即拉岡精神分析所謂的「語言是對事物的謀

駿之名句：「明月有情還顧我，清風無意不留人」或呂留良之詩句「清風雖細難吹我，明月何嘗不照人」（潘重規，《紅樓夢新解》，頁一八四），甚至包括《風月寶鑑》的書名都寓意「清」與「明」之寶鑑（同上，頁一二九）。

9　崇禎遺詔謂：「朕涼德藐躬，上干天咎，致逆賊直逼京師，皆諸臣誤朕。朕死，無面目見祖宗，自去冠冕，以髮覆面，任賊分裂，無傷百姓一人」（夏燮，《明通鑑》〔上海：上海古籍，一九九五〕，卷九〇，頁四九一）。

10　此處當然是作者春秋之筆對執迷不悟的貪官降臣賜死。實際情況則貪官降臣多得意於新朝。賈瑞之淫會在第六章更完整的討論。

殺」）（language is the murder of the thing）。從精神分析的角度觀之，這就是主體在進入象徵（即語言的世界）時無可避免會遭到「語言」將「情」壓抑，並代之以「理」。而失去的「情的對象」，便只能從語言的世界中隱約窺之。換言之，「甄士（真事）隱去」與「英蓮迷失」是一體的兩面。因為「迷失」（明亡）而不得不「隱」去對明之「真情」，但「隱」的目的卻是經由「假語」來「顯」此真情。換言之，有明亡的創傷，才有此書以「隱去真事」的方式來迂迴「召喚真事」的矛盾寫作。以文學術語來描述，就是以「寓言」（假語）來譬喻「題旨」（真事），也就是先前一再提到的以「男女之情」喻「家國之思」。但就《紅樓夢》的案例而言，以假語彰顯真事卻因為年代湮遠且隱之過深而遇到困難，以致出現「真事毀棄、假語雷鳴」的現象。

更進一步說，從遺民情懷小說的角度來看，謀殺（真相）是被迫的，假語村言的書寫亦然，因為這麼重大的創傷不能不寫，但在文字獄的陰影下又不能直書胸臆。因此，整個書寫便只能在「欲張彌蓋、欲語還休」之中，迂迴轉進。然而，從另一個意義上來看，作者也可能因為易代的巨變，而體會到了人生的源頭（超越的真理）可能真的付諸闕如。故英蓮所帶出的書寫便是在荒原中一再的流離與迷失。一直到「太虛敘事」（石上之書）結束，才有一種新的意義出現，即蔣玉函所代表的意義。故「英蓮書寫」可謂出自作者層次，也就是本書最外層「大荒敘事」的層次。

但因英蓮而起的書寫並不是本書中唯一的書寫模式。另外還有一個相伴且也因「失去」（loss）而起的書寫，但與英蓮書寫的流離迷失恰恰相反，其目的明確是要「彌補損失」。這個書寫是由秦可卿／兼美所引出。在明亡之後，原先對明朝的完美想像（明朝之為拉岡的「原初執爽」）已分裂成兩極：黛玉與寶釵（即反清與附清之知識分子）。換言之，「可卿書寫」也是由「謀殺」開始，但書寫的目的卻是要追回或重新結合這兩個因謀殺而裂解的極端，這也就是故事最內層的「大觀敘事」的基本立場。無怪乎一開始寶玉對「男人氣質」的寶釵也不免有一份特殊感情，大觀園也自始就是「兼美」的企圖。而最後悖離兼美的發展（即「擇人成婚」）也會以「擇黛必釵」的拉岡精神分析所謂的「強迫性選擇」（forced choice）作為總結。[11]

但這兩種書寫之外，還有警幻仙子的第三種書寫，可稱之為「反兼美書寫」，也就是先前提到的中層的「太虛敘事」。兼美是警幻的妹妹，如可卿一般兼有釵黛之美（「其鮮豔嫵媚，有似寶釵，嫋娜風流，則又如黛玉」），且與秦可卿小名亦同為「可卿」。而警幻仙子讓寶玉與其妹

---

11 拉岡在其《精神分析的四個基本觀念》一書中，以「要錢還是要命」（your money or your life）這句話來說明主體是否要放棄身體的執爽（即「存在」〔being〕），而接受語言以進入象徵的世界（即「意義」〔meaning〕）。然而，在「意義」與「存在」之間，主體其實只能選擇意義。因為如果選擇存在，則失去意義，亦等於沒有存在；但若選擇意義，則會失去存在，但最起碼還有意義（Jacques Lacan, *The Four Fundamental Concepts of Psycho-analysis*, p. 246）。紀傑克將此狀況稱之為「強迫性選擇」（forced choice），意謂看似有兩種選擇，其實只能選其中一種。（Slavoj Žižek, *Enjoy Your Symptom!: Jacques Lacan in Hollywood and Out* [New York: Routledge, 1992], pp. 24, 69-78）（第十及十一章會細論）。

「兼美」好合，目的便在於提醒寶玉，他意淫（情）的對象——「明」之兼美（兼釵黛之美）——在人世已不存在，甚至向來都不曾存在（「不過令汝領略此仙閨幻境之風光尚然如此，何況塵境之情景哉？」），以警寶玉的「意淫」之幻，以便他能棄黛玉擇寶釵。故警幻在此所強調的是「作為『兼美』的源頭並不存在」，故完全沒有溯源的必要，而是應該以當前為重（選擇釵以服務桑梓）。但「警幻」的目的不但沒有達成，反而讓寶玉對可卿的「兼美」形象更加執著。

由上述可知，英蓮這個「真事」之女落入薛蟠這隻「野獸」之手，以及秦可卿猝死並成為警幻之「妹」，兩者皆屬本書「被迫」展開的前提：「失去」（loss）所造成的創傷。警幻仙子的寓意在本書第二章已經有詳盡的說明，薛蟠的寓意則可說明如下。薛蟠第一次出場時有以下的描述：

> 薛蟠素聞得都中乃第一繁華之地，正思一遊，便趁此機會，一為送妹待選，二為望親，三因親自入部銷算舊帳，再計新支，其實，則為遊覽上國風光之意。因此，早已打點下行裝細軟，以及餽送親友各色土物人情等類，正擇日已定，不想偏遇見了拐子重賣英蓮。薛蟠見英蓮生得不俗，立意買了，又遇馮家來奪人，因恃強喝令手下豪奴將馮淵打死。他便將家中事務囑了族中人並幾個老家人，他便同了母妹等竟自起身長行去了。人命官司一事，他卻視為兒戲，自為花上幾個臭錢，沒有不了的。

從這段描述可知，薛蟠是「來自外地」，入京真正的目的乃是為「遊覽上國風光」。但值得注意的是，這種描述一般都會指涉外國人，絕少用以描繪本國南方人。加上薛本身是個粗魯無文之人，且名字可拆為「番蟲」，他之為滿人的象徵意義已經呼之欲出。[12]

在書中還有另一個較間接的線索也隱晦的點出薛蟠的滿洲象徵。第二十六回薛蟠曾告知寶玉「明兒五月初三日是我的生日」，因友人「程日興」有意為他作壽，特來邀請寶玉。但到了次日，日期卻變成了四月二十六日。這兩個日子之間的關聯是什麼？為何要加以混淆？首先，五月三日是多爾袞率清軍入北京（崇禎十七年五月二日）的次日。多爾袞入京後為羈縻百姓，特頒告示以「除暴救民」自詡。而四月二十六日則是次年多鐸攻破揚州後進行「揚州十日」屠城的第二日，這個事件可謂戳破了滿洲「除暴救民」的謊言。故對遺民而言，這兩個日子的結合可謂揭露了滿洲的真面目。

如果我們再把四月二十六日相關的其他線索結合，更可看出將這個兩個日子故意混淆或結合的意義。在書中四月二十六日這一天恰巧是作者所杜撰的兩個重要節慶「芒種節餞花會」（第二十八回）及「遮天大王」（第二十九回）的聖誕，同時〈葬花吟〉（第二十七回）與〈紅豆詞〉

12 其實薛蟠與薛寶釵，前者之名可拆為「番蟲」，後者可拆為「保又金」，可知此二人的意義（潘重規，《紅樓夢新解》，頁一七六—七七）。

（第二十八回）也作於這一天，甚至還有論者計算出這一天乃是寶玉的生日。[13]芒種節雖確有此節氣，但並無「花神退位」相關之說法及餞花之古俗。「遮天大王」則更屬虛構。故「芒種」與「餞花」應是暗示「花神之死」與「種之將亡」，原因則來自於有人企圖「一手遮天」。換句話說，薛蟠的生日（五月三日）不但是程日興（「清日興」）的日子，也就是寶玉「遺民主體」成形的日子（四月二十六日）。在這一天，所有的花（「月」之外，另外一個明魂的象徵）因滿清政權企圖欺瞞天下（遮天），以新的正統自居，而必須告別人世（亡種；餞花），並被埋葬（葬花吟）。

因此，更具體的說便是，可卿與英蓮都成了清朝的人質。然而，兩者不同處在於，可卿的謀殺促成了一種鄉愁式的追贖，也就是要回到明亡前的樂園想像，這是從遺民（寶玉）最初的角度出發的書寫。但英蓮這樁謀殺（或背叛）所展開的敘事，則並不是藉敘事再次回到源頭的企圖，而是持續的自源頭流離；因為明已滅亡，故敘事必須找到其他的方式以為「救贖」。相對於寶玉的書寫，此乃從作者角度出發的書寫。不同於可卿書寫力圖形成一個「永恆完美」的超時空樂園（中國道統的傳承），英蓮書寫則因看到了中國當時的現實，而只能「隨機」（chance）四處流離。但這種流離也不是無目的的遊蕩，反而是一種相當接近當代定義下「書寫」。在流離中作者體現了另一種遺民面對清朝現實的自處之道，也就是《紅樓夢》外層敘事的立場；作者對庶民（相對於士人）在亂世的唯一可能性——只能離流——賦予了另一層的意義，也就是本書第十一章會談到的「圖存之情」。

如果說秦可卿（崇禎）之死乃是遺民故國之思的源頭，英蓮之迷則是庶民中國蒙難的體現。

也因為英蓮的庶民中國身分，她的受難（遭李自成等流寇荼毒）在時間上必早於可卿之死（崇禎自縊）。而英蓮最終為薛蟠所搶並納為妾，也間接凸顯出薛蟠的特殊地位；也就是滿人統治者的象徵。他與寶釵一兄一妹，剛好形成了一個附清漢人知識分子與滿清主子間狼與狽的關係。在遺民眼中前者雖又撐起了程朱的大纛，但背後則是那個目不識丁野蠻成性的滿人主子。

這時候「夏金桂」這個看似無厘頭的插曲意義就浮現了（第七十九回出場，第一〇三回誤將自己毒死）。薛蟠為何娶了夏金桂這門媳婦？而夏潑辣淫亂、陰險刻薄，對英蓮之折磨無所不用其極也就罷了，何以連薛蟠這個滿洲主子都對她都畏懼三分？原來「夏金桂」是「尚可喜」、「耿精忠」、「吳三桂」三人各取一字「尚」「精」「桂」所組成，而作者把「尚」（上）改為「夏」（下）當然是春秋之筆（如賈天祥非真天祥）。三藩曾助清平定流寇之亂，但其降清目的被史家認為純為富貴謀，明亡後復挾滿人自重作威作福，嗣後又假復明之名反叛，既毫無節操可言，也是明末庶民中國所蒙最大禍害（可見諸夏金桂在書中使盡各種心機折磨英蓮），故作者在書中以最不留情的方式予以處死，以示最嚴厲的譴責。

---

13 書中提及寶玉生日是賈敬死後次日。而賈敬去世之日又可據蕭東河指出「賈璉在六月初三偷娶尤二姐，王熙鳳得知後大鬧寧國府，說：『親大爺的孝才五七，侄兒娶親，這個禮我竟不知道。』這句話可能是打開賈寶玉生日之門的一把鑰匙。」亦即，由「才五七」回推可知，寶玉生於四月二十六日。參閱蕭東河，〈賈寶玉的生日是哪一天？〉。http://club.history.sina.com.cn/thread-1010483-1-1.html。

四、遺民心之所繫：女性世界

作者除了以上述兩位女性來隱喻「中國」的菁英與庶民兩個面向之外，還有一處也以女性喻中國，也就是元春及因她而建立的大觀園。在進一步分析元春及大觀園的寓意之前，讓我們先一窺女性為何在《紅樓夢》中受到如此的崇仰。《紅樓夢》一書崇仰女性早已為讀者廣為熟知，貫穿全書的女性世界與男性世界的對比，更是本書的主軸。但為何女性世界在作者及寶玉心中有如此崇高的地位？如果單純以其可用以象徵理想或純潔，並無法充分說明為何作者與寶玉有如此異於常人的態度（如說「女兒是水作的骨肉，男人是泥作的骨肉。我見了女兒，我便清爽；見了男子，便覺濁臭逼人」〔第二回〕）。某種意義上來說，這部小說在一個沒有女性主義背景的社會條件下，卻出現一種似乎比女性主義還激進的論述，讓我們必須把書中的「女性」以隱喻視之。也就是說，書中的女性並非真實人生中的女性，而是被用以隱喻某種寶玉（及作者）視為極重要的價值，才有可能以這種翻轉時代價值的方式表達。而且這種價值也受到當時的批閱者強烈認同，才能獲得彼等一面倒的喝采。而男性則隱喻危及這種價值的最大禍害，故才被貶抑至此等地步。

如果從遺民情懷小說的角度觀之，這個隱喻的內容就豁然開朗了。本書第三章已提到，《紅樓夢》這個以性別關係為隱喻的主軸，明顯銜接了明末以「男女之情」喻「家國之思」的傳統：《紅樓夢》係以寶玉與諸女子的情愫為國家局勢的隱喻，故寶玉的愛憎即是遺民的愛憎。由此可知，女性在書中顯然被視為故明的象徵。但更具體的原因則是由「胭脂」、「程朱八股」及傳統社會男尊女卑等所提供的寓意潛能。

寶玉對明之「執爽」的堅持主要顯現於他那近乎痴頑的吃胭脂的習慣及對女性無條件的崇拜（及對男性的貶抑），索隱派對此早就有了準確的解讀：兩者都指涉對明朝的祕密依戀。明室姓朱，故「愛紅／愛朱（胭脂）癖」可解釋為對明代的悼念，《紅樓夢》即是「朱樓夢」（第五十二回），也就是太虛要求了結的、有關紅色之情的公案。[14]由於胭脂可為女性之象徵，而清之籠絡政策主軸乃是恢復八股取仕，於是女性婚後之必然受制於執迷於八股功名的男人，順理成章譬喻明之受制於清。更具體的說，作為遺民情懷小說，《紅樓夢》乃是對明末的實際狀況進行追憶的回憶錄，故女性代表著即將（但在回憶時已經）崩潰的南明，而男性則代表不斷坐大、且令人憎惡的（常由降清士人所體現的）清朝。因此，對遺民（寶玉）而言，女性是真，男性是假，毫不牽強。而大觀園是女性世界／少年世界的體現，園外則主要是男性主導的成人世界，故園內是真，園外是假。

但若以精神分析的理論再予剖析，則還可有更深層的解讀。在本書第二章我們已經初步介紹過拉岡「執爽」（jouissance）的觀念。當主體進入「象徵」（即社會價值體系）或「大義物」之

14 寶玉與「紅色」之關聯亦被作者一再強調，其居處稱「怡紅院」，別號「怡紅公子」、「絳洞公子」，前身神瑛侍者亦居「赤瑕宮」。

中，他也就失去了「原初執爽」（「真實」），而整個社會化的過程就是要讓主體經由象徵體系內的價值再找回執爽——一個不可能的任務。每當創傷出現的時候，主體又與「真實」遭遇，並再次經歷主體進入象徵的過程，才會意識到那原以為來自母體的「執爽」（「母性之物」〔the maternal Thing〕），[15]已因進入語言的象徵世界而不復存在（或從來都是一種神話性的想像）。故在象徵中的主體必然是處在一種「幻思」（fantasy）之中，後者暫時遮蔽了象徵核心處的「空無／空洞」（void）。然而，這個在創傷時刻所發現的真相卻非任何人所能面對，故往往反而使人迅即逃避，從而會更強化幻思。

在《紅樓夢》中，大觀園即是遺民在歷經亡國的創傷之後所重建的國族幻思。由於先前的母性神話源頭（女媧補天），大觀園會成為一個女性的樂園毫不令人意外。換言之，大觀園這個純女性樂園的創生，其實是對「女性困境」（南明的飄搖）的回應。如前述，大觀園原先是為迎接元春省親而設。其後，元春為讓此地免於成為禁地，而下詔囑園中姐妹入住。同時為了不讓與她有類似「母子關係」的寶玉覺得受到冷落，又要寶玉也陪同入住。[16]雖然元春只在書中出現一次，但從大觀開園係為迎接元春省親一事可知她在書中的關鍵地位。元春的意義正是那「補天的女媧／作為『執爽』的南明」。她的處境所寓寫的正是：南明雖受制於清的壓力，但仍力圖補天，以挽頹勢。由此可知，大觀園乃為「迎接元春而建」一事，很明白的顯示了這個國族幻思是為了南明而建。眾人以大觀園想像元春是王妃，但其實她如人質般受困於深宮，苦不堪言。[17]從隱喻的層面來說，這個「女性困境」指的就是南明受到滿洲威脅一事，而大觀園則是南方士人透過南明飄搖的存在，幻想一切美好如昔。亦即，南明的危機促成了時人對美好過去的不捨，從而以各種方式試圖找回這美好的過去。但即使是幻思，對寶玉（遺民）而言，仍然再真實不過，因為只要「情」在，明魂就在；與警幻仙子以「埋」（程朱八股／天倫大義）為本的邏輯完全相反。

---

15 Slavoj Žižek, *The Sublime Object of Ideology* (London & New York: Verso, 1989), pp. 119-120.

16 第十八回曾提到他倆情同母子，因為從三歲開始便是元春教他閱讀：「只因當日這賈妃未入宮時，自幼亦係賈母教養。後來添了寶玉，賈妃乃長姊，寶玉為幼弟，賈妃念母年將邁，始得此弟，是以獨愛憐之。且同侍賈母，刻不相離。那寶玉未入學之先，三四歲時，已得元妃口傳教授了幾本書，識了數千字在腹中，雖為姊弟，有如母子。自入宮後，時時帶信出來與父兄，說：『千萬好生扶養：不嚴不能成器，過嚴恐生不虞，且致祖母之憂。』眷念之心刻刻不忘。」

17 第十八回元春歸寧時，有兩度明白表示入宮之苦。她與女性家眷見面時，見眾人嗚咽啼泣便說：「當日既送我到那不得見人的去處，好容易今日回家，娘兒們這時不說不笑，反倒哭個不了。一會子我去了，又不知多早晚纔能一見！」隨後與賈政見面時，又說：『田舍之家，齏鹽布帛，得遂天倫之樂；今雖富貴，骨肉分離，終無意趣！』

五、迤邐迷宮與攀天金字塔

可卿與英蓮的隱喻內容——鄉愁與流離——構成了《紅樓夢》「大觀敘事」與「大荒敘事」的兩大軸線，中間則夾著第三個軸線，也就是隱喻清廷籠絡政策的「太虛敘事」。鄉愁的軸線最後必然無以為繼，因為可卿已死；以大觀園找回人世兼美（明之亡魂）的企圖遂注定要失敗。但英蓮流離呢？她不但迷失了應有的身分（前文已提到，第七回周瑞問她：「你幾歲投身到這裏？」又問：「你父母今在何處？今年十幾歲了？本處是哪裏人？」香菱聽問，都搖頭說：「不記得了。」）而且陷入了滿人統治的世界（落入薛蟠之手），任由擺布。她這條軸線會如何發展？也就是說「大荒敘事」會把《紅樓夢》的故事引向何方？

英蓮受困於薛蟠這隻野獸，不免讓人聯想起希臘神話中的迷宮。迷宮的神話敘述希臘英雄西息鄂斯（Theseus）殺死米諾塔（Minotaur）的故事。西息鄂斯自願赴克里特島獻祭予住在迷宮中心的食人怪物半人牛米諾塔，以便將之狙殺，因獲得公主亞瑞德妮（Ariadne）暗助，授予線球一枚，而得以在殺死米諾塔（也就是亞瑞德妮的異父弟弟）後順利逃出，並娶亞瑞德妮之妹菲得拉（Phaedra），最後成為雅典之王。一般對此神話的隱喻性解釋是，人類藉著殺死內在的獸性／非理性，而成為真正理性的人。故離開迷宮遂意味著離開蒙昧與混沌、進入真正的人生秩序。[18] 然而，這種對理性終必降服獸性的信念，在當代受到了嚴厲的檢視與反思。

當代思想家巴代伊（Bataille）便是新迷宮論最主要的詮釋者。他視迷宮為人生本來面貌，因為人生本無規則、秩序或目的。但人類往往不敢在迷宮中漫無目標的摸索流離，而試圖往高處攀爬，以求最後能一窺迷宮的祕密。在這個過程中，人類建造了金字塔，並認為塔頂有一個全知全能的眼睛（divine eye of being），能洞燭一切真理。[19]然而，巴氏認為，這個建造金字塔的過程，其實是一個建造囚籠的過程。因為，這些金字塔不但不能提供真理，反而讓人陷入其「摹塑與規畫」（planning and projects）中，成為其囚徒，[20]從而遠離了人生乃是迷宮的本來面目。

以迷宮來思考《紅樓夢》可提供一個異於尋常的視野。我們可以將明清易代的巨變視為庶民中國與菁英中國同時都陷入了迷宮，換言之，他們認為是獸的異族進入了國族的核心處，成為統治者。迷宮讓人害怕是因為在迷宮深處有一隻獸。被獸吞噬的恐懼使人想逃離迷宮。就民族主義論者而言，那隻獸就是「異族（的統治）」。但從精神分析的角度觀之，對異族的恐懼其實來自於對自己內在「空缺」或「異質」的害怕，而將之投射到「他者」身上。然而，對被征服者或被殖民者而言，民族主義本就是最後的武器，故面對這種創傷的當下，獸的問題很難淡化處理，因

18 Denis Hollier, *Against Architecture: The Writings of Georges Bataille*, trans. Betsy Wing (Cambridge, Mass.: MIT Press, 1989), p. 61.

19 Ibid, p. 73.

20 Ibid, pp. 60, 70.

為征服者的暴力確實顯示出了種種獸的特質。

《紅樓夢》對滿人以禽獸指涉之例最直接者不過是第六十三回的「犬戎」，但以薛蟠為滿洲之象徵，雖未直指為野獸，卻是更具體的對野獸的刻畫。在遺民論述中以禽獸指涉滿人本就俯拾皆是，[21]而雍正於《大義覺迷錄》一書中強力駁斥的「夷狄禽獸論」則更為後世所知悉。本書的緣起在於一位名為曾靜的小文人，因閱讀遺民呂留良之著作，而起意策動岳鐘琪（據聞為岳飛後人）起事，但因岳鐘琪之告發而致傳話者張熙及主謀者曾靜均遭到逮捕。然雍正卻對此案採取了一種極不尋常的處置方式。曾靜所寫之策動信中，不但對岳鐘琪動之以民族大義，也歷數雍正之十大罪狀。換言之，雍正既非我族，又是個奸佞之人，如何能為中國之人君？面對此雙重的控訴，雍正便立意藉此機會進行雙重的釐清：他不但與曾靜進行辯論，並將所有辯論的內容編輯成書，以俾廣為流傳，以正視聽。目的當然是要確立滿人統治中國的正當性。而其最首要的任務便是駁斥「華夷有別論」所衍生出來的「夷狄禽獸論」。

雍正在此書中的策略正是從征服者的優勢地位，咄咄逼人的以類似精神分析的方式反擊所謂滿人是禽獸的論點，只是遺民自己的妄誕痴想。故獸其實存在於遺民自己的心中，而遺民之所以如此都緣於遺民誤信明朝原是天堂，才會認為明亡後九州落入了禽獸統治的地獄。《大義覺迷錄》強調，事實上明朝不類天堂，滿洲更絕非禽獸，關鍵在於天命已轉（從兼美轉往寶釵），而明遺民在主觀的情感上無法接受此轉變，才會對奉天承命的新統治者有禽獸的想像（詳見本書第七章）。[22]故作為滿洲統治者隱喻的警幻仙子要寶玉了結與明之舊情的公案，就是要他殺死自己心中的虛構之獸，找到新的大義物，而後迷宮自然就會消失。於是，如前述，迷宮只是人世暫時的混亂，只要能超克心中非理性的獸，直通所謂「天仙寶境」、「真如福地」的天梯——「出仕新朝」——立刻會出現在眼前。而這個金字塔其實早已先迷宮而存在，因為「前緣說」將一切都已

21 如清初遺民大儒率皆如此。如顧炎武曾引漢和帝時侍御史魯恭上疏曰：「如夫夷狄者，四方之異氣，蹲夷踞肆與鳥獸無別，若雜居中國則錯亂天氣，污辱善人。」（《原抄本日知錄 三十二卷》，黃侃，張繼同校；徐文珊點校〔台北：明倫，一九七〇〕卷九，〈素夷狄行乎夷狄〉）條，頁九七〇。又曰：「夫夷狄人面獸心，貪而好利，乍臣乍叛，荒忽無常。彼來降者，非心悅而誠服也，實慕中國之利也」（《原抄本日知錄・三十二卷》卷二九，〈徙戎〉條，頁八五三）。黃宗羲也謂：「中國之於夷狄，內外之辨也。以中國治中國，以夷狄制夷狄，猶人不可雜於獸，獸不可雜之於人也。是故即以中國之盜賊治中國，尚為不失中國之人也」（沈善洪主編，《黃宗羲全集》（杭州：浙江古籍，二〇〇五），第一一冊，《留書，史》，頁一二）。王夫之也認為華夏與夷狄之分乃人禽之分，但他較以「文化」作為人禽之別：「夷狄之仁，視禽廣大矣；夷狄之智，視禽通明矣。亦唯不義無禮，無以愈於禽也，斯以為狄道」（《春秋家說》，《船山全書》〔長沙：嶽麓書社，一九九三〕，第五冊，〈僖公〉條，頁一五八）。

22 雍正在《大義覺迷論》中所強力駁斥的「華夷之別乃人禽之別」的論點，其實並非出自呂留良，而是曾靜依呂留良之「尊王攘夷」論述自行引申的結論。如「蓋以華夷之分，大於君臣之倫；華之與夷乃人與物之分界，為域中第一義。所以聖人許管仲之功。」（《大義覺迷錄》〔台北：文海，一九六九〕，頁一七二）或「天生人物，理一分殊，中土得正而陰陽合德者為人，四塞傾險而邪僻者為夷狄，之下為禽獸。」（同上，頁一〇八）皆為曾靜語。

命定。

但從「偶然說／大荒敘事」的角度看來，獸不是虛構的，故也不是在心中即可殺死的。被征服或被殖民的人民所面對的不是想像，而是現實。故獸必須以刀斧殺之。然而，當獸最終變成了一時無法搖撼的統治者，也就是說，當獸本身變成了迷宮的全部而非只是核心處的一頭獸，除了「大觀敘事」逃避現實的方式之外，可有其他可能性？故重新思考迷宮意味著尋索如何在不接受金字塔的前提下，找到第三種可能性。

一如西方當代的迷宮修正論者，大荒敘事的建議是：既不黏著也不流離，把迷宮本身視為「『過程』（traversal），而非『物件』（object）」；[23]受困者應學習隨迷宮之曲折而迤邐前行。當然在本書的脈絡中這個看似無心的企圖其實是用以掩護更強烈的動機，也就是要在迂迴中針對警幻「天命已轉」的說法予以痛擊。而這個策略已在英蓮的流離中預示。質言之，作者透過大荒敘事的「偶然說」要傳達的是：明之亡國並無前緣（金字塔），而是由一個個偶然事件串接而成。將局面如此釐清，作者才能說服寶玉，也就是遺民的「另我」（alter ego）勇敢面對創傷（trauma）以及當前滿人統治已漸鞏固的局面。故「偶然說」不是要建立另一個不同於警幻仙子的金字塔，以走出迷宮，而是要了解人生（含亡國）「根本的迷宮性」（radical labyrinthinity）以應對迷宮。或說得更直接一點，「走出迷宮」的方法就是「在迷宮中迤邐而行」，且戰且走虛與委蛇，一時不動但仍伺機有所作為，以待迷宮之裂痕出現（本書第十一章論「待後王」會詳論）。

六、尋國族救贖於庶民智慧

由上述可知，本書雖以知識分子遺民所屬的菁英中國為主，但對庶民亦給以深切關注及大量篇幅，由兩者之間的互動也見出作者對庶民中國的重視。本書的特別之處正在於，其悼明之情同時兼及了知識分子與庶民階層兩個層面。警幻意在將遺民頑固的愚忠思想予以軟化，故其對象主要是知識分子，《紅樓夢》中明顯的悼明之處，也多屬知識分子層級的文化象徵。然而，庶民中國卻在書中據有極為重要的地位，甚至可謂菁英中國應該效法的對象。故可卿的遺民明朝與英蓮的庶民明朝乍看雖似平行的兩個世界，實則密切的勾連。其勾連主要便是經由鳳姐與劉姥姥的接觸。

前面已提到過，鳳姐是小說中的另一個統治階級的象徵。而鳳姐幾度被賦予「凡鳥」相關的指涉，亦可知其寓意：本應是鳳凰，但時不我予，只能被歷史逼成了凡鳥，無法振衰起敝。[24]再

---

23 Ibid, p. 58.

24 鳳姐的名字中的「鳳」字可拆成「凡鳥」二字（第五回判詞「凡鳥偏從末世來，都知愛慕此生才」），可知作者本就一石二鳥：既給予鳳姐崇高地位，又給予她凡鳥的遭遇。

加上隱喻崇禎的可卿死前在夢中對鳳姐所說的一番話，幾可謂帝位傳承時之諭示，[25]更可精確的定位她乃是南明統治者的統稱。這位末世之君當如何為統治階層找到後路？秦可卿已經提示應回歸庶民的生活：

目今祖塋雖四時祭祀，只是無一定的錢糧；第二，家塾雖立，無一定的供給。依我想來，如今盛時固不缺祭祀、供給，但將來敗落之時，此二項有何出處？莫若依我定見，趁今日富貴，將祖塋附近多置田莊、房舍、地畝，以備祭祀供給之費皆出自此處，將家塾亦設於此。合同族中長幼，大家定了則例，日後按房掌管這一年的地畝、錢糧、祭祀、供給之事。如此周流，又無爭競，亦不有典賣諸弊。便是有了罪，凡物可入官，這祭祀產業，連官也不入的。便敗落下來，子孫回家讀書務農，也有個退步，祭祀又可永繼。若目今以為榮華不絕，不思後日，終非長策……

而鳳姐的實踐便是從劉姥姥處學習她的庶民智慧。

劉姥姥乍看是個滿口村言俚語、又口無遮攔有話直說的鄉下人，但實際上絕非無知鄉愚。她固然呈現了庶民的誠懇直爽，但同時也充分凸顯了庶民的生存韌性與日常智慧。如第四十回諸人邀她行酒令，她雖未有類似經驗，但憑其鄉下人的直覺，也自然而直接的流露出庶民本色：「是個莊家人罷」、「大火燒了毛毛蟲」、「一個蘿蔔一頭蒜」、「花兒落了結了個大倭瓜」。然而，在種種需要應對的時刻，她也能以庶民的智慧應付裕如。比如第四十回她被鳳姐等捉弄，戴得滿頭的花，惹得眾人笑話她時，她回曰：「我這頭也不知修了什麼福，今兒這樣體面起來。」眾人又說「你還不拔下來摔到他臉上呢，把你打扮的成了個老妖精了」時，她又笑道：「我雖老了，年輕時也風流，愛個花兒粉兒的，今兒老風流才好」，可見她反應靈敏。同一回鳳姐和鴛鴦為討賈母歡心，哄騙劉姥姥出醜——在進食前念道「老劉，老劉，食量大似牛，吃一個老母豬不抬頭」——造成大家捧腹大笑後，鳳姐和鴛鴦向她道歉，她回答：「姑娘說那裡話，咱們哄著老太太開個心兒，可有什麼惱的！你先囑咐我，我就明白了，不過大家取個笑兒。我心裡要惱，也就不說了」，可見她並不是只會受人擺布的老實人。劉姥姥的表現暗示了菁英中國在這易代的時刻所需要的正是這種智慧。

而這個暗示便具體呈現在巧姐與劉姥姥的連結上。她與巧姐初見便一眼看出後者多病的關鍵（也是所有統治階級的病灶）：

鳳姐兒笑道：「到底是你們有年紀的人經歷得多。我這大姐兒時常要病，也不知是什麼原故。」劉姥姥道：「這也有的事。富貴人家養的孩子多太嬌嫩，自然禁不得一些兒委曲；再

25　參閱李明烏，〈索隱考釋秦可卿〉，收入《藝術評論》雜誌社編，《是誰誤解了《紅樓夢》：從劉心武「揭秘」看紅學喧囂》（西安：陝西人民，二〇〇六），頁九三—一〇三。

她小人兒家，過於尊貴了，也禁不起。以後姑奶奶少疼她些就好了。」（第四十二回）

第一一三回鳳姐生病託孤，劉姥姥慨然答應，固然顯示了她是個知恩圖報、重情仗義的人，而第一一九回巧姐因劉姥姥義助而免遭藩王納妾則更為關鍵。她聽聞此事便從鄉下趕到，在眾人手足無措之際，發揮了她的庶民智慧，快刀斬亂麻化解巧姐的危機。[26]

與劉姥姥對巧姐的診斷異曲同工之妙的是第四十一回她從鏡中進入寶玉房間的寓意。作為崇禎象徵，可卿屋中的鏡子竟可將寶玉引入太虛幻境這個敵人的新大義物，暗指統治者若不審慎謀國，則恐將國家拱手送人。故作者又以劉姥姥醉臥寶玉房中提出庶民對統治階級的另一針砭。劉姥姥在醉意中來到寶玉的房門口，不知情的在一扇穿衣鏡前舞弄了半天，最後偶然觸及機關打開了寶玉房間的門，並在其中醉臥而弄得房中滿是酒屁臭氣。此處的暗示相當明顯：鏡子就是通往寶玉幻夢世界的門，進入鏡中就是進入拉岡精神分析中所謂的「鏡像階段」，在此階段幼兒經由鏡中「誤識」自己。故進入寶玉的鏡中之房，就是進入其因誤識得來的「自我」，也就是進入遺民的「大觀園」的（藝術）幻夢。而劉姥姥在其中放了幾個屁，也就意味著庶民對此社會菁英幻夢的觀點。從庶民的角度看來，明遺民執著於對明的幻思，不如先回到庶民中體會真正的中國。這與寶玉的王學左派立場對小傳統的重視，其實互有呼應。但菁英身段無法放下、階級習慣無法清除（即對「一姓」的執著），仍是關鍵問題。而第四十二回在賈母及劉姥姥訪鐵檻寺後，「妙玉忙命：『將那成窯的茶杯別收了，擱在外頭去罷。』寶玉會意，知為劉姥姥吃了，她嫌髒不要了」，更是對妙玉（某部分的菁英中國）的潔癖有所針刺（本書第八章與第十章都會再對妙玉有所討論）。而第十五回，賈府送殯至村野處歇腳，寫寶玉對農用之物的好奇與感歎，更指出對庶民需加疼惜：

> 凡莊農動用之物，皆不曾見過。寶玉一見了鍬、钁、鋤、犁等物，皆以為奇，不知何向所使，其名為何。小廝在旁一一的告訴了名色，說明原委。寶玉聽了，因點頭嘆道：「怪道古人詩上說，『誰知盤中餐，粒粒皆辛苦』，正為此也。」

《紅樓夢》中最重要的一個庶民則是蔣玉函，蔣玉函是個演乾旦的男戲子（藝名琪官）。他在第二十八回與寶玉初見時，寶玉便對他驚為天人。寶玉不但設法認識他且與他交換了私密的信物——繫小衣的汗巾。第三十三回，寶玉又因蔣玉函逃離忠順王府至離城二十里的紫檀堡置買房舍而挨打。最後蔣玉函還娶了寶玉的貼身婢女襲人，成為中層太虛敘事的壓卷情節。甚至整個「事二主否千古艱難」的結論也都在這段情節上出現。

---

26 第一一九回巧姐險成藩王之妾。雖是虛驚一場，但也顯見劉姥姥的重要性。劉姥姥乍看出的是村婦的主意，但也不失機巧。另據判詞及脂批顯示巧姐最後嫁予劉姥姥之孫子板兒而避過抄家之劫所帶來的個人災難。如果鳳姐隱寓明末的統治者，則此段可視為寓寫了大觀園出路之一：從富貴而回歸庶民。

因此，寶玉這位遺民的象徵與蔣玉函的親密關係，便有了極特殊的意義。亦即，蔣玉函似乎象徵著某種救贖。但遺民到底能從蔣玉函身上獲得何種救贖？從第三十三回的描述可知，他兩人確有某種同性情誼（「忠順府長史官謂：『他〔蔣玉函〕近日和銜玉的那位令郎相與甚厚』；寶玉聽得長史官連他與蔣玉函交換汗巾的事都知道，不禁忖道：『不如打發他去了，免得再說出別的事來』」），但這個關係一如小說中任何「淫」的關係，必須從隱喻的層面來理解。

我們從故事最後聚焦於蔣玉函與襲人成婚這個結尾，就可以看出端倪。蔣玉函可諧音「將玉含／玉函」，而他在「紫檀堡」置買房舍，則說明了這個玉函是紫檀材質，而襲人與蔣的婚姻則以她名字中「龍衣人」的含意，完成了一個將玉置入紫檀製的玉函內並裹以「龍衣」的寓意。[27] 這樣的寓意為《紅樓夢》的詮釋帶來了什麼樣的視野呢？我們在本書第十章會有詳論，在此暫且不表。

總之，由英蓮與可卿這兩個角色的並存，讓我們更清楚的看到，《紅樓夢》一書乃是一個由遺民中國與庶民中國所組成的、完整的關於中國蒙難的故事。同時也由於庶民的參與，讓時人在易代的巨變之中找到了心靈的出口，並因此為中國留下了一絲希望。

---

27 參見潘重規，《紅樓夢新解》，頁一六二。但也可解為將玉裹於龍衣，再置入紫檀盒內。

第六章

意淫與肉淫

——《紅樓夢》的兩種耽溺

《紅樓夢》以遺民情懷小說的角度解讀時，還有另一個關鍵環節，那就是：寶玉為何是「天下第一淫人」，為何被警幻視為耽於「意淫」？一般論者極少碰觸這個議題，甚至可謂紅學研究之禁區。

在本書第二章我們已論證警幻仙子讓寶玉夢遊太虛，目的是要寶玉「將謹勤有用的功夫，委身於經濟之道」。她先特別指出寶玉「意淫」之不當，謂此舉雖然可「為閨閣增光」，畢竟「見棄於世道」。因此，他應放棄對「兼美」的執著，藉以改變「意淫」之積習。由此可知，放棄「兼美」與放棄「意淫」實乃同一件事。但既然是「兼美」就不會執於一端，警幻為何認為對「兼美」的執著須用「淫」字來描述？而「意淫」又與「皮膚肉淫」如何既有相關又大為不同（「淫雖一理，意則有別」）？

一、肉淫的欲與意淫的情

警幻所謂的「淫」不外乎意指過度的執著或陷溺，乍看佛家意味甚重，亦即有「玉／欲」便有執著，遂有苦惱。因此，從佛家角度來解讀，似乎順理成章。但從遺民情懷小說的角度看「淫」字，就會獲得另一種視野，也更清楚為何警幻仙子視「淫」為大患，而必須警之再三。因為「淫」便是「幻」的根本。遺民還幻想著故明仍有一線生機而不願效力新朝，便是因為彼等對故明有過度的情感，是之謂「意淫」。作為一種國族情懷，此處的「淫」更像是精神分析中關於人與「象徵體系」之依違關係的隱喻。寶玉的「淫」確可解為一種執著，但其來源並非泛指一般生存之妄誕痴想，而是更具體的人與社會的糾結所造成的「執著」。精神分析謂欲望（Desire）的誕生，來自主體與母體分離並為「象徵」所吸收，從此「原始執爽」（primal jouissance）不再，只得順應象徵的要求轉而期待社會提供管道找回失去的執爽（jouissance）。「正常」的主體與象徵結合穩定，而不穩定的主體則對執爽形成各種特異的處理方式。「淫」便屬於後者。

第二章已經將拉岡對主體的形成與欲望的關係有所說明，茲再次簡述如下：「欲望」（Desire）誕生於主體進入「象徵」（the symbolic）之時。在這一刻，主體因為接受語言而失去了「真實」／「實存」（the Real/being）。從此，他必須永遠透過象徵世界（即「大義物」〔the Other〕）來追回那失去的「神物」（the Thing）。人成為主體的同時必然意識到自己有所「缺憾」（lack），而所缺者就是人在最初彷彿曾經有過的物我合一的「執爽」感覺。所以，在欲望體制化成為人格的根本之後，主體遂開始以尋回失去的「神物」為人生的終極目標，也就是透過象徵體系（即文化世界）的各種所謂「正面價值」來回溯。但在象徵體系中，主體就只能透過對「符徵」（signifier）（即象徵內的物件）的「需求」（demand），來貼近原始物件曾提供的完美滿足感。於是，欲望與需求形成了下列的關係：

> 欲望依對需求的依賴而存在——需求因透過符徵（signifiers）表達，便會在其底部留下一

個不斷置換的殘餘物，這是個不確定的元素，是個絕對（absolute）且無法理解的狀況。這個元素特質必然是核心缺然（lacking）、無法滿足，無法處置，一再誤認（misconstrued）。這個元素就是欲望。[1]

但這個「需求的辯證」（dialectics of demand）使人時而偏向欲望的絕對性，而無法長久忠於特定物件；時而偏向需求，而較會執著於特定物件。不同主體會在不同時刻對歷史物件會偏向其中一種態度。基本上，男性較易偏向欲望的不斷置換（metonomy of Desire），而女性則較傾向「愛的需求」（demand for love）。[2]

上述的描述初步說明了肉淫與意淫可以隱喻「男」「女」兩性對欲望對象的不同態度。「淫雖一理」著眼於兩者都耽溺於某種事物中，而「意則有別」則區分出兩種淫的高下：肉淫耽溺於肉體，而意淫則耽溺於情感。但從精神分析論「創傷」的角度，我們更可看出在《紅樓夢》書中這兩者的差別其實意味著「降清主體」與「遺民主體」之間的差別。第二章已提到過，「創傷」的出現會帶來「原初創傷」的記憶，主體等於重新經歷進入象徵的過程，而受創者對「真實」所做的「再象徵化」若無法「成功」，則會形成各種精神徵狀。而意淫與肉淫若予極端化，則可進一步分別視為兩種精神徵狀的體現：「憂鬱症」（Melancholia）與「唐璜症」（Don Juanism）。憂鬱症指的是對失去的物件（lost object）無法忘懷以致執著於對該物件之追懷，而難以面對當下的現實。這正是遺民主體對明之情綿綿無絕（意淫）的體現。而肉淫（「如世之好淫者，不過悅

1 Jacques Lacan, *The Four Fundamental Concepts of Psycho-analysis*, p. 154.

2 主體會對自己先後有兩種期待。一是想像自己應該「是陽物」（being the phallus），如主體在嬰兒時期與母親的關係。另一則是想像自己應該「有陽物」（having the phallus），這是主體在進入「象徵」之後對父親的模仿。在父權體制中，男性主體被塑造成傾向後者，女性主體則傾向前者。以男女關係而言，男性主體以性的對象為「陽物」，來完成自己「有陽物」的想像，故易於以女性為「欲」的對象，而忽略其真實的存在，卻又無法因個別女性而滿足，故極端時會出現以女性為「物」而予以不斷置換的狀況。女性主體則因必須扮演「陽物」，並取得男性的認可（愛），而有可能執著於特定男性的情況（Elizabeth Grosz, *Jacques Lacan: A Feminist Introduction* [London; New York: Routledge, 1990], pp. 135-36）。換言之，「欲望」一方面臣服於「象徵」的原則，故會無私／無情的對待每一個物件，但另一方面，它又會促使主體不斷的更換用以滿足欲望的物件。故欲望會讓主體認為每一個女性都可能是欲望的終極對象，但在獲得之後又會立即幻滅，而再試圖以其他女性代換。故欲望的這種追求是出於一種絕對的（absolute）需要。但化為「需求」後由於其運作出自「想像」原則（the imaginary），便會因「誤識」（meconnaissance）而把欲望的對象「誤以為是」某個「歷史物件」（object in history），並因此化絕對「欲望」為歷史「需求」，使人以為歷史物件即是最終、也是最初的欲望的對象。但兩者何以有此區別，主要關鍵在於男性與女性與象徵領域的關係不同。在傳統社會中，男性因為被要求要向父親學習並在未來成為新的父親，因此，為象徵所吸納的程度遠比女性深，故常以性欲／皮膚濫淫（lust）的角度來理解執爽。而女性則因沒有完全被吸納而較傾向以「想像」原則運作，而比較有可能從愛／情／意淫（love）的角度來理解執爽（參閱 Jacques Lacan, *On Feminine Sexuality: The Limits of Love and Knowledge*, trans. Bruce Fink [New York: W. W. Norton, 1998]）。但男性與女性之間的差別並非絕對，而且象徵與想像在每個主體中都是以交雜而非零和的方式運作，多半只是比例的不同，但這樣的不同有時即能造成重大的區別。

容貌，喜歌舞，調笑無厭，雲雨無時，恨不能盡天下之美女供我片時之趣興，此皆皮膚淫濫之蠢物耳」）則為「唐璜症」的體現。在欲望的全面支配下，唐璜症會讓主體不斷置換欲望的對象，得之即棄，棄後復求，因為沒有一個物件能承擔起「絕對物件」的角色。[3]這正是降清主體的行徑，因為對這些人而言，每一個統治者皆有「絕對物件」（「當今聖世」）的潛力，但當統治者崩潰後，其絕對地位當然隨之消失，故「擁成王棄敗寇」成為這種人的處世原則。

故意淫與肉淫乃是兩種對明亡（或任何易代）所造成之創傷的回應，而《紅樓夢》更可視為一個對陷入意淫之創傷主體的「治療」，即對困擾受創者之「失去物件」予以「再象徵化」。第二章已提到，作者與警幻仙子各自以「前緣說」及「偶然說」企圖「開示」寶玉以改變其「唯情說」。

二、淫的治療：不可能的任務

故警幻在第五回謂「淫雖一理，意則有別」，並指出這個差別在於「好色即淫，知情更淫」。「好色」與「知情」的一理正是兩者同樣是創傷之後產生的「黏執」（fixation）；但「唐璜症」黏著於不斷置換的過程，而「憂鬱症」則黏著於特定物件。這兩種「黏執」也正好呼應了先前這兩種性的意向：一種傾向不斷替換對象，一種傾向執著於特定對象。但兩者從警幻的角度都可稱之為「淫」，因為她認為「陷溺於某種情境」是兩者共有的特質。警幻所謂「好色」（lust）便屬欲望主導的運作，即是未能把人當作人看待，只當作欲望滿足的對象；簡單講就是「待人如物」；故這種淫是重皮相的「皮膚濫淫」，也就是書中所謂「恨不能天下之美女供我片時之趣興」。「知情」（love）則是偏向「想像」原則的運作，是拉岡所謂的「對愛的需要」（demand for love），故會待人為人（或甚至待人如神）。

在書中，這兩類淫的代表性人物分別為寶玉及賈瑞。寶玉之為意淫之首，是警幻仙子直接給

---

3 拉岡在多處提到唐璜。在其Seminar Book IV "Object Relations"中，他曾指出唐璜是「真命女人的追尋者」（searcher for The Woman），或更精確的說，「陽物女人的追尋者」（searcher of The Phallic Woman）（*La relation d 'objet , 1956-57*, http://staferla.free.fr/S4/S4%20LA%20RELATION.pdf）。在論Anxiety一文中，他則進一步把唐璜描述成芬克（Fink）所稱的「欲求所有女人的男人」（"the man who desires all women"）（Jacques Lacan, *Anxiety*, trans. A. R. Price [Cambridge, U.K.; Malden, Massachusetts: Polity Press, 2014], pp. 74-75; Bruce Fink, *Against Understganding Vol II: Commentary, Cases, Critique in a Lacanian Key* [London & New York: Routledge, 2014], pp. 85-86）。但關鍵是唐璜之所以會如此，是因為他「對差異的漠然」（"indifference to all differences"）（Alenka Zupančič, *Ethics of the Real: Kant and Lacan* [London; New York: Verso, 2000], p. 131）。追根究柢原因還在於他所得到的「執爽」永遠無法企及他所追求的「執爽」：「『那不是我要的』這一聲喊出了所得到的執爽與所期待的執爽之間的差距」（*On Feminine Sexuality: The Limits of Love and Knowledge*, pp. 111-112）。

予的定位（「天下第一淫人」），依上述精神分析的定義他也當之無虧。賈瑞作為肉淫的代表，對讀者而言應也不意外。但後者在書中的重要性如何卻可能是一個疑問。我們先從賈瑞的肉淫談起。

賈瑞出場兩次，第一次在第九回，有下列描述：「原來這賈瑞最是個圖便宜，沒行止的人，每在學中以公報私，勒索子弟們請他；後又附助著薛蟠圖些銀錢酒肉，一任薛蟠橫行霸道，他不但不去管約，反助紂為虐討好兒。」這回給他的定位除了心性不良外，主要提到他「助紂為虐」，所助者為薛蟠。第二次出場就是試圖調戲鳳姐，一直到他精盡而亡。

上一章已經說明鳳姐乃是南明統治者的統稱，而賈瑞字「天祥」，全名「假天祥」，可清楚得知他的寓意乃是忠臣之反面：叛國之臣。所以肉淫在本書中所指乃是「淫國」，而賈瑞正是淫國之臣的代表（亦即待人如物或待國如物的代表）。故在書中才會描述他不但試圖淫鳳姐，也已在助「番蟲」為虐。當然就後者而言，並不必細究他是否已經實際上在兩邊討好，重點在於「淫國」者，早已等於是「通敵者」了。

那麼為什麼有勞太虛送鏡子治療賈瑞？我們必須了解對警幻仙子這個清統治者的象徵人物而言，前朝淫國之人當然是最先投靠入侵者的降臣。故賈瑞應是早已不知不覺的成為了滿人的同盟，心態上也必然率先輸誠。然而，新朝統治者在心底卻瞧不起這些人，也不放心這些人。故從清統治者的角度，這些奸佞之人的投機心態仍需予以治療，尤其是不能再來回搖擺。故淫國之臣仍沉溺於淫國乃是新朝統治者眼中的大忌，而須治療之。此時太虛所製之「風月寶鑑」所針對的風月淫疾既然是淫國之疾，風月便不能以一般字面之意解之，而是對國家積欠之風月債應如何償還的問題。[4]

然而，賈瑞不顧「千萬不可照正面，只照他的背面，要緊，要緊」的指示，續以「正面」發洩淫慾，終至精盡而亡。憤怒的家人欲焚鏡洩憤時，鏡中傳來抗議謂：「誰叫你們瞧正面了！你們自己以假為真，何苦來燒我。」「你們自己以假為真」這句話乃是理解這整個事件之寓意的關鍵。顯然太虛認為賈瑞之所以會試圖淫鳳姐，是因為他以「正面的假」（鳳姐）為真，而不敢面對「背面的真」（骷髏）。第二章已經提到過，背面的骷髏隱喻死亡，而且這個死亡乃是預知國族之滅亡。太虛送鏡的目的是要告知淫國之臣必須面對已亡或將亡的明（故是「假」），而應向甫得或將得天下的清（故是「真」）輸誠，否則難逃一死。倒不是因為清對這些淫臣有何疼惜，也不是擔心淫臣不降，而是要完成一個不可能的任務，以便清朝能成為與明不同的大義物：「不淫」的大義物。這個任務的弔詭在於滅明需獲得大批毫無節操的淫國降臣相助，但清之統治者又

---

4 故第五回寶玉在太虛宮門看到的對聯：「厚地高天，堪嘆古今情不盡；痴男怨女，可憐風月債難償」，便應從國族之情解之。前者「天高地厚」當然指家國之情無古無今永不竭盡，而後者以「男女之情」所喻也是「家國之情」，即臣（男）對國（女）之情。風月債無法償正是因為不才的臣（男）永遠對不起國（女），尤其是國亡之後，更無從報答。這也就是為什麼寶玉看了此對聯，心才想著：「原來如此！但不知何為『古今之情』，又何為『風月之債』？從今倒要領略領略」，「不料早把些邪魔招入膏肓了」。這個夢徒然把寶玉的遺民意識強化而已。

期待這些降臣能從此成為清官。所以說是「不可能的任務」。賈瑞之死即指出了這個任務的不可能。

三、父之名背後：淫穢與至情

從精神分析的另一個角度觀之，「淫」（包括肉淫與意淫）更是不可能徹底治療。警幻仙子所想像（或杜撰）的「沒有淫的新大義物」，就是精神分析所謂的「超生之父」（dead father）或「父之名」（name of the Father）。這個超生之父代表著一切的律法（Law），故理論上不得徇私，更不得淫亂。然而，拉岡在討論康德（Immanuel Kant）的「道德義務」（moral duty）的絕對性時特別指出，父之名的背後始終都會沾黏著「淫穢」（obscenity），與律法相依相伴。但因為康德未能區分「發言主體」（subject of enunciation）與「言論內主體」（subject of the enounced），而忽視了「論述」之外主體仍有剩餘部分（excess），也就是「情動」（affect）。[5]但「淫穢」只是從律法的角度所得的評價，事實上未必全都是常識所理解的「淫穢」，端視是「情動」屬「肉淫」或「意淫」。

《紅樓夢》的「超生之父」毫無疑問的是賈政。然而，他雖是個無私的人，但大觀園之外的世界卻是個全然的肉淫的世界，男性不但對女性皮膚濫淫，男性與男性之間的龍陽之淫也時有所見。第七回寫到，王熙鳳在寧國府打牌散後，總管賴二派醉酒的焦大護送王熙鳳回府，未料惱了焦大而開始罵街，後來一發不可收拾連賈珍都說出來：「我要往祠堂裡哭太爺去。那裡承望到如今生下這些畜牲來！每日家偷狗戲雞，爬灰的爬灰，養小叔子的養小叔子，我什麼不知道？咱們

---

5 Jacques Lacan, "Kant with Sade," *Ecrits: the First Complete Edition in English*. Trans. Bruce Fink, in collaboration with Eloise Fink and Russell Grigg (New York & London: Norton, 2006), pp. 645-71; Slavoj Žižek, "Kant and Sade: The ideal couple," *Lacanian Ink* (1998, Fall) 13. http://www.lacan.com/zizlacan4.htm. 拉岡所謂的「超生之父」乃是「律法」（Law）的代表，理應公正無私不帶感情，但實則時有情緒走私的現象，是為「享樂父親」（enjoying father）。在賈府中，賈政代表的是無私的一面，但卻無法阻止賈家其他男性成為只知淫慾的「享樂父親」。拉岡在他論文〈康德附上沙德〉（Kant with Sade）中指出，道德律令因需具普世價值，故必須「將個人欲求或情感排除」——即排除康德所謂的「病態」（pathological）部分（Jacques Lacan, "Kant with Sade," p. 646）。但它雖被排除卻仍黏著於「道德律令」的反面，反而成為了道德律令的基礎。而這種所謂的「病態部分」紀傑克將之理解為一種「陰性素質」（the feminine），一種在一般認為社會化必然會壓抑的前象徵領域，也就是拉岡理論中的「真實」（the real）或「神物」（Thing）。紀氏並將此道德律令與情感一體兩面的理論加以發揮，成為所有「律法」的基礎。「律法」在拉岡的理論中又稱「父之名」（Name of the Father），也就是「超生之父」，而紀傑克則強調居其反面的「享樂父親」時時會將律法挪為私用（Žižek, *Enjoy Your Symptom*, pp. 124-27）。但此「陰性素質」本身乃屬中性，但看如何了解與運用。由於其係源出主體失去的「哺育之母」（nurturing mother），「陰性素質」亦可在「壓抑回衝」（the return of the repressed）時撕扯「律法」之網罟而暴露其不足。

『胳膊折了往袖子裡藏』。」這裡爬灰與養小叔子各自都是亂倫的皮膚濫淫，前者是男女之間（指賈珍與秦可卿），後者則是龍陽之癖（指賈蓉與賈薔）。[6]第九回更是全力的寫賈家下一帶沉溺在龍陽之癖中。

故寶玉的性啟蒙實有兩種，一是警幻仙子經由「兼美」（秦可卿之影子）所提供的異性戀，二是秦可卿之弟秦鐘所提供的「類同性戀」。前者欲讓寶玉了解現實中的可卿（兼美）終是幻夢一場，但結果不但堅定了他的信念——必須追回可卿這個兼黛釵之美的女性（明朝）——也從此對性退避三舍，過著親近女人但卻無性的生活。原因是，警幻仙子對異性戀性關係的鼓勵，似是與成人世界有所共謀。但寶玉與秦鐘的關係與書中其他的龍陽之趣乍看類似（第十五回秦鐘自年輕女尼智能處得趣，但寶玉恐也自秦鐘處得趣：「寶玉不知與秦鐘算何帳目，未見真切，未曾記得，此係疑案，不敢纂創。」[7]）但因加入了情而有本質上的不同。但此龍陽之趣卻似是少年的祕趣，無法長久，結果不免是死亡，由此可知作者的春秋之筆。換言之，作者在此雖對同性之愛有一定的寬容，但顯然認為這是一種「有情無種」的性愛關係，與「有種無情」的體制內異性戀婚姻，一樣無法接受。

但我們不要忘記，在《紅樓夢》中同性愛與異性愛一樣，必須從家國之情的隱喻來了解。脂批在秦鐘的名字首度出現後，曾有一段極為耐人尋味的文字：

設云「情鍾」。古詩云：「未嫁先名玉，來時本姓秦。」二語便是此書大綱目、大比托、大諷刺處。[8]

脂批在此顯然宣示了本書的主旨，但到底應如何理解這幾句文字所傳遞的訊息？歷來無人敢輕易嘗試。其實，這十字詩句已道盡所託。前一句隱喻明朝原先之白璧無瑕。「嫁」在《紅樓夢》中只有負面的意義，故「未嫁」意指原初的美好。故「玉」在此處正是未受異族污染的「傳國玉璽」（無瑕寶玉），「未嫁先名玉」句中的「玉」喻意「明之國魂」，故本句意指「明朝」亡國前的完美狀態。後一句則隱喻遺民向來堅持對明之「情」（秦）；大局容或有所改變，但「本姓」（以「秦／情」為喻的明朝之姓）絕不更易。脂批謂「此二句便是此書大綱目、大比托、大諷刺處」，明明白白的意指本書最主要的題旨（「大綱目」）乃是悼明刺清。如此，則秦鐘（情種）之無種就果真是「大比托，大諷刺」了：明之無以為繼。

---

6 賈珍與秦可卿之亂倫關係從賈珍在可卿死後哀傷逾恆可知。關於賈蓉與賈薔可見第九回寫賈薔「亦係寧府中之正派玄孫，父母早亡，從小兒跟賈珍過活，如今長了十六歲，比賈蓉生的還風流俊俏。他兄弟二人最相親厚，常相共處」。

7 即使此段無性的暗示，寶玉的同性情誼也是遠超過一般讀者的預期。

8 甲戌本為「設云秦鐘」，王府本改「秦鐘」改「惜種」，有正本則改「惜」作「情」（陳慶浩，《新編石頭記脂硯齋評語輯校》，頁一七二）。

倒是寶玉與蔣玉函之同性關係頗耐人尋味。他兩人的關係非如他與秦鐘的短暫（「他近日和銜玉的那位令郎相與甚厚」〔第三十三回〕），且兩者之間有某種盟約存在（交換了汗巾）。這個關係需要深究，但卻必須留待筆者理論鋪陳完足後，在之後的章節詳論。

從警幻仙子的角度觀之，大觀園裡也是個「淫」的世界，只不過此中的淫是「意淫」。只有未婚女性及那些仍懷有童心的少數男人（如寶玉、秦鐘、蔣玉函、柳湘蓮等）了解意淫。但我們不要忘記，警幻仙子封寶玉為「天下第一淫人」（也就是把「情」視為「淫」），並不是單純的玩文字遊戲，而是有所為而為。她對「意淫」雖不似對「皮膚濫淫」深惡痛絕，但終究不以為然而以「淫」視之，且是「成長」後必須擺脫的習氣。故警幻對寶玉的要求有二：第一擺脫「意淫」，第二擁抱「滌除了皮膚濫淫的」成人世界（第五回）。也就是說，寶玉是必須要認同、且最後並成為「父之名」，但這個「父之名」是與大觀園外的賈府不一樣的「父之名」，也就是清的「大義物」。

乍看警幻仙子是要把寶玉變成第二個賈政，一個新的「超生之父」（父之名）。然而，賈政與警幻仙子卻非一丘之貉，第一，他不屬於新的大義物。其次，即使在舊的大義物中，在他這個父之名之後，也有兩種「淫穢」，其一是其他男人的肉淫，其二則是他自己偶爾才會流露的「真情」。原則上，在任何社會，成長本來就意味著從「意淫」（有情）少年變成一個板著臉的「超生之父」（dead father），或「父之名」，從而成為「律法」（Law）。但從遺民情懷小說的角度觀之，成為父之名與拒絕成長之間充滿了政治的尖銳。（參見第三章論成長小說）

第七十八回就曾提到賈政「起初天性也是個詩酒放誕之人」，顯然今日的古板嚴厲，都是後來為了讀書舉業逐漸發展出來的新面貌。但值得注意的是，就在這一回賈政要三個後輩（寶玉，賈蘭，賈環）來作詩頌林四娘。這個無來由的舉動顯然具有一種特殊的意涵。最明顯的一層應是賈政「意淫」的蠢動。這可從兩點來判斷：　是詩題何以為「林四娘」？二是他在心中對三人的評價。就後者而言，賈政幾顯然是同情寶玉的反舉業立場（賈政看他們三人作詩時，心中曾忖道：「他兩個雖能詩，較腹中之虛實，雖也去寶玉不遠，但第一件，他兩個終是別途，若論舉業一道，似高過寶玉，若論雜學，則遠不能及；第二件他二人才思滯鈍，不及寶玉空靈娟逸，每作詩亦如八股之法，未免拘板庸澀。」）。由此可見在賈政心中仍是有情（意淫）。

林四娘就更有深意了。據賈政所言，林四娘乃是漢代某恆王之妾。貌美而又能武藝，恆王極為寵愛，並暱稱為「姽嫿將軍」。後來恆王因剿賊而戰死，賊臨城下時城內無人敢出城應戰。林四娘遂曰：「你我皆向蒙王恩，戴天履地，不能報其萬一。今王既殞身國事，我意亦當殞身於王。爾等有願隨者，即時同我前往同一死戰」，遂出城拚敵並以身殉。從這個軼事可以看出，賈政找子姪輩來寫詩讚美「姽嫿將軍」，顯然有意對下一代強調「情」的至美，而且情到深處以死相殉亦是義無反顧。這或是賈政「近日……年邁，名利大灰」時，回顧少年時期種種，突然心中一動而有此一舉。

然而，更重要的是作者透過賈政的「國族之情」來暗示，反滿之情的普遍連最無情者亦為之動容。潘重規曾提到其實這個青州恆王即是以明末青州衡王為依據所拼湊出來的，其目的不在寫史，而在於透過歷史的痕跡，透露作者的悼明之情與反滿之志。[9]青州衡王也有一妾名為林四娘，但不會武功，然而青州衡王與愛妾林四娘等線索已足以讓讀者接收到應有的訊息。作者在此用的仍是一貫的技法——「欲張彌蓋，欲語還休」。他把線索說得這麼明白了，又突然把時間推回到遙遠的漢代的黃巾與赤眉（兩者也不同時），但提及兩賊時稱之為「犬羊」，又把讀者注意力拉回到漢人對滿洲及其他北方游牧民族的蔑稱，可見作者的用心良苦。

四、意淫至極，「除明明德外無書」

但比起對淫國降臣的依賴，清的統治者更需要獲得的是遺民的歸順，故更須對意淫者進行治療。但這也是跡近不可能之任務。遺民之為遺民便是因為對前朝意淫（耽溺於前朝之情）。故警幻仙子才特別對寶玉分析「皮膚濫淫」與「意淫」之別，更表示自己對「意淫」有所疼惜，但卻因其與世道相違（「吾不忍君獨為我閨閣增光，見棄於世道」）而盼能將寶玉導至正道（「將謹勤有用的工夫，置身於經濟之道」）。警幻仙子治療遺民創傷的方法與治療肉淫的方法異曲同工，主要是要指出遺民（寶玉／神瑛）想像中的明之完美（兼美／可卿）實際上向來都不曾存在（再將吾妹一人，乳名兼美字、可卿者，許配於汝。今夕良時，即可成姻。不過令汝領略此仙閨幻境之風光尚然如此，何況塵境之情景哉！）。然而，《紅樓夢》的主軸，便是寶玉如何拒絕被警幻仙子治療，也就是拒絕被清的統治者收編。

寶玉的「意淫」有明顯的「憂鬱症」的徵狀。他需要的是設法「接受」明之潰亡，以便正式的對明給予「哀悼」（mourning），從而走出哀傷。但作為「遺民」這也是最不可能的事，因為這乃是遺民的核心精神：不接受前朝已經覆滅的事實。但我們也不能說，這只是一種單純的憂鬱症；這裡寶玉對前朝的執著，幾乎可以逼近希臘悲劇《安地剛妮》中安地剛妮對其弟喪禮的執著，因此反而可以有助於在最後突破所有的論述限制，並臻至作者的立場。本書的第十一章對此突破會有詳論。[10]

9 潘重規，《紅樓血淚史》，頁一二六—一三四。潘重規在書中引用周汝昌對此段的評論，應是一定程度受到了周汝昌的啟發。周氏在其《紅樓夢新證》第七章〈史事稽年〉中對此林四娘一節也朝著「隱指反清」的方向略有發展：「《紅樓夢》無閑文贅筆，八十回將盡。情事紛繁之間，忽以此『閑題』占去一回書之大半，用意安在？費人思索……青州之變，風靡登萊，影響可見。乃知此固當時一大事件。充其量，可以左右明、清未定之局。蒲松齡、王士禎皆以借林四娘以追寫之。曹雪芹於小說第七十八回忽以特筆寫及此事，是否無所為而為之，尚待深入研究。是以清初人皆習聞傳述之。」

10 拉岡以希臘悲劇《安地剛妮》（Antigone）中的主角安地剛妮（Antigone）為例說明康德之倫理原則（ethical principle）。安地剛妮之弟叛變後戰死，但因國法禁止為叛變者舉行葬禮而需任其暴屍荒野，但安地剛妮則堅持要為其弟舉行葬禮，甚至寧死不屈。拉岡認為此種將一般事物視為絕對的堅持便是康德「倫理」的最佳例證。由於安地剛妮所處的狀況也是改朝換代象徵體系崩壞的歷史時刻，與明遺民（以黛玉為代表）的處境相故寶玉的執著或耽溺原先並不是針對黛玉一人，而是針對象徵國族之情的大觀園／女性世界／少年世界。相對於賈瑞之類對「女性」（或「性」）的態度，他對此世界的態度已不只是待人如人，也待物如人；不只待人如人，更幾乎待人如神。原因是他所珍惜的一切都在大觀園中，故大觀園的整體即是為他提供「原始執爽」的絕對物件或神話物件，這個「原始執爽」就是對故明的國族之情。

脂批對寶玉意淫有如下之描述：「按警幻情譜，寶玉係情不情，凡世間之無知無識，彼俱有一痴情去體貼。」[11]而脂批針對「體貼」二字更有一番說法：「按寶玉一生心性，只不過是體貼二字，故曰。」[12]然而「情不情」的境界又不只是一般西方所謂「愛」的境界而已。這種情是自湯顯祖、馮夢龍以降所提出的一種幾乎具有本體意義的力量。寶玉自己的言談更進一步印證了這個說法：

> 你們哪裏知道，不但草木，凡天下之物，皆是有情有理的，也和人一樣，得了知己，便極有靈驗的。若用大題目比，就有孔子廟前之檜，墳前之蓍，諸葛祠前之柏，岳武穆墳前之松。這都是堂堂正大、隨人之正氣，千古不磨之物。世亂則萎，世治則榮，幾千百年了，枯而復生者幾次。這豈不是兆應？就是小題目比，也有楊太真沉香亭之木芍藥，端正樓之相思樹，王昭君塚上之草，豈不也有靈驗？所以這海棠亦應其人欲亡，故先就死了半邊。

而這也是為什麼寶玉會宣稱「除明明德外無書」，因為他所讚佩的正是王學詮釋脈絡中的「明明德」，亦即王陽明所謂：「以天地萬物為一體者也。其視天下猶一家，中國猶一人焉。」[13]而藉以達至「明明德」的途徑「親民」，則更像是「情不情」的過程：「以至於山川鬼神鳥獸草木也，莫不實有以親之，以達吾一體之仁，然後吾之明德始無不明，而真能以天地萬物為一體矣。夫是之謂明明德於天下，是之謂家齊國治而天下平，是之謂盡性。」[14]同樣的，對《紅樓夢》

似：她的堅持是對今朝的強烈抵制，也可說是對前朝的效忠（其弟之死可謂出於對前朝之效忠）。她之所以如此，正是因為這歷史時刻帶來的創傷使她必須處理自己深陷於其中的「真實」（the Real）。然而，她的方式卻是將歷史內特定的物件視同「絕對之物」（absolute object），也就是可以提供「原始執爽」的最初物件，而對彼堅貞卓絕，並以此杜絕任何新大義物（新統治者）的籠絡與納編。故其實這種看來不受「情感」左右的對「義務」至死不渝的堅持，反而更可視為「情」最高的體現，因為這也正是「意淫」的內涵。而其最終的政治意涵則是：經由堅持而看透所有論述的武斷性，而能臻至「真正的主體」，即「主體匱乏」（subjective destitution）（Slavoj Žižek, "Kant and Sade: the Ideal Couple," *Lacanian Ink* 13 [1998]. http://www.lacan.com/zizlacan4.htm）。

11 陳慶浩，《新編石頭記脂硯齋評語輯校》，頁一九九。

12 同前注，頁一三五。

13 〔明〕王守仁，《王陽明全集》，卷二六，頁九六八。

14 同前注，頁九六九。

影響也許更深的王門後學的李贄，也直書：「『大學之道，在明明德，在親民。』只此一親字，便是孔門學脈。」[15]故寶玉的意淫最後還是要歸結到對他對萬物的情。然而，在此處「萬物」並非「真的」萬物，而是萬物所體現的「家國」，也就是象徵故明的大觀園（所以此園稱為「大觀」）。[16]故稱寶玉之「情」或「意淫」為「聖愛」又恐太過。[17]

五、「釵玉名雖二個，人卻一身」

但警幻仙子稱「情」（即對明的「國族之情」）為「淫」，作者顯然不同意，且迂迴的表達了他的批判。略審作者對於大觀園與園外的對立以及黛與釵的對比所持的態度，就可察覺此中的奧妙。

寶玉最初在園中的生活似乎完全脫離了成人世界／程朱八股的掌握，甚能適其任性（第二十三回：「且說寶玉自進園來，心滿意足，再無別項可生貪求之心。每日只和姊妹、丫頭們一處，或讀書，或寫字，或彈琴下棋，作畫吟詩，以至描鸞刺鳳，鬥草簪花，低吟悄唱，拆字猜枚，無所不至」），然而，竟是在大觀園中出現了前所未有的激烈衝突。原因是，在大觀園內部出現了一組讓寶玉頗覺為難的對比——黛玉與寶釵。這組對比隱然有其他二組對比之延伸的意味，但黛與釵之間乍看卻又不能完全以先前提到的「兩個世界論」來解讀。這組對比與前述對比看似相類但卻有關鍵的不同。也就是說，寶玉對黛玉或寶釵的這組對比的選擇，比起他對其他兩組對比的選擇不易許多，因為寶玉看來同時被兩者吸引。寶釵與黛玉的美麗與才情同為園中翹楚，而兩者之長處復各擅勝場。而且，一旦寶玉在兩者之間做了抉擇後，便導致了大觀園的解體。這個在大觀園「內部」所出現的矛盾，其獨特性與關鍵性不為不顯。

歷代《紅樓夢》的讀者都不能不面對這個問題。[18]這個令人懸念的問題肇因於主角寶玉似乎在這兩位特質完全相反的女性角色之間有所掙扎。雖然在第二十九回作者已暗示寶玉對黛玉情有獨鍾（「原來那寶玉自幼生成有一種下流痴病，況從幼時和黛玉耳鬢廝磨，心情相對；及如今稍明時事，又看了那些邪書僻傳，凡遠親近友之家所見的那些閨英闈秀，皆未有稍及黛玉者：所以早存了一段心事，只不好說出來。故每每或喜或怒，變盡法子暗中試探」），第九十二回寶玉自

15〔明〕李贄，〈復京中友朋〉，頁一八。

16 當然「明明德」三個字所透露的「懷明」暗示也不難看出。

17 夏志清認為寶玉的「情」庶幾近乎西方的「聖愛」（agape）：「聖愛……遠勝愛（eros），是憐憫與同情遠勝情慾」（《紅樓夢藝術論》〔台北：里仁，一九八四〕，頁三〇三）。但若寶玉之意淫乃是國族之情，則喻為「聖愛」又似略過。倒是《紅樓夢》最後的結論或許可謂漸有趨近「聖愛」的意味。詳本書第十一章。

18 劉夢溪在《紅樓夢與百年中國》中把「寶黛孰優孰劣」稱為「紅學的第一大公案」（《紅樓夢與百年中國》，頁四〇八）。

己更明白的表示過弱水三千只取一瓢飲，然而，他對寶釵的豐腴之美卻也有相當的愛慕：

> 寶釵生得肌膚豐澤，容易褪不下來。寶玉在旁看著雪白一段酥臂，不覺動了羡慕之心，**暗想道：「這個膀子要長在林妹妹身上，或者還得摸一摸，偏生長在她身上。」正是恨沒福得摸，忽然想起「金玉」一事來，再看看寶釵形容，只見臉若銀盆，眼似水杏，脣不點而紅，眉不畫而翠，比黛玉另具一種嫵媚風流，不覺就呆了**，寶釵褪了串子來遞與他也忘了接。寶釵見他怔了，自己倒不好意思的，丟下串子，回身才要走，只見黛玉蹬著門檻子，嘴裏咬著手帕子笑呢。寶釵道：「你又禁不得風兒吹，怎麼又站在那風口裏呢？」黛玉笑道：「何曾不是在屋裏呢。只因聽見天上一聲叫，出來瞧了一瞧，原來是個呆雁。」寶釵道：「呆雁在哪裏呢？我也瞧瞧。」林黛玉道：「我才出來，他就『忒兒』一聲飛了。」口裏說著，將手裏的帕子一甩，向寶玉臉上甩來。寶玉不防，正打在眼上，「噯喲」了一聲。（第二十八回）（強調為筆者所加）

雖然寶釵與黛玉在他心中的分量絕非平起平坐，但他在兩者間的游移也是本書的主要吸引力之一。然而傳統上多數論者都只是把寶釵黛的三角關係視為「愛情關係」（也就是將《紅樓夢》視為傳統才子佳人小說），而忙於討論釵黛兩者孰優孰劣，或與曹雪芹現實生活中之女子有何對應關係，結果不是把《紅樓夢》的詮釋強納入此一狹窄看法，就是根本輕乎此關係在主題上的重要性。而「不看正面，應看反面」的後設提示當然也從來未被正視。

把這層關係給予應有的地位，關鍵在於以「暗喻」（metaphorical）的方式理解。卡勒爾（Jonathan Culler）對於「象徵閱讀」（symbolic reading）之規則的討論，可有助於我們了解其重要性。卡勒爾的討論係以巴特（Roland Barthes）關於象徵語碼（symbolic code）的討論為基礎。他說：「象徵語碼的形式基礎是『對稱』（symmetry）。假如文本提出兩個具有相反性質的物件——人物，狀況，東西，行動——那麼，讀者就獲得了『一個廣大的代換與演繹的空間』。」[19]換言之，文本中一旦出現性質相反的事物時，就立刻指向象徵閱讀的可能性，甚至必要性。巧的是卡勒爾此處所舉的例子，正是一對性質相反的女角。[20]需要如此閱讀也因為寶玉本身具有普遍性的寓意，也就是明的遺民。故此象徵性閱讀與第四章所揭櫫的國族寓言閱讀銜接之後，《紅樓夢》的遺民情懷小說本質也更彰顯無疑。

19 Jonathan Culler, *Structuralist Poetics: Structuralism, Linguistics, and the Study of Literature* (Ithaca, N.Y.: Cornell University Press, 1975), p. 225.

20 此處可再引卡勒爾的文字予以說明：「推出兩個女主角，一個膚色偏黑，一個偏白，可以讓讀者開始啟動意義推衍的實驗。他可以把這個對比與這兩人可能體現的其他對立題旨予以連結，諸如惡／善、禁止／允許、積極／被動、拉丁／北歐、肉感／清純等。他可以從一組對比移動到另一組，給予測試，甚至反轉，以便決定哪些才能呼應文本中涵蓋其他對比的上位主題結構」，同前注，頁二二五。

就寶玉作為「遺民」的普遍性內涵看來，黛玉和寶釵因其完全相反的個性與特質，以及其各自與寶玉的某種神祕的姻緣（「木石前盟」及「金玉良緣」），就不能只將兩者理解成人生而有之的兩個極端，更重要的是，一如少年世界與成人世界或女性世界與男性世界，這兩者應解讀為遺民必須面對的兩種選擇。然而這兩極與前二組對比的兩極卻有關鍵的不同，即黛與釵起初並非互斥的兩極，而是互補的兩面；在這組對比中，寶玉對兩人的喜愛雖非等距，但他的確曾被寶釵吸引，且在「不選擇」與「選擇黛」之間有過搖擺。[21]因為，少年世界既已是寶玉的理想人生，就沒有理由在其「內部」再做選擇。

這個互補的關係進一步說明了這本小說確為遺民情懷小說。如果黛與釵只是單純的人生的兩極，則作者沒有必要將二人塑造成兩者必須互補。而且，一般在人生的兩極間抉擇也許都很困難，但不會如本書中攸關生死。作者關於二人應被視為互補的暗示俯拾皆是，特別是凸出她倆的互為極端及各自獨立時的不足。比如說，黛玉有時顯得神經質與小心眼（「莫怨東風當自嗟」（第六十三回）），而寶釵則不免過分壓抑自我（「恁是無情也動人」（第六十回））；一個纖弱，一個豐腴（「寶玉在旁看著雪白一段酥臂，不覺動了羨慕之心」（第二十八回））；一個專注於與寶玉（私）情的往來（如第二十三回一起讀《會真記》），一個不斷勸寶玉要讀正書求上進；一個對現有體制有諸多不滿，一個要他識大體；一個不斷被賦予青女素娥（嫦娥）的逃世意象（第七十六、八十五、八十九、九十七、一一〇回），一個促寶玉要懷不忍人之心關心現實（如第一一八回）。另外，兩者都患有奇特的宿疾，且需終生仰仗藥物一事，也進一步點出了他們各有自己的缺憾（寶釵有「胎裏帶來的一股熱毒」需長期服用冷香丸〔第七回〕；黛玉則有「不足之症」，需長期服用「人參養榮丸」〔第三回〕）。他們倆的先天之症一個太旺，一個過虛，在在都暗示不能將之分別單獨處理。

在第四十二回，這個「互補」的觀念被更具體的提出。此回中有一幕釵為黛梳頭之景，寶玉目睹「只覺更好，不覺後悔：『不該令他抿上鬢去也該留著，此時叫他替他抿上去……』」。換言之，他再一次的體悟到這兩位女子親近時無與倫比的美好。脂硯齋對此回的評點更強化了這個論點：

> 釵玉名雖二個，人卻一身，此幻筆也。今書至三十八回時已過三分之一有餘故寫是回，使二人合而為一。[22]

21 如第八回有此描述：「寶玉此時與寶釵就近，只聞一陣陣涼森森、甜絲絲的幽香，竟不知係何香氣，遂問：『姐姐熏的是什麼香？我竟從未聞見過這味兒。』寶釵笑道：『我最怕熏香，好好的衣服，熏得煙燎火氣的！』寶玉道：『既如此，這是什麼香？』寶釵想了一想，笑道：『是了，是我早起吃了丸藥的香氣。』寶玉笑道：『什麼丸藥這麼好聞？好姐姐，給我一丸嘗嘗！』寶釵笑道：『又混鬧了，一個藥也是混吃的？』」

22 陳慶浩，《新編石頭記脂硯齋評語輯校》，頁六〇六。

六、雙美兼具或男女平衡？

上一節已經說明，作者在第六十回以前都屢屢經由「兼美」之必要有意無意的暗示「平衡」是可欲的，但這個平衡與警幻仙子的警幻（反淫）工作有何瓜葛？也就是說，一定程度而言，作者是否也在規勸寶玉不要忽略「男人世界／成人世界」？作者的大荒敘事與警幻的太虛敘事若屬針鋒相對，則看似皆導向「平衡」的「兼美」與「反淫」也必然大相逕庭。仔細審視作者對平衡有所著墨的各個所在，我們會發現，作者所重視的平衡只是黛與釵的平衡。故那只是大觀園「內」的平衡，而不是大觀園與園外世界的平衡。也就是說，這種平衡是「意淫」（即「情的世界」）內部的平衡，或女性／少年世界內部的平衡。

故從《紅樓夢》作者視角出發（即從「大荒敘事」出發），最初平衡的理想只有一種：就是大觀園內兩極的平衡。這個對比中的兩個世界無需形成必擇其一的「存在的兩難」（existential dilemma），而是共同組成一個「全面的視野」（holistic vision）的兩種互相勾連、也互相補足的「基礎模式」。兩者所組成的關係可稱之為「互補二元」（Complementary binary）。[23]然而，必須再次強調的就是，在《紅樓夢》中這兩者的互補並非「人生兩極」（大觀園與／少年世界／女性世界與園外／成人世界／男性世界）的互補，而是「故明世界中兩極的互補」。園外的世界（程朱八股主導的清朝），從一開始就被排除在外。因為，在小說中第一種互補基本上是個騙局。

如果作者的確認為黛與釵需要予以平衡（如上文所論，如果兩端各有所長也各有所缺，便應互補），而且是大觀園內的平衡，那麼作者對「淫」的看法就與警幻針鋒相對。警幻認為寶玉不應「淫」，理論上這意味著他應該「持平」。但警幻立論的基礎有二：一是從程朱的角度出發，「情」本來就是「淫」（過度）。情若要不淫，就必須「發乎中節」，其前提則是，必須化「人心」（情）為「道心」（理），並針對「道心」「惟精惟一」，才能「允厥執中」。這也就是警幻仙子在第五回中對寶玉的呼籲：「如墮落其中，則深負我從前一番以情悟道、守理衷情之言」（詳本書第二章）。故對警幻而言，脫離故明之思並對清輸誠，便是從想像回到現實（以拉岡理論觀之則是從「想像」回到「象徵」），因此便是脫離「淫」。但從遺民的角度觀之，警幻所期待於寶玉的並不是「淫」的反面——「持平」，而是另一種「淫」。向新朝輸誠顯然是在一個已然持平的世界（大觀園／故明想像）中選擇寶釵，故這才是執其一端，才是「淫」。

　　這就是為什麼寶玉被描述成「自天性所稟來的一片愚拙偏僻，視姊妹弟兄皆出一體，並無親疏遠近之別」，因為大觀園才是真正的人生，園外皮膚濫淫的世界根本沒有存在的價值，故園內的平衡，就是人生的平衡。

23 或如蒲安迪（Andrew Plaks）在《紅樓夢中的原型和寓意》（*Archetype and Allegory in the Dream of the Red Chamber* [Princeton, N.J.: Princeton University Press, 1976]）一書所提出的「互補雙端」（bipolar complementarity）（參見第三章）。但在蒲氏書中，似並未區隔女男平衡或園內外平衡與黛釵平衡之間的差別。

是在寶釵開始明顯表達成人價值之後，黛釵二人才開始在少年世界（大觀園）的內部，再次複製了少年世界與成人世界的對立。而隨著釵的成人世界的氣質愈來愈強之後，寶玉才決定放棄「園內平衡」（兼美）的想法，當然此舉必會造成大觀園這個「明之樂園」想像的崩解。這也就是遺民終究不得不放棄「故明之思」的開端。

第七章

兼美與警幻

——《紅樓夢》的兩種平衡

前一章所提到關於作者及警幻對平衡或互補的不同看法，反映的正是小說外層與中層尖銳對立的立場，兩者立場的不同最明顯的顯現在兩者對大觀園之情（淫）的態度。警幻的平衡並非「情」與「理」的平衡，而是程朱式崇理抑情的所謂「平衡」。而作者及寶玉則唯情獨尊，釵黛的互補即是平衡。職是，當警幻仙子（清的統治者）在書中提出類似於作者釵黛互補的「兼美」觀念時，卻是用以預示二者在人世無法兼美，也種下了寶玉必須在二者中擇一的命運。

一、兼美退位，寶釵崛起

「兼美」是警幻仙子的妹妹，據書中的描述兼具黛釵二人之美（「其鮮豔嫵媚，有似乎寶釵，風流裊娜，則又如黛玉」〔第五回〕）。在第五回寶玉第一次神遊太虛之時，警幻曾安排她與寶玉初試雲雨。這趟太虛之行的高潮一般都認為是用以警惕寶玉人生（情）之虛幻。但細究之下似乎又完全相反。我們再回頭看看在性事發生之前，警幻對寶玉所說的話：

在閨閣中固可為良友，然於世道中未免迂闊怪詭，百口嘲謗，萬目睚眥。今既遇令祖寧榮二公，剖腹深囑，吾不忍君獨為我閨閣增光，而見棄於世道，故引君前來，醉以美酒，沁以仙茗，警以妙曲，再將吾妹一人——乳名兼美，表字可卿者——許配與汝。今夕良時，即可成姻。不過令汝略領此仙閨幻境之風光尚然如此，何況塵世之情景呢？而今而後，萬萬解釋，改悟前情，將謹勤有用的工夫，置身於經濟之道。

但此處警幻安排的性啟蒙儀式，並非要提出「兼美」作為寶玉追求的典範，反而是針對黛玉與寶釵的象徵意義做出了價值的褒貶並暗示取捨之必要。換言之，警幻的目的是要使寶玉了解到「黛玉」／「少年世界」的不合時宜。更精確的說，性啟蒙儀式是要透過「兼美」讓寶玉了解到，能「黛釵」兩者得兼的「兼美」（意淫）唯仙界有之，人世已（本）無可能（「不過令汝略領此仙閨幻境之風光尚然如此，何況塵世之情景呢？」），故在塵世不宜再追求兼美，而應只求其一端。如果「兼美」是由黛與釵所構成，那麼只求其一端便意味著只求二人中的一人。警幻這段話也證明了上一章結尾所言，這兩人分裂的結果各自又在大觀園（少年世界）中複製了少年世界（黛）與成人世界（釵）的對立。而警幻除了要警醒寶玉，不再耽溺於「少年世界」（黛／大觀園）（「而今而後，萬萬解釋，改悟前情」），更要勸誘寶玉投向「成人世界」（釵／大觀園外）的正途（「將謹勤有用的工夫，置身於經濟之道」）。故選擇釵必然會放棄大觀園。

在這裡我們看到了為何在「少年世界」中，復又分離出黛釵的原因：因為警幻仙子的介入（亦即清的統治已成難以改變的事實）。不過寶玉事後的反應竟是毅然搬進了大觀園，亦可見寶玉原先並不願從這個意義上去了解黛與釵；對他而言，兩者應是合而為一的。也就是說，兼美本來就是大觀園應有的性質；女人世界／少年世界內部（也就是故明的美好想像）不應再有差別與分歧。然而警幻仙子既已介入大觀園中，分裂便已無法避免。於是寶玉一搬進大觀園，竟然馬上陷入了對他而言最最切身也最最激烈的掙扎。也就是是否要在黛與釵之間做選擇。

從諸多跡象看來，寶釵已變成了大觀園內的「園外代言人」了。

第五十二回寶釵與寶琴的對話正可為此態度之最佳注腳。對話起因於寶玉建議下回詠水仙臘梅，但寶釵則建議「詠太極圖」：「限『一先』的韻，五言排律，要把『一先』的韻都用盡了，一個不許剩」，此時寶琴答到：「這一說，可知姐姐不是真心起社了，這分明是難人。要論起來，也強扭的出來，不過顛來倒去，弄些《易經》上的話生填，究竟有何趣味？……」寶琴所謂「詠太極圖」只是讓人「顛來倒去，弄些《易經》上的話生填」，以勉力「強扭的出來」，顯然是把寶釵建議以排律「詠太極圖」比喻成了做八股文。而寶琴的比喻並非無的放矢；第四章已說明，事實上「太極圖」就是程朱理學的象徵。

第五十六回寫探春亟思興利除弊，在這個當兒寶釵特別提醒她看看朱子的〈不自棄〉文：

寶釵笑道：「真真膏粱紈袴之談。雖是千金小姐原不知這事，但你們都念過書，識字的，竟沒看見朱夫子有一篇《不自棄》文不成？」探春笑道：「雖也看過，那不過是勉人自勵，虛比浮詞，哪裏都真有的？」寶釵道：「朱子都有虛比浮詞？那句句都是有的。你才辦了兩天時事，就利欲熏心，把朱子都看虛浮了。你再出去，見了那些利弊大事，越發把孔子也看虛了！」探春笑道：「你這樣一個通人，竟沒看見《姬子》書？當日姬子有云：『登利祿之場，處運籌之界者，竊堯舜之詞，背孔孟之道，……。』」寶釵笑道：「底下一句呢？」探春笑道：「如今只斷章取意。念出底下一句，我自己罵我自己不成？」寶釵道：「天下沒有不可用的東西，既可用，便值錢。難為你是個聰敏人，這些正事，大節目事竟沒經歷，也可惜遲了。」李紈笑道：「叫了人家來，不說正事，你們且對講學問！」寶釵道：「學問中便是正事。此刻於小事上用學問一提，那小事越發作高一層了。不拿學問提著，便都流入市俗去了。」

而對寶玉所重視的「小傳統」（俗文學）作品如《牡丹亭》與《西廂記》，寶釵則毫不例外的扮演起理學思想警察的角色，要其他女子戒之而後已。如第五十一回寶琴的十首懷古詩一出爐，寶釵馬上率先發難批判：「前八首都是史鑑上有據的，後二首卻無考，我們也不大懂得，不如另作兩首為是。」原來是因為最後兩首各用《西廂記》（第九）與《牡丹亭》（第十）的典故，故免不了要眾人迴避，至於她說「我們也不大懂得」恐怕也是矜飾之詞。

又如第四十回黛玉在行酒令時不經意說了「良辰美景奈何天」這句《西廂記》中的詞，當時「寶釵聽了，回頭看著她」。隔天寶釵又為此要「審問」黛玉。黛玉一想，「方想起來昨兒失於檢點，那《牡丹亭》《西廂記》說了兩句，不覺紅了臉」（第四十二回），而趕緊撒嬌道歉。寶釵又得理不饒人的說了一大篇，特別強調男女綱常：「你我只該做些針黹紡織的事才是，偏又認得了字，既認得了字，不過揀那正經的看也罷了，最怕見了些雜書移了性情，就不可救了」（第四十二回）。

到了第一一八回寶玉與寶釵關於出仕或隱逸的辯論，更可看出他的選擇之不得不然，因為寶釵與寶玉之間的差異已是南轅北轍、涇渭分明：如前述，寶玉所堅持的「赤子之心」，乃是明代王學左派的核心，而寶釵則已成了程朱八股的新代言人。

二、神祕繡春囊與朗朗會真記

警幻仙子所謂「皮膚濫淫」之徒並非指程朱，而是前明的貪官污吏。但前幾章已經一再說明，在作者／遺民眼中前明的「皮膚濫淫」正是程朱所造成的。故當大觀園內出現了寶釵這種程朱的代表，也意味著「皮膚濫淫」將入侵大觀園。這裡所隱喻的已經不只是「皮膚濫淫」會如影隨形的緊跟任何成人世界，而是其代言人寶釵乃是為新的大義物或新的成人世界在代言。這個新的成人世界可能比舊成人世界更可怕，原因在於，她宣稱「不涉及淫」。由前面關於淫的討論可知，新朝統治者對於「淫」的不滿，是頗無現實性（就滌清肉淫而言）又甚具威嚇性（就捨棄意淫而言）。故一方面，肉淫會更嚴重，而意淫也會更受壓抑。

從這個角度來看，寶釵與繡春囊的意義有著非常隱密的勾連。倒不是實際上寶釵涉及此事件，而是在寓意層面頗有瓜葛。繡春囊事件所造成的恐慌來自該物件與「皮膚濫淫」有直接關係，而成了園外男人世界入侵的徵兆。這就是為什麼第七十三回繡春囊事件鬧開來之後，鳳姐帶頭來搜查大觀園時，探春對此事氣急敗壞，並直言「你們別忙，自然連你們抄的日子有呢！你們今日早起不曾議論甄家，自己家裏好好的抄家，果然今日真抄了。咱們也漸漸的來了。可知這樣大族人家，若從外頭殺來，一時是殺不死的，這是古人曾說的『百足之蟲，死而不僵』，必須先從家裏自殺自滅起來，才能一敗塗地！」此事件雖不了了之，但大觀園已蒙上一層陰影，而且抄家也被她言中。「先從家裏自殺自滅起來」是明覆滅的關鍵，也是南明無法中興的主因。

而寶釵作為「新男人世界」的代言人（也就是附清的知識分子），便同時是「新皮膚濫淫」的代言人了。這事件雖與她無關，但園內佳人所恐懼者正是她所代表的一切。

但並不是說牽涉到禮教之外的情感，就一定涉及「皮膚濫淫」。第二十三回茗煙幫寶玉在外頭書坊買了「古今小說並那飛燕、合德、武則天、楊貴妃的外傳與那傳奇角本」，讓寶玉大為驚豔。隨後，他把那「文理細密的揀了幾套進去，放在床頂上，無人時自己密看。那粗俗過露的，都藏在外面書房裏」。由此可見寶玉不但讀這些知識分子眼中「淫晦」的俗文學，連那「那粗俗過露的」也不放過。然而，相對於寶釵的正經所代表的反而是其背後的「淫穢」（薛蟠），寶玉的「淫晦」所代表的也恰恰與表面意義相反；他的離經叛道反而是要從「程朱」主導的大傳統中找回其「真情」之所在，而這個真情又與王門後學所倡的「人欲即道」有密切淵緣。同一回他與黛玉共讀《會真記》正是園內真情流露的高峰之一。也是《紅樓夢》與王門後學對「自然人性」提倡甚為吻合之處。

但此處另需注意的是，繡香囊雖確是男人世界的入侵，但藉機清算所導致的內部分裂則是探春所預見到的危機。這就南明歷史而言，也是可稽的史實。故回顧歷史時，遺民的後見之明使之對滿人南來後歷史發展的無法控制，只能徒呼負負。[1]

三、主陽奴陰「方是人的規矩」

警幻仙子其實有一套完整的肅清「淫」的策略，但說穿了也仍是程朱的老套，也就是「情理調和」或「守理衷情」，而湘雲版的「陰陽調和」（實為「主陽奴陰」）就是為其張目的宣言。如果寶釵是新大義物籠絡政策的暗示，則湘雲便是明示。

第三十一回湘雲直接以朱子的陰陽論宣示她所扛起的程朱大纛，並以此引誘寶玉對於婚姻的想像。朱子認為陰陽並非兩立，而是如太極一般陰中有陽、陽中有陰（「陰陽只是一氣，陽之退便是陰之生，不是陽退了又別有個陰生」；[2]「唯草木都是得陰氣，然卻有陰中陽、陽中陰者」。[3]但關鍵在於，朱子的這個「太極」的構想並非建立在兩者的混融，而是得自於兩者爭勝後的結果（「天地間無兩立之理，非陰勝陽，即陽勝陰……」）。[4]這也就是為什麼在《紅樓夢》中「太極圖」會成為批判的對象，因為從太極圖發展出來的陰陽觀其實是偏於一端的。

第三十一回湘雲論「陰」與「陽」便是充分的呼應了程朱的陰陽觀。表面上是以「陰陽」必須調和為出發點。她指出萬物都係「陰陽二氣所生」，但順逆則有別：「氣脈充足，長得就好」。而且事實上「『陰』『陽』兩個字還只是一個字，陽盡了就成陰，陰盡了就成陽，不是陰盡了又有個陽生出來，陽盡了又有個陰生出來」。以上這個說法朱子與陽明皆有之（朱子：「陰陽只是一氣，陽之退便是陰之生，不是陽退了又別有個陰生。」[5]王陽明：「若果靜而後生陰，動而後生陽，則是陰陽動靜截然各自為一物矣。陰陽一氣也，一氣屈伸而為陰陽動靜。」[6]）但當丫環翠縷對陰陽發表竟見時，我們便看見了湘雲的底細：

> 湘雲笑道：「你知道什麼？」翠縷道：「姑娘是陽，我就是陰。」說湘雲拿手帕子捂著嘴，呵呵大笑起來。翠縷道：「說是了，就笑得這樣！」湘雲道：「很是，很是。」翠縷道：「**人規矩主子為陽，奴才為陰**，我連這個大道理也不懂得？」湘雲笑道：「你很懂得。」（強調為筆者所加）

---

1 如弘光時期的「從逆案」就是對自北來歸的人士所進行的內部的清算，對南明士氣與團結再次重創（李瑄，《明遺民群體心態與文學思想研究》，頁二七五—三〇三）。而阮大鋮、馬士英等人對東林黨及復社人士的迫害就更無庸贅言。

2 〔宋〕朱熹，《朱子語類》，卷六五，頁二一五六。

3 同前注，卷四，頁八九。

4 同前注，卷六五，頁二一五八；陳佳銘，〈朱子理氣論在儒家形上體系中的定位問題〉，頁七〇—七四。

5 〔宋〕朱熹，《朱子語類》，卷六五，頁二一五六。

6 〔明〕王守仁，《王陽明全集》，卷二，頁六四。

尤其是「人規矩主子為陽，奴才為陰」這句話不但把陰陽爭勝的原則說得很清楚，更是刺中了遺民已然破碎的心。遺民所遭遇的危機正是「主陽奴陰」的危機，或羞辱。警幻仙子之所以要寶玉自幻中覺悟，正是因為寶玉「淫」，執著於已無天命的前朝。但遺民若不「淫」似只能陷於另一端：「主陽奴陰」，以服侍滿洲「主子」。而湘雲此處即是以程朱的綱常倫理來召喚遺民。

如果這幾句話還不足以說明湘雲的角色，我們可以再仔細審視湘雲所有其他的特質及言行。首先，她的金麒麟和金鎖一樣頗有蹊蹺。金鎖的蹊蹺在於其鐫字以及「金玉良緣」中金與玉的配對，讓人立即有了清明關係的聯想（金喻清而玉喻明，而「不離不棄，芳齡永繼」則頗有盯死遺民的意味）。而金麒麟的蹊蹺除了寶玉因聽聞湘雲有之，一時心動而不顧眾人的眼光與言語（包括黛玉）執意收藏之外，更特別的地方在於寶玉的麒麟「比自己（湘雲）佩的又大又有文彩」（三十一回），因而再一次的傳遞了程朱男尊女卑的訊息。其次，第三十二回她如寶釵曾勸寶玉留意「仕途經濟」，是書中唯二對寶玉有此世俗勸誘的未婚女性（婢女襲人除外），並相當讓寶玉不悅與意外。這也說明了她骨子裡是個俗套的人。而更值得注意的是作者對湘雲較迂迴的貶抑或對其寓意的暗示。第七十六回黛與湘聯詩，表面上雖然是友誼賽，實質上則是必須分出勝負的激烈的對抗。湘吟出「寒塘渡鶴影」後，半晌才逼出黛玉的「冷月葬詩（花）魂」。黛玉的句子一出，

> 湘雲拍手贊道：「果然好極！非此不能對。好個『葬詩魂』！」因又嘆道：「詩固新奇，只是太頹喪了些。你現病著，不該作此過於淒清奇譎之語。」黛玉笑道：「**不如此，如何壓**

倒你？下句竟還未得，只為用工在這一句了。」（強調為筆者所加）

由這段對話可知，兩人果然在爭勝。然而黛玉固然結得漂亮，卻是雖贏實輸，因為結論竟是「葬詩（花）魂」（預言大觀園「詩樂園」的末日）。隨後妙玉出現阻止她倆聯下去，也著眼於「氣數」：「方才我聽見這一首中，有幾句雖好，只是過於頹敗悽楚。此亦關人之氣數，所以我出來止住你們。」

湘與黛的最後這兩句，其實充滿玄機。「寒塘渡鶴影」句中的「寒塘」可影射「寒唐」，而鶴多為長壽富貴之意，在此因寒塘而南渡，寓意不難理解。若回到該場景的脈絡中細看更會發現，此處的鶴已然成了「鬼魂」！

> 湘雲方欲聯時，黛玉指池中黑影與湘雲看道：「你看那河裏，怎麼像個人到黑影裏去了？敢是個鬼？」湘雲笑道：「可是又見鬼了！我是不怕鬼的，等我打他一下。」因彎腰拾了一塊小石片，向那池中打去。只聽打得水響，一個大圓圈將月影激蕩，散而復聚者幾次。只聽那黑影裏「嘎」的一聲，卻飛起一個白鶴來，直往藕香榭去了。

因此，由湘雲的句子（寓意「寒唐之鬼影南渡」）引出「冷月葬詩（花）魂」這句詩，其寓意更是無可置疑：「冷月」即「冷明」，此句所預言即是「冷明」之「魂」遭到「埋葬」的悲劇結局。上一句如此咄咄逼人，下一句似亦不得不然（「叫我對什麼才好？『影』字只有一個『魂』字可對」）。但要記得的是，上一句被黛玉讚為「何等自然，何等現成」，但下一句卻是黛玉被逼到死角後力圖逆轉「壓倒」湘雲的結果。

如果我們再把湘雲的名字解為「使相云」就會恍然大悟，原來她也是個薛寶釵之流的變節說客，難怪她喜歡打扮成個「小子」（第四十九回），甚至「小騷達子」（第四十九回），因為她已被納編為男人世界（滿人世界）的一員，不只變成了男人，還是半個胡人了。而在第四十九回吃鹿肉的部分，我們看到的更是一個為大觀園帶來「野蠻」生活方式的仲介。只見她和寶玉拿了一塊鹿肉準備生吃，雖然當下寶玉澄清：「沒有的事！我們燒著吃呢」，但即使如此，當湘雲見寶琴裹足不前而說：「傻子！你來嘗嘗！」時，寶琴（作者的代言人；本書第八章會詳論）仍嫌「怪腌臢的」。由此可看出此處的緊張：統治者對遺民的籠絡及華對夷的不屑。當黛玉見他們吃鹿肉譏嘲道：「哪裏找這一群花子去！罷了，罷了，今日蘆雪庵遭劫，生生被雲丫頭作踐了。我為蘆雪庵一大哭！」湘雲立刻回擊道：「你知道什麼！『是真名士自風流』，你們都是假清高，最可厭的。我們這會子腥膻，大吃大嚼，回來卻是錦心繡口」，明顯看出湘雲是在站在清的角度提出辯護，謂生活方式雖有不同，但重要的是內在能掌握中華文化的核心（「是真名士」，即程朱八股），而明遺民堅持不仕新朝則是「假清高，最可厭的」。

湘雲的舉止與擅長扮女人的蔣玉函，恰好形成一個強烈的對比，他們各自扮演的角色也剛好相反：湘雲勸誘寶玉用心於經濟仕途，蔣玉函則悄悄成為寶玉遁回塵世中的變身（關於蔣玉函，本書第十一章會詳述）。

四、仙子警幻，雍正覺迷

但清之籠絡政策最重要的體現還是在警幻仙子本身。事實上，警幻仙子的「警幻」企圖與清初歷史有很清楚的連結。而本書作者其實也給了一個相當直接的暗示，甚至可謂「明示」：與當時歷史對照可知，警幻所「警」之「幻」與雍正要「覺」之「迷」有異曲同工之妙，甚至我們可以大膽的說「警幻」與「覺迷」根本是同一件事；警幻仙子所隱喻的就是清初自順治開始到雍正出版《大義覺迷錄》到達高峰的籠絡政策。清初諸帝對遺民的籠絡政策自順治開始即以巧妙的方式進行。一方面，極力淡化異族與征服者之色彩，讓知識分子接受滿清入關只是另一個朝代的更迭；另一方面，不但在情感上允許一定程度的故國之思，並積極與傳統中國文化連結，以爭取知識分子的好感、信任與認同。就前者而言，順治入京後立即以「救災恤患者」自居，相當成功的把明之亡國歸咎於李自成，而滿人反而成了拯救中國的使者。接著順治復對崇禎予以厚葬，並表達哀悼與崇敬。就後者而言，順治開始便恢復科舉，並輔以體制外管道廣招賢士，同時還親赴孔廟祭祀，以確立清乃是中華道統的繼承者。到了康熙更對崇禎皇帝禮敬、祭奠並下詔積極守護明皇陵，且九赴孔廟三跪九叩祭拜，同時還設立

「博文鴻詞科」，以各種軟硬管道薦舉隱逸之士。此外，還以編書為名進用更多的知識分子，而使得士人大量入朝為官，也改變了不少知識分子對清朝態度。[7]

而籠絡政策的高潮則在《大義覺迷錄》的出版。先前在第五章已提到本書的目的乃是要強化滿人統治中國的正當性。該書所採策略有四，除了前文已討論的以「文化」取代「種族」，以破解廣植遺民心中的「華夷有別論」之外，其二是強調明朝非但不是完美無瑕，且係暗無天日民不聊生，以破遺民心中不實的想像；其三是以「天命」之大義爭取遺民的歸順；其四是以「倫理」之大義迫使遺民別無選擇。特別值得注意的則是《大義覺迷錄》的論述與警幻的「太虛敘事」幾可謂處處呼應，只不過後者是前者的「委婉版」罷了。

五、清之大義破明之至情

首先是以文化取代種族。要破解華夷有別論便要強調華夷並非地域或種族的本質差別，而是「文化」有無的差別；能掌握中國文化即是中國（「韓愈有言：「中國而夷狄也，則夷狄之；夷狄而中國也，則中國之。」）。[8]而且，戎狄之能為中國聖人，早為中國之慣例，何獨滿洲不可（「不知本朝之為滿洲，猶中國之有籍貫。舜為東夷之人，文王為西夷之人，曾何損於聖德乎」）？[9]從「文化」出發，雍正便突破了「華夷有別論」類似種族主義的狹隘；只要是「有德」者，也就是真正能以天下蒼生之福祉為念者，便可為中國之君。而華夷有別論者之所以執迷不悟，乃是因為其視野囿於地域及己私（「蓋生民之道，惟有德者可為天下君。此天下一家，萬物一體，自古迄今，萬世不易之常經。非尋常之類聚群分，鄉曲疆域之私衷淺見所可妄為同異者也」）。10

這部分可謂針對寶玉第六十三回為芳官命名時所採「華夷之辨」的態度：

> 這卻很好。我亦常見官員人等，多有跟從外國獻俘之種，圖其不畏風霜，鞍馬便捷。既這等，再起個番名叫作「耶律雄奴」。「雄奴」二音。又與「匈奴」相通，都是犬戎名姓。況且這兩種人，自堯舜時便為中華之患，晉、唐諸朝，深受其害。幸得咱們有福，生在當今之世，大舜之正裔，聖虞之功德仁孝，赫赫格天，同天地日月億兆不朽，所以凡歷朝中跳梁猖

---

7 李瑄，《明遺民群體心態與文學思想研究》，頁三八七—四二七；孔定芳，《清初遺民社會》，頁一八五—九八。但漢族知識分子並非人人都自始就堅華夷之辨。如孔定芳謂：「漢族知識分子分二類：一是華夷之辨甚於君臣之分，另一則『人能弘道』，『經濟淑世』。前者如眾多遺民之堅不侍異族；後者則不待覺迷論述之召喚，便以出仕為仕人之優先考量」（頁一七九）。

8 〔清〕雍正帝，《大義覺迷錄》，頁一六。

9 同前注，頁四—五。

10 同前注，頁一。

獗之小丑，到了如今，竟不用一干一戈，皆天使其拱手俯頭，緣遠來降。我們正該作踐他們，為君父生色。[11]

雍正的「舜為東夷之人」正是衝著「大舜之正裔」的鄭重反駁。就「華夷有別」的種族論述而言，警幻仙子的論述一如雍正。首先，她表明自己所關心的並非特定省籍的女子，而是「普天下女子」，故太虛的各司中「皆貯的是普天之下所有的女子過去未來的簿冊」。但寶玉的視野則有所偏執及蔽障（「你凡眼塵軀，未便先知的」），以致在看到太虛幻境的對聯「厚地高天，堪嘆古今情不盡；痴男怨女，可憐風月債難償」之後，便為「情」所困，幾無藥可救（「心下自思道：『原來如此！但不知何為「古今之情」，又何為「風月之債」？從今倒要領略領略。』」）。因此，寶玉遂因此獨沾「家鄉」（金陵）一味：他走進「薄命司」後雖然看見「有十數個大櫥，皆用封條封著。看那封條上，皆是各省的地名」，但他「一心只揀自己的家鄉封條看，遂無心看別省的了」。這種只顧「家鄉」的「鄉曲疆域之私衷淺見」，當然與聖上明君以「天下家國」為念的態度是不可同日而語的。

其次是暴露明朝不堪的真相。雍正在《大義覺迷錄》中特別針對呂留良等人所謂滿人入關後「天昏地暗日月無光」的描述，[12]予以駁斥：

且以天地之氣數言之，明代自嘉靖以後，君臣失德，盜賊四起，生民塗炭，疆圉靡寧，其時之天地，可不謂之閉塞乎？本朝定鼎以來，掃除群寇，寰宇□安，政教興修，文明日盛，萬民樂業，中外恬熙，黃童白叟，一生不見兵革，今日之天地清寧，萬姓沾恩，超越明代者，三尺之童亦皆洞曉，而尚可謂之昏暗乎。[13]

這段話可謂衝著姽嫿將軍的神話而來：

誰知次年便有「黃巾」「赤眉」一干流賊餘黨復又烏合，搶掠山左一帶。恆王意為犬羊之輩，不足大舉，因輕騎前剿。不意賊眾頗有詭譎智術，兩戰不勝，恆王遂為眾賊所戮。於是青州城內文武官員，各各皆謂「王尚不勝，你我何為！」遂將有獻城之舉。林四娘得聞凶報，遂集聚眾女將，發令說道：「你我皆向蒙王恩，戴天履地，不能報其萬一。今王既殞身國事，我意亦當殞身於王。爾等有願隨者，即時同我前往同一死戰；有不願者，亦早各

11 余英時亦謂此段「未嘗不可解釋為對滿清的譏刺」。見〈關於《紅樓夢》的作者和思想問題〉，《紅樓夢的兩個世界》，頁一九三。而此段在程本被刪去，也可見出滿人高鶚對此頗為敏感。

12〔清〕雍正帝，《大義覺迷錄》，頁四。

13 同前注，頁六—七。

散。」眾女將聽她這樣，都一齊說：「願意！」於是林四娘帶領眾人，連夜出城，直殺至賊營，裏頭眾賊不防，也被斬戮了幾員首賊。後來大家見不過是幾個女人，料不能濟事，遂回戈倒兵，奮力一陣，把林四娘等一個不曾留下，倒作成了這林四娘的一片忠義之志。後來報至中都，自天子以至百官，無不驚駭道奇。其後朝中自然又有人去剿滅，天兵一到，化為烏有，不必深論。

「其後朝中自然又有人去剿滅，天兵一到，化為烏有，不必深論」，意味著亂賊不過是明朝太平盛世中的小插曲，不足多慮。然而這種故明想像顯然非明之真相，但卻是遺民的心靈支撐。故暴露明的真相不但可鬆動遺民之志，且可突出清的清新可喜。

而警幻仙子則是以「皮膚濫淫」來比喻前明之墮落（「如世之好淫者，不過悅容貌，喜歌舞，調笑無厭，雲雨無時，恨不能盡天下之美女，供我片時之趣興，此皆皮膚淫濫之蠢物耳！」）。寶玉作為明之遺民層次略高，但亦不免陷入不實的想像，為識者所笑（「然於世道中，未免迂闊怪詭，百口嘲謗，萬目睚眥」），故警幻才將其妹「兼美」許配予寶玉，以便能讓他了悟關於明的「兼美」的想像並不存在（「不過令汝領略此仙閨幻境之風光尚然如此，何況塵境之情景哉」）。

其三是「天命已移」無可否認。如果中國的統治者需為聖人，那麼清之所以入主中原，便是因為上天認為中國已無堪為聖君之人，才會讓境外夷狄入主。如此，則入主中國之夷狄反而比中國之人更具中國文化的德行，也就是更適合統治中國之人（「上天厭棄內地無有德者，方眷命我外夷為內地主，若據逆賊等論，是中國之人皆禽獸之不若矣。又何暇內中國而外夷狄也？」）。[14]故結論是：有德者才能有天下乃是天命，並不因種族有別（「蓋生民之道，惟有德者可為天下君。此天下一家，萬物一體，自古迄今，萬世不易之常經……書曰：『皇天無親，惟德是輔。』蓋德足以君天下，則天錫佑之以為天下君。」）[15]天命如已轉移，庶民自當風行草偃。

這部分則可視為針對寶玉第三十六回就「天命」及「大義」所發的議論。寶玉因「女兒死」的議題而藉題發揮，痛批「死諫」與「死戰」，因為兩者皆昧於「天命」，不知「大義」：

> 那武將不過仗血氣之勇，疏謀少略，他自己無能，送了性命，這難道也是不得已！那文官更不可比武將了，他念兩句書窩在心裏，若朝廷少有疵瑕，他就胡談亂勸，只顧他邀忠烈之名，濁氣一湧，即時拚死，這難道也是不得已？還要知道，那朝廷是**受命於天**，**他不聖不仁，那天也斷斷不把這萬幾重任與他了**。可知那些死的都是沽名，並不知**大義**。（強調為筆者所加）

14 同前注，頁八—九。

15 同前注，頁一。

寶玉是針對明室的「天命」及「大義」而有此議論：「天命」當然指的是皇帝君臨天下必是有天命寵幸，而「大義」更凸顯臣子對君王的義務，故基於此二義，臣子殉死也要死有其時。而雍正則直指「皇天無親，惟德是輔」：「天命」不會無理由就給，也不會未預警就撤。如此，寶玉執著於明朝乃「天命」所歸，就不符「大義」了。

針對「天命」，警幻則是以「前緣」（命定）來說明一切早有定數。第五回與寶玉初見時，警幻仙子便說：「因近來風流冤孽，纏綿於此處，是以前來訪察機會，布散相思」，已提示明遺民之舊情纏綿鬱結須予舒解。而後，引寶玉至「薄命司」閱覽其「家鄉」金陵女子的卷冊，以諭知親友間女子（明之遺民）之命運。後再輔以《紅樓夢曲》的演出及與兼美的雲雨，目的不外是「冀將來一悟」：與明朝相關的一切早有定數。「天命」曾對這些女子予以眷顧，但「天命」亦有終時。

其四，關於遺民必須歸順一事，雍正更以「倫理」之義曉之：

夫人之所以為人，而異於禽獸者，以有此倫常之理也。故五倫謂之人倫，是缺一則不可謂之人矣。君臣居五倫之首，天下有無君之人，而尚可謂之人乎？人而懷無君之心，而尚不謂之禽獸乎？盡人倫則謂人，滅天理則謂禽獸，非可因華夷而區別人禽也。[16]

雍正以「君父」倫理為名發聲，看似與寶玉無直接關係，因為寶玉與父親的關係並不融洽。

然而，君臣之義就寶玉而言並非不存在，而是以另一種形式表現。寶玉與賈政——拉岡精神分析理論中有法無情的「超生之父」（dead father）——的關係並非「君臣倫理」關係的隱喻；真正的「君臣倫理」關係存在於遺民與「哺育之母」（nurturing mother）或「有情之母」之間。這個隱喻明之亡魂的「有情之母」則分別由元春與秦可卿代表。[17]

令寶玉牽掛的真正君臣關係最具體的表現在他對「元春」的態度上。因此，在這個關係上才可一窺寶玉的倫理態度。第十七回「大觀園試才」時行至園中某處，諸清客依例從形制上考量而為了應擬「翼然」或「瀉玉」相持不下，此時，寶玉卻令人意外的從綱常考量謂：「此處雖云省親駐蹕別墅，亦當入於應制之例」，而建議題「沁芳」。行至下一處，賈政不滿諸公意見而命寶玉另擬時，寶玉還是從同樣角度思考：「這是第一行幸之處，必須頌聖方可」，遂題曰「有鳳來儀」。由此可見寶玉（遺民）對君臣之義是相當恪遵的。故雍正從倫理出發的強烈聲明仍有明顯

16 同前注，頁二一一—二一二。

17 第十八回曾提到元春與寶玉情同母子，因為從三歲開始便是元春教他閱讀：「只因當日這賈妃未入宮時，自幼亦係賈母教養。後來添了寶玉，賈妃乃長姊，寶玉為幼弟，賈妃念母年將邁，始得此弟，是以獨愛憐之。且同侍賈母，刻不相離。那寶玉未入學之先，三四歲時，已得元妃口傳教授了幾本書，識了數千字在腹中，雖為姊弟，有如母子。自入宮後，時時帶信出來與父兄，說：『千萬好生扶養：不嚴不能成器，過嚴恐生不虞，且致祖母之憂。』眷念之心刻刻不忘。」從遺民小說的視角觀之，元春的母性代表的便是明室與遺民的倫理關係。秦可卿之為崇禎的象徵已於本書第五章詳論。

的針對性，雖然未必能對寶玉這類遺民有明顯的效果。

警幻仙子策略亦同於雍正，係從君父倫理出發。她宣稱「偶遇寧、榮二公之靈」並受其囑務必就嫡孫寶玉「以情欲聲色等事警其痴頑，或能使彼跳出迷人圈子，然後入於正路」。「寧、榮二公之靈」正是「超生之父」，而所謂「正路」就是「將謹勤有用的工夫，置身於經濟之道」，也就是出仕新朝。故此處警幻仙子（雍正）已經將明朝的「超生之父」與清朝新就位的「超生之父」（也就是先前所謂的明與清的「大義物」）巧妙的透過「倫理」關係的邏輯——即「為君即父」——融合為一。而為求徹底讓寶玉自幻中覺悟，她更讓他與「有情之母」（明之亡魂／失去的執爽）之一秦可卿雲雨，隨後再告以這是一種想像而非事實（「不過令汝領略此仙閨幻境之風光尚然如此，何況塵境之情景哉」）。故首要之務還是回頭承命於「超生之父」，而既然二父已合而為一，那麼附清反而是條「正路」了。

六、以天命呼之，以倫理範之

種族若不是問題，皇天復經其判斷已將所親的對象從腐敗的明轉向新興的清，那麼繼續效忠明室的遺民便是與天意為寇讎、視倫理如敝屣；不啻陷於「尋常之類聚群分」之迷，困於「鄉曲疆域之私衷淺見」之幻，不知真正的「大義」為何。故為人君父者，有義務要警其幻、覺其迷。

讓遺民回到「平衡」而不淫的狀態，也就是接受園外世界，最終並允其併吞園內世界。

而警幻對（遺民之）情的態度也極似順、康、雍三帝的態度：她並不完全貶抑遺民對明的情感，甚至有一定程度的肯定。對警幻而言，「意淫」與「皮膚濫淫」的意義全然不同。「皮膚濫淫」乃隱喻蛀蝕國本有如奸淫女性，而寶玉的「意淫」則指對明的民族（道統）情感。因此，她認為比起「皮膚濫淫」而言，「意淫」甚且是正面的執著。但畢竟這仍是一種「淫」（一種過時又過度的情），須要戒之。故《紅樓夢》中「情」這個字固然是關鍵字，「淫」也同樣關鍵，因為二者一體兩面。

前文已論及，中層太虛敘事以「前緣說」把將一切都歸諸命定：明之滅亡命該如此，人力本就無法干涉，而清之興起乃是天命轉移，也是人力無法干涉。這就是警幻仙子所建構的、一切都已在〈紅樓夢曲〉中命定的單一線性邏輯，其因果關係簡單清楚明瞭。換言之，太虛敘事暗示，將明之亡國歸諸命運（「天命」）是遺民最好的解脫方式；因為從此便可「了結公案」，忘掉亡國之恨，重新開始新的生活（即接受新的朝代認同）。而外層「大荒敘事」（石頭／作者）則提出與「前緣說」邏輯相抗的「偶然說」，把這段創傷歷史的進程視為一個純屬意外的發展，以俾對中層敘事的邏輯加以批駁。換言之，異族的征服不過是隨機發生的歷史事件，並非天命之轉移，正如石頭之未能補天亦為隨機發生。故如前述，小說的主軸便是警幻（前緣說）與石頭（偶然說）兩種不同的記憶方式各以其論述爭取寶玉的過程。作者最終的目的當然是要確認太虛了結公案的企圖無法得逞，並且為遺民找到心理的出路。故小說可謂從遺民的角度針對籠絡政策提出反制，經由重履亡國之歷史（即某種形式的回憶錄），以堅其不事新朝之志。但因文字獄的關係，書中極盡曲折之能事，不得不如本書第二章所述，將骨子裡（反面）其實是「死亡之書」的《紅樓夢》，寫成一本表面（正面）乍看徒論兒女私情的「風月之書」。

遺民亡家國、失道統的創傷已難平復，又有籠絡政策以敬酒與罰酒的二分法當頭而來，心中之苦絕非表面（正面）的愛情故事所造成的憾恨可以比擬，更非遠離當日情境的今人能輕易揣摸，才有書中至今無人能解的至大至悲之情。

最後，警幻仙子並通過寶釵之口將《大義覺迷錄》對遺民的最終期待做一總結：

> 卻說寶玉送了王夫人去後，正拿著《秋水》一篇在那裏細玩。寶釵從裏間走出，見他看得得意忘言，便走過來一看，見是這個，心裏著實煩悶。細想：「他只顧把這些出世離群的話當作一件正經事，終究不妥。」看他這種光景，料勸不過來，便坐在寶玉旁邊，怔怔的坐著。寶玉見她這般，便道：「你這又是為什麼？」寶釵道：「我想你我既為夫婦，你便是我終身的倚靠，卻不在情欲之私。論起榮華富貴，原不過是過眼煙雲，但自古聖賢以人品根柢為重……」寶玉也沒聽完，把那書本擱在旁邊，微微的笑道：「據你說人品根柢，又是什麼古聖賢，你可知古聖賢說過『不失其赤子之心』。那赤子有什麼好處？不過是無知、無識、無貪、無忌。我們生來已陷溺在貪、嗔、痴、愛中，猶如污泥一般，怎麼能跳出這般塵網？如今才曉得『聚散浮生』四字，古人說了，不曾提醒一個。既要講到人品根柢，誰是到那太

初一步地位的？」寶釵道：「你既說『赤子之心』，古聖賢原以忠孝為赤子之心，並不是遁世離群、無關無係為赤子之心。堯、舜、禹、湯、周、孔時刻以救民濟世為心，所謂赤子之心，原不過是『不忍』二字。若你方才所說的，忍於拋棄天倫，還成什麼道理？」寶玉點頭笑道：「堯舜不強巢許，武周不強夷齊。」寶釵不等他說完，便道：「你這個話益發不是了。古來若都是巢、許、夷、齊，為什麼如今人又把堯、舜、周、孔稱為聖賢呢？況且你自比夷齊，更不成話，伯夷、叔齊原是生在商末世，有許多難處之事，所以才有托而逃。當此聖世，咱們世受國恩，祖父錦衣玉食，況你自有生以來，自去世的老太太，以及老爺、太太視如珍寶。你方才所說，自己想一想，是與不是？」寶玉聽了，也不答言，只有仰頭微笑。

在這段辯論當中，寶釵與寶玉持完全相反的立場：寶玉認為「不失赤子之心」是要「跳出塵網」（逃避清之統治），而寶釵則認為「赤子之心」是「以救民濟世為心」，而不是「忍於拋棄天倫」，直接點明「出仕」乃是知識分子的義務。當寶玉進一步反駁謂「堯舜不強巢許，武周不強夷齊」時，寶釵復也進一步謂夷齊是因「末世」所以「有托而逃」，但「當此聖世」，如何能逃，如何須逃？換言之，寶釵的立論便是植基於「天命」與「倫理」的大義；「聖世」是天命，而「天倫」則是倫理。

值得注意的是寶玉是將「逸民」（巢許）及「遺民」（夷齊）視為一類含糊帶過，寶釵則不允許他躲閃，逕自跳過寶玉施放的煙幕彈——「逸民」巢許，而直指問題的核心——「遺民」夷齊，斥責寶玉（遺民）的不是。[18]面對著如此強勢的「大義」，原就居於劣勢的遺民，當然只能選擇「仰頭微笑」，避攖其鋒。

18「逸民」與「遺民」常被混為一談。就不願出仕而言，兩者的模態（modality）相似，但不仕的原因則頗為不同。然而寶釵在反駁的時候則明白的認為寶玉是自比「夷齊」而非「巢許」，顯示辯論的關鍵是「遺民」不仕，而非「逸民」不仕的問題。關於「逸民」與「遺民」的討論，可參考孔定芳，《清初遺民社會》，頁五—八。

第八章

真情與假義

——《紅樓夢》的兩種本體

在《紅樓夢》中明遺民與清廷的思想纏鬥中，警幻仙子對遺民有二大指控；除了「淫」（含「意淫」與「皮膚濫淫」）之外，另外一項指控即是「假」。執著的對象若是「真」就不會有「淫」的問題，若是「假」便是「淫」。對警幻（清廷）而言，明遺民用「情」並不見得是問題，但對已失去「天命」的亡明（即「假」）繼續用情便是「淫」。故「真」與「假」在小說中決定了一切行為的正當性。但作者及遺民也是以「真」與「假」的對比來回應警幻仙子「真」與「假」的預設。簡單講，對遺民而言，真與假的指涉剛好是反過來的。

一、假如何作真，無如何變有？

首先，「假作真時真亦假，無為有處有亦無。」這幅出現在太虛大門的對聯應如何解？真與假首先需從明與清的關係來看，但孰真孰假則完全看政治立場。從對聯的出處「太虛幻境」來看，這顯然是滿洲統治者的角度，故清是真，而明是假。原因是，清已取得中國的統治權，這意味天命已轉移至滿人身上，故清帝才是「真命天子」。反之，已失去天命的明室則是「假天子」。

換言之，警幻認為「真」與「假」必須從「義」與「情」的對比入手。本書第五章已論及，警幻所強調乃是大義，當下的君臣之義重於往昔的君臣之情，更超越夷夏之別（見本書第七章）。故「義」所指乃是對新統治者的「義」；既然滿人已是中國的統治者，便是擁有了天命，而擁有了天命就是「真命天子」。那麼漢人知識分子依君臣之義便有「義務」效忠，此即《大義覺迷錄》中的重點之一（見本書第七章）。然而，寶玉強調情，且情只能針對獨一無二的明朝。情字如何在書中負有如此重大的意涵，本書第五章可卿部分已詳論。質言之，情字本就含有「心」向「明」之「主」的意思（「心主月」）。此外，對前朝的執著本就是一種情感上的執著，而且遺民的骨幹多受王門後學的薰陶，而主情的王門後學在明末已對程朱八股多所批判，到了清初因籠絡政策的主軸又是程朱八股，故情遂成為遺民的主要象徵。

當然《風月寶鑑》治死賈瑞的事例也應從這個角度理解。賈瑞病急時，有道士登門授予「風月寶鑑」謂「這物出自太虛幻境空靈殿上，警幻仙子所制，專治邪思妄動之症，有濟世保生之功。所以帶它到世上，單與那些聰明傑俊、風雅王孫等看照。千萬不可照正面，只照它的背面，要緊，要緊！三日後吾來收取，管叫你好了。」但賈瑞見背面是骷髏之後只照正面，而屢見鳳姐於鏡中招手遂情不自盡一再進入鏡中，以致脫精而死。眾人遂遷怒於「風月寶鑑」而欲燒之，寶鏡哭言：「誰叫你們瞧正面了！你們自己以假為真，何苦來燒我？」本書第六章已針對此情節有所討論，質言之，貪官污吏之代表賈瑞（假天祥）在世變之時仍以假為真（雖然其目的是「淫國」），即使太虛介入時也不思輸誠，死有餘辜。但從清的角度而言，最關鍵的「以假作真」還是遺民；他們對於新「大義物」的無知才是最令清廷扼腕的事。故太虛的最大任務乃是要寶玉（遺民）認清自己「意淫」的事實。如此，《紅樓夢》一書中的「石上之書」便可謂一個從警幻仙子的角度出發的「治淫」的故事，只不過此淫（意淫）非彼淫（肉淫）罷了。

然而，《風月寶鑑》表面上雖似為治一般的皮膚濫淫，但當道士（能穿越外中內各層次的作者代言人）提醒要看反面時，其意義已被多義化。從作者的角度（也就是大荒敘事）觀之，遺民根本沒有「淫」的問題，故並不需要「治淫」。「治淫」的企圖本身才是問題。故作者是要讀者從所謂「風月」或「淫」的表面問題的反面來看，才能了解這本小說。但若以「假風月」／「淫」為真，便無法抓到本書要旨，徒然在淫的假設中找不到出路，雖生猶死。故本書第二章已提到，這段情節更應讀作是一個關於如何閱讀本書的後設寓言。但其問題的核心仍是遺民與清廷孰真孰假的問題。

遺民對上述警幻關於真假標準的回應，始於甄士隱與賈雨村所展開的敘述邏輯。自甄士隱出家之後，真事便已隱去，所餘便只是「假語存言」。而作者所為便是以此「假語存言」來以假存真。但這不是警幻所諄諄告誡的政治錯誤（明是假，清才真），而是作者精心設計的書寫策略——為了「存真（甄）」而必須「造假（賈）」。賈府是甄府的是影子，但發生在甄府（南明）的事隱隱約約，賈府才是敘述的主軸，目的當然是為了避人耳目！這點從第二回冷子興與賈雨村的對話便一目了然。冷子興提到賈府的衰敗時，賈雨村頗不以為然，謂從外貌看賈府仍然頗為氣派：

> 去歲我到金陵地界，因欲遊覽六朝遺跡，那日進了石頭城，從他老宅門前經過。街東是寧國府，街西是榮國府，二宅相連，竟將大半條街占了。大門前雖冷落無人，隔著圍牆一望，裏面廳殿樓閣，也還都崢嶸軒峻；就是後一帶花園子裏面樹木山石，也還都有蓊蔚洇潤之

氣，那裏像個衰敗之家。

這段話明白的把賈府置於金陵／「石頭城」（南京），可知，南京才是故事發生的所在。之後，賈府便分成了南方的甄府與北方的賈府，故事看似都發生在北邊，但其實就是南方的故事。賈府發生的事在甄府都會先發生，包括寶玉的出生與最後的抄家，故從賈府發生的事便可推知所有的「甄」（真）事，也就是明末清初的真實歷史。而且，所有的明末之重大事件也都在賈府的歷史中，包括大觀園的變化。從第一回英蓮失蹤（李自成亂，中國遭劫）開始，第十一至十二回賈瑞由淫而死（國之將亡但佞臣仍持續淫國），第十三回可卿死（崇禎自縊，明亡），第十三回可卿與鳳姐交接（統治者延續香火，但一代不如一代），第十六回元春選妃（南明抗清），第十七回建立大觀園（建立南方想像），第五十二回真真國（鄭成功），第九十六回元妃薨（大觀園解體；南方希望破滅），第一〇五回抄家（南明亡），第一一二回妙玉遭劫（逃禪志士遭劫），第一一八回寶與釵辯論（清籠絡遺民，遊說出仕）。

故真假在本書是最令作者心痗的一件事。遺民欲真而不能真，只能視真為假，或以假掩真。而在以寫作表達此一內在的衝突及難言的辛酸時，更須以假掩真、以真為假，為應付清的文字獄壓力，而將真事深深的埋藏。因為警幻仙子（清統治者）已昭告天下，新的真已出現，舊的真已淪落為假。故警幻仙子以太虛之夢「警」遺民之「幻」。警幻直指「假作真時真亦假，無為有處有亦無」：明明新朝已成為遺民之日常現實，遺民卻仍執著於一個「幻影」，所為何來？還是早早把「兼美」之舊夢捨棄，回歸新的主流。但寶玉所代表的遺民卻以建立大觀園來表示對明的執著（恭迎元妃）。

二、大觀真情與太虛假義

故大觀園是一切談論真假的核心。

大觀園被精心塑造成對明之國魂仍在的想像或「幻思」（fantasy），因為它是「詩樂園」，也是「情樂園」。本書之前的討論迄本章所獲的結論已相當清楚：《紅樓夢》是以王門後學（情）對抗程朱八股（理）的一本寓言。而「天下第一淫人」寶玉在情方面的執著，則具體呈現了以「男女之情」喻「家國之思」的操作。而大觀園以詩體現情，乃是以「詩樂園」重建故明「失樂園」之舉。質言之，如第五章所言，建立大觀園的目的就是要建立一個能尋回明之國魂可卿（黛釵兼美）的樂園。故本書這個最屬情的部分也是它最政治的部分。

在本書第四章我們已經看到，大觀園是用來駁斥太虛敘事對明的蓋棺論定。太虛敘事指出明從來也不是「兼美」，遺民遂建立大觀園以重獲兼美。那麼，這便意味著遺民是以大觀園之真（至情）來否定太虛之假（大義）。但多半的詮釋皆反其道而行，而視大觀園的建立是為了複製

「太虛幻境」。由於寶玉夢遊太虛時發現太虛裡面的美女與他熟知的女子可逐一對應，甚至與他雲雨的兼美與可卿竟是同一人，故論者多謂寶玉對警幻掌控的太虛念念不忘，而他所建立的大觀更是模仿太虛而得。書中也似有諸多證據可支持這個說法。如第十七回寫寶玉與賈政一行人在園中為各處景致題詠；離了蘅蕪院後，來到正殿附近，忽然見到一座玉石牌坊：

賈政問道：「此處書以何文？」眾人道：「必是『蓬萊仙境』方妙。」賈政搖頭不語。寶玉見了這個所在，心中忽有所動，尋思起來，倒像在那裏見過的一般，卻一時想不起來那年月日的事了。賈政又命他作題，寶玉只顧細思前景，全無心思於此了。

以上描述，配合寶玉事後將此處題作「天仙寶境」，以及劉姥姥直呼此處為「玉皇寶殿」等證據，余英時下了這樣的結論：

「蓬萊仙境」也好，「天仙寶鏡」也好，「玉皇寶殿」也好，作者是一而再，再而三的點醒我們，大觀園不在人間，而在天上；不是現實，而是理想。更準確的說，大觀園就是太虛幻境。[1]

---

1 余英時，〈關於《紅樓夢》的作者和思想問題〉，頁四三。

余英時的這段論證，對某些膠柱鼓瑟，硬要在人間尋找大觀園地點的讀者來說，確有發聾振聵之功。然而，大觀園與太虛幻境雖有極密切關聯，但卻無法逕自以「大觀園就是太虛幻境」來解釋。從遺民情懷小說的框架看來，兩者之間雖然相似，但其相似反而突出了兩者的勢不兩立。

從故事時間上來看，的確是「太虛幻境」在前，大觀園的建立在後。但我們不要忘記，遺民（及作者）是在回憶，而警幻仙子則是在設法迫使遺民修改其記憶，以使之接受清的招安與納編。故時間的先後並不重要，重要的是警幻仙子的動機與寶玉的反應。由此二者可以判斷，警幻仙子是將太虛幻境設計成了一個大觀園（明）的「太虛」之「幻境」，用以曉遺民以「大義」（警寶玉的意淫之幻）。但寶玉之後所為乃是加倍意淫（遁入大觀園）。故對遺民而言，太虛幻境作為一個地方及此地方代表的記憶，當然已經是假，絕對不會有正面意義。但對警幻仙子而言，重要的是經由太虛幻境以凸顯的教訓：幻境之外由滿人統治的現實世界才是真。故警幻仙子建構太虛這個「幻境」，只是為了諭知寶玉「未來」（也是遺民想要在記憶中重建）的大觀園必然如太虛幻境一般的假，因為她宣稱將兼美許配予他目的是：「不過令汝領略此仙閨幻境之風光尚然如此，何況塵境之情景哉」，亦即，黛玉與寶釵已不可能合一。而且警幻仙子為突出清之統治已具正當性，還挾寶玉父祖之天倫大義，以便師出有名：「寧、榮二公之靈，囑吾云：『……幸仙姑偶來，萬望先以情欲聲色等事警其痴頑，或能使彼跳出迷人圈子，然後入於正路』。」

然而，從寶玉的角度而言，大觀既是「大觀」，就是「極實」而絕非「太虛」。不管是「蓬萊仙境」，「天仙寶境」，或「玉皇寶殿」（這個稱呼尤有寓意：此玉之「皇上」所屬的寶殿），都意味著此處既有皇家意味，又屬世外桃源，獨立於清統治之外。相對的，太虛只是一個虛擬的世界，是用來警寶玉之幻的道具。它模仿大觀園以便讓寶玉知其「淫」或執著的無意義；因為清的統治者認為，他對明的想像唯在虛無縹緲之界有之。[2]

三、南邊之情與北邊之清

作者對真假的區別在「南」與「北」的對比上又做了更多的引申。而在此一對比上，孰真孰假就更無疑義。

前幾章的討論就「情」意指「對明之情」已有詳述。細察此書則發覺，諸多蛛絲馬跡顯示，本書不但對「情」有特殊的執著，還有一個與情交織糾結、但並不為論者所注意的政治面向——

2　雖然脂批曾兩度將大觀園與「太虛玄境」連結（「大觀園係玉兄與十二釵之太虛玄境」〔第十六回〕；陳慶浩，《新編石頭記脂硯齋評語輯校》，頁二九四）。「乃歸於胡蘆一夢之太虛玄境」（第十七回，同上，頁三二〇）。但其目的其實不過是指出大觀園的命運必如警幻所言，歸於虛幻。因為脂批與作者一樣，是從後見之明的角度來回顧在南明時期發生的一切。

南方；所謂情其實幾乎可以理解為「南方之情」。賈家源出南京，許多扮演重要角色的親戚也都新近才自南徂北（黛玉、英蓮來自姑蘇〔即蘇州〕，寶釵、史湘雲來自南京，秦鐘來自江南，妙玉來自南邊。文中也不斷提到某人〔如鴛鴦〕「老子娘都在南方」，或某人「也是我們南邊人」），或仍在南方（如甄寶玉），死後也往往要回南埋葬（如賈母、林黛玉、尤二姐、王子騰等）。而且，在大部分提到南方的所在，都把南方描寫成是物質生活更為富裕先進（如第六十七回薛蟠自南帶回的禮物，琳琅滿目、新穎時髦）、更令人尊敬的生活形態（如第九十六回，「照南邊規矩拜了堂」；第九十七回「咱們南邊規矩要拜堂的」；第一〇六回賈母對史侯二家的訪客曰：「咱們都是南邊人，雖在這裏住久了，那些大規矩還是從南方禮兒……」）、更溫和的個性（第八十一回，賈政曰：「前日倒有人和我提起一位先生來，學問人品都是極好的，也是南邊人。但我想南邊先生性情最是和平……」）、更精緻高雅的文化（如第八十七回黛玉讀寶釵贈詩有感，遂和其詩並譜為琴曲，因「在南邊學過幾時，雖是手生，到底一理就熟」）。南方同時也是個常與外國來往的地方，因此，對世界的知識更豐富，眼界也更寬廣（如第十六回：趙嬤嬤與鳳姐對話提到「當初太祖皇帝仿舜巡行，賈府正在姑蘇揚州一帶監造海舫，修理海塘，準備接駕時如何風光世面」，鳳姐也跟進謂「爺爺單管各國進貢朝賀的事，凡有的外國人來，都是我們家養活。粵、閩、滇、浙所有的洋船貨物都是我們家的」；又如第五十二回：寶琴也謂八歲時節與父親「到西海沿子上買洋貨」，而見識到前所未見的洋人寫中國詩的奇聞）。簡而言之，「南方」代表的是一個比北方更為先進、更為可欲的生活形態及文化內涵。

強調「南方」的原因其實不難釐清。首先，當然是因為江南是反清最烈之所在。遺民係出江浙者極多，清代對知識分子的迫害重點也在打擊江浙一帶遺民。[3]更具啟發性的是，「南方」往往與「金陵」緊密連結（即今之南京，別名「石頭城」），本書不斷的提到金陵，原因彷彿是因為賈家本來源出金陵。但如果我們意識到金陵（石頭城）又恰巧是南明——最後抗清力量——的首都（故主角之一為「石頭」亦有深意），我們的思考就必須是反向的：為何要讓賈家（及甄家）原籍南京或金陵？

當我們再進一步發現，金陵在本書中並不都稱金陵，也常用另外兩個令人玩味的名字——南京和應天府（南京八次；應天府三次），事情就更具蹊蹺了。明代金陵之所在被命名為應天府，又稱南京，一方面基於「應天承命」之意，一方面是皇都之所在。新朝定都北京，理所當然廢除金陵另外這兩個名字，而另立新名「江寧府」。除北京之外，唯有後金的國都仍可稱京（即盛京）。然而，在《紅樓夢》中，這兩個幾可謂甘冒大不韙的地名卻交替出現，不能不說是饒有深意。造成這一現象的原因，當不只是作者習慣如此稱呼金陵，而是故意為之以曲折表達弔明之心。[4]

相對的，在書中雖然並沒有在日常語彙中明指北方，但北方的存在仍如影隨形，只不過因為事涉敏感，指涉「北方」的詞彙都相對隱諱許多，但凡出現處都承襲了自宋以來所發展出的「胡人」

3 Wai-yee Li, "Introduction," pp. 5-6.

4 潘重規，《紅樓血淚史》，頁一五八—一五九。

隱喻。如「腥膻」、「北風」、「雪」等，前者如第四十九回吃鹿（麅）肉以「割膻啖腥」喻之，後者如極具反滿隱喻的「蘆雪庵五言排律即景聯句」之詩文開宗明義曰「一夜北風緊，開門雪尚飄」，而且全詩處處隱藏玄機，幾乎是一首對明代淪亡的悲悼詩，而且幾可謂眾人力抗湘雲一人。[5]

對北方最露骨的貶損則在第六十三回一段關於替芳官另取綽號的文字：

> 因又見芳官梳了頭，挽起鬢來，帶了些花翠，忙命她改妝，又命將周圍的短髮剃了去，露出碧青頭皮來，當中分大頂，又說：「冬天必須大貂鼠臥兔兒戴，腳上穿虎頭盤雲五彩小戰靴，或散著褲腿，只用淨襪厚底鑲鞋。」又說：「『芳官』之名不好，竟改了男名才別致。」因又改作「雄奴」。芳官十分稱心，又說：「既如此，你出門也帶我出去。有人問，只說我和茗煙一樣的小廝就是了。」寶玉笑道：「到底人看得出來。」芳官笑道：「我說你是無才的。咱家現有幾家土番，你就說我是個小土番兒。況且人人說我打聯垂好看，你想這話可妙？」寶玉聽了，喜出意外，忙笑道：「這卻很好。我亦常見官員人等，多有跟從外國獻俘之種，圖其不畏風霜，鞍馬便捷。既這等，再起個番名叫作『耶律雄奴』。『雄奴』二音，又與『匈奴』相通，都是犬戎名姓。況且這兩種人，自堯舜時便為中華之患，晉、唐諸朝，深受其害。幸得咱們有福，生在當今之世，大舜之正裔，聖虞之功德仁孝，赫赫格天，同天地日月億兆不朽，所以凡歷朝中跳梁猖獗之小丑，到了如今，竟不用一干一戈，皆天使其拱手俯頭，緣遠來降。我們正該作踐他們，為君父生色。」芳官笑道：「既這樣著，你該去操

習弓馬，學些武藝，挺身出去，拿幾個反叛來，豈不進忠效力了。何必借我們，你鼓唇搖舌的自己開心作戲，卻說是稱功頌德呢！」寶玉笑道：「所以你不明白。如今四海賓服，八方寧靜，千載百載，不用武備。咱們雖一戲一笑，也該稱頌，方不負坐享升平了。」芳官聽了有理，二人自為妥貼甚宜。寶玉便叫她「耶律雄奴」。

5 根據朱則杰研究，清初若直接指稱明與清易觸文網，因此遺民的易代敘事不得不借助於可茲代換的「意象」。如用朱、紅、赤、落花、南京、江南、南方、漢、宋來隱指故明，相對的另以青、邊風、朔雪、燕山、江北、北方、秦、金、胡等來代稱清朝。在《紅樓夢》一書中，指明的意象幾乎都用上了，而指清的意象，也相當齊備。參閱朱則杰，《清詩代表作家研究》下編（濟南：齊魯書社，一九九五）。潘重規在《紅樓血淚史》有專章討論中國文字的「隱藏藝術」，針對《紅樓夢》一書中可能使用隱言曲語的可能性，提供了各種今古的佐證，可為重要的參考（頁三九—五四）。事實上，滿清皇帝對此亦相當敏感。乾隆二十年（一七五五）年的胡中藻案中，針對其詩句「南斗送我南，北斗送我北，南北斗中間，不能一黍闊」、「再泛瀟湘朝北海，細看來歷是如何」及「擲雲揭北斗，怒竅生南風」，乾隆曾御筆親批曰：「兩兩以南北分提，重言反復，意何所指？」（金性堯，《清代筆禍》（北京：紫禁城，二〇一〇），頁一一七—一一八）。乾隆三十二年（一七六七）蔡顯「《閒閒錄》案」，就蔡顯的詩句「風雨從所好，南北杳難分」，乾隆亦指其中的「南」「北」二字乃「暗指滿漢」，「暗喻明清」，故是「誹謗國家」（李鍾琴，《中國文字獄的真相》，頁四六六）。兩人皆因此而斬首。到底是反滿情緒高漲促成了這些「刺清」的詩？還是清廷過於敏感而加諸莫須有的罪名？論者並不低估前者。如金性堯便認為「滿漢的畛域，種族的對立，實為重要原因」。故「不僅胡虜夷狄一類字樣感到刺眼，就是南北並提，或哀宋抑元，也會本能地引起敏感」（金性堯，《清代筆禍》，頁二）。

在這段文字中，作者挑明了契丹（契丹人耶律阿保機為遼之開國始姐，而遼之所在地正是滿興之地）、匈奴、犬戎等北方游牧民族，「自堯舜時便為中華之患，晉、唐諸朝，深受其害」，又反諷「幸得咱們有福，生在當今之世，大舜之正裔，聖虞之功德仁孝，赫赫格天，同天地日月億兆不朽」。且因難得生於盛世四夷歸順，而心生何不「作踐他們，為君父生色？」之想。最後這一句更不覺流露出遺民心底的怨懟，而以一種阿Q的心態鄙夷北人。6

在第八十七回，也有一段饒富深意的關於「南方」與「北方」的對話，把「南」與「北」的政治意涵推到了最高點。這段對話表面上是園中女子在討論桂花，從而論及南北差異。但這段對話其實機鋒轉語，暗含緊張。討論始於空氣中飄過的一陣花香，黛玉率先表達看法：「好像木樨香。」探春隨即笑道：

「林姐姐終不脫南邊人的話，這大九月裏的，那裏還有桂花呢。」黛玉笑道：「原是啊，不然，怎麼不竟說是桂花香，只說似乎像呢。」湘雲道：「三姐姐，你也別說。你可記得『十裡荷花，三秋桂子』？在南邊正是晚桂開的時候了。你只沒有見過罷了，等你明日到南邊去的時候，你自然也就知道了。」探春笑道：「我有什麼事到南邊去？況且這個也是我早知道的，不用你們說嘴。」李紋、李綺只抿著嘴兒笑。黛玉道：「妹妹，這可說不齊。俗語說，『人是地行仙』，今日在這裏，明日就不知在那裏。譬如我，原是南邊人，怎麼到了這裏呢？」

這段插曲非常明顯的呈現了南與北的衝突。黛玉雖然住在北方，但卻被探春譏為未能適應及融入北方。而且當湘雲提醒探春如果她到南方一遊，就能了解黛玉為何有此言論時，探春卻很傲慢的回答曰：「我有什麼事到南邊去？」經過這番言語交鋒之後，黛玉不自覺的將自己獨立自主的過去，與現在寄人籬下、動輒得咎的處境做一比較，從而感嘆身世。特別值得注意的是她將自己的命運比諸亡國的南唐後主，更證明故這段言語交鋒絕非遊戲之舉，而是寓有南北關係緊張的深意：

> 進來坐著，看看已是林鳥歸山，夕陽西墜。因史湘雲說起南邊的話，便想著「父母若在，南邊的景致，春花秋月，水秀山明，二十四橋，六朝遺跡。不少下人服侍，諸事可以任意，言語亦可不避。香車畫舫，紅杏青簾，惟我獨尊。今日寄人籬下，縱有許多照應，自己無處不要留心。不知前生作了什麼罪孽，今生這樣孤淒。真是李後主說的『此間日中，只以眼淚洗面』矣！」

6 本段在程本之前各個版本皆有，唯獨在程本中刪去，正可證明本段的可靠性。程本刪除此段想必是因其內容太敏感。反過來說，若我們在後四十回仍發現有反滿意趣的文字（如本節所引第八十七回之南北緊張的文字），就表示並非高鶚等人所添加，因為以程高本刪本段的事例來看，續書者是絕無可能主動加入任何隱含反滿意味的文字。

在這段情節中的南北緊張雖不能說是直接隱喻滿漢或清明關係，但間接仍可成立，如果我們將探春及黛玉各自理解為南明的統治者及南明的知識分子。黛玉在本書中乃是清末知識分子中最孤臣孽子的代表，也就是南明主要的支持者「東林黨」及繼起的復社。東林黨及復社多出身江南，向來以抗衡朝中腐敗的力量為職志，而為明末清流之骨幹。但這批人在崇禎之前不斷受到閹黨的打壓，到了南明時期又受到阮大鋮與馬士英等人大肆進行報復性的迫害。故在南明時期，東林黨及復社成員想必與黛玉的感覺極為相似，即孤臣孽子雖一腔熱血卻終為朝庭所棄。而打壓南方清流的統治者因與阮大鋮馬士英等人沆瀣一氣終至降清受辱，故在清流（回顧時的）眼中與降滿幾乎是同義詞了。[7]而黛玉在此自比亡國之人李後主也就不令人意外了。[8]

從以上對南北的討論，我們也終於恍然大悟為何寶玉如此孺慕北靜王，因為北方最需要綏靖。為何不直說「北靖」而說「北靜」？這乃是本書一貫「欲張彌蓋、欲語還休」的策略。而北靜王名為「水溶」亦有深意：要讓「冰雪」如水般溶化，不就是要讓北邊的胡亂綏靖？[9]

綜上，如果我們把南方、金陵、南京、應天府、石頭城等可能的寓意加以綜合考量，再對照南北的緊張，就會發現本書的主題應是圍繞著明朝的命運而發展，而故事的背景時間（而非寫作時間）極可能是南明這四十年左右的時間：當時北方已為滿人所占，明廷被迫牽至長江南岸的金陵，但仍企試圖維持國祚於不墜。

南方的極限是什麼地方？也就是說，遺民眼中的「真」的極致在哪裡？《紅樓夢》指出是台灣。我們必須再回到大觀園來說明這個論斷。

四、「水國」台灣的「漢南」情緣

大觀園既是明朝「執爽」的幻思，其興衰便自然反映出南明的命運。而值得注意的是，這段興衰的關鍵點都與「海棠花」有關。在本書中，海棠樹是最常被提到的植物。而且每次海棠樹出現異狀時，就會有大事發生。比如，寶玉與姐妹們組成「海棠詩社」（第三十七回）、晴雯之死

---

7 元春與其他三春都寓意南明的統治階級。探春與黛玉的矛盾乃是南遷後的明廷與復社為主的江南知識分子之間的矛盾。江南知識分子是支持南明的主要力量，但明庭對彼並不重視，甚且重用阮大鋮等人而致這批知識分子遭到更嚴厲的迫害。弘光政權尤其腐敗。弘光皇帝不理朝政，天天在宮裡縱情聲色，而在朝主政者更天真地幻想清兵在消滅李自成後能停止南侵，甚且還派使攜帶大量金銀去酬謝清軍。以上種種狀況與降清已是咫尺之別。參閱顧誠，《南明史》（北京：光明日報出版社，二〇一一），尤其是頁六四—九六。史家（如顧誠）對東林黨及其繼起的復社與阮大鋮等人之間的恩怨雖不盡以黑白二分視之，但南方知識分子在弘光朝受到迫害俱是事實。

8 黛玉不是在此才首次自比李後主。第二十三回聽牡丹亭曲時已提到李後主之句「水流花落春去也，天上人間」。

9 「雪」常被用以比喻滿人或所有北方夷狄，包括紅樓夢中之「薛」姓。關於常用以指涉清朝的詞語，參閱注5。

（第七十七回）、玉之遺失（第九十四回），及元春之薨（第九十五回）等事件發生時，海棠樹都出現異狀。海棠具有如此關鍵的意義，首先當然是因為崇禎上吊死於海棠樹上。[10]此外，依第十七回的說法這花叫「女兒棠」，而且出處是「女兒國」（賈政道：「這叫作『女兒棠』，乃是外國之種。俗傳係出『女兒國』中」），以本書遺民情懷小說的框架觀之，「女兒」不啻「明朝」的代稱。在《紅樓夢》書中，女兒國最後的傳承即在台灣。話說第五十二回寶釵、寶琴及邢岫煙等正在黛玉房中敘家常，寶玉到後發現房中有水仙花，並聽黛玉說是寶琴轉送，另有臘梅送「蕉丫頭」，便建議下一社詠水仙與臘梅。但寶釵卻提議以《易經》為題。寶琴一聽嫌太古板，謂「這一說，可知姐姐不是真心起社了，這分明是難人。若論起來，也強扭得出來，不過顛來倒去弄些《易經》上的話生填，究竟有何趣味！」隨即話鋒一轉，提起八歲時曾遇見一名十五歲真真國少女，披金髮、配倭刀、「通中國的詩書，會講『五經』，能作詩填詞，因此我父親央煩了一位通事官，煩她寫了一張字，就寫的是她作的詩。」眾人一聽大為讚嘆，要求她試舉一例，她便憑記憶背誦出以下這首詩：

昨夜朱樓夢，今宵水國吟。
島雲蒸大海，嵐氣接叢林。
月本無今古，情緣自淺深。
漢南春歷歷，焉得不關心？

這首詩當然不是寶琴或作者隨手胡謅的詩，而是一篇寓意深遠的文本。寶琴在書中地位相當特殊。她是寶釵之妹，聰慧美麗與寶釵匹敵，但在個性上卻與寶釵的八股完全相反。她在書中篇幅不多，卻具關鍵地位。如果我們把本書視為對南明的追懷，這首詩的指涉就會自然浮現。把這首詩歸諸這位外國美女，既是要將讀者的注意力導向真相，復同時導離真相；因為本詩的訊息太過直接，故需出自明顯是杜撰的人物，以將敏感內容施予煙幕。質言之，本詩所言乃是南明最後的希望，也就是固守在雨霧瀰漫、林木蓊鬱的台灣島上的鄭氏政權。[11]

第一句「昨夜朱樓夢」表示對明朝的依戀。此處更捨間接的「紅」字，而直接由明朝皇室之姓「朱」取代。第二句從「昨夜」到「今宵」則說明當前明室仍由「水國」所延續。這個水中之國正是鄭成功在台建立的政權。第三四句描寫島的外貌。第五六句指出，雖然從超越的角度而言歷史非屬個人，故理應客觀超然待之，但歷史對個人的意義卻惟在個人的情感介入時才得感知。第七句提醒讀者抗清勢力仍在「南方」（「漢南」；此詞又再次指向「漢為南、北為虜」的說法）

10「丁未五鼓，上御前殿，手自鳴鐘，集百官，伙一至者。遂散遣內員，手攜王承恩，入內，人皆莫知。上萬歲山之壽皇亭，即煤山之紅閣也。亭新成，先為閱內操特建者。時上逡巡久之，歎曰：『吾待士亦不薄，今日至此群臣何無一人相從？如先朝靖難時，有程濟其人者乎？』已而太息曰：『想此輩不知，故不能遽至耳。』遂自經於亭之海棠樹下。太監王承恩，對面縊死。」計六奇，《明季北略》（北京：中華，一九八四），頁四五四—四五六。

11 就此潘重規已有初步的認知。見《紅樓夢新解》，頁一七三。

方興未艾（「春歷歷」），因此，吾人應有所關注（「焉得不關心」）。換言之，本詩的目的正是告誡眾人不要忘了，「海上仍有唐朝」。而海棠枯死之日，便是明朝徹底覆亡的時刻。

了解此詩後，再回頭看那來自純屬杜撰的「真真國」的金髮女子便能理解她還有另一層的意義：

> 有個真真國的女孩子，才十五歲，那臉面就和那西洋畫上的美人一樣，也披著黃頭髮，打著聯垂，滿頭戴的都是珊瑚、貓兒眼、祖母綠這些寶石，身上穿著金絲織的鎖子甲、洋錦襖袖；帶著倭刀，也是鑲金嵌寶的，實在畫兒上的也沒她好看……

她其實就是作者對台灣的想像：台灣經荷據西據，當然有歐洲的成分，而鄭成功本人又是中日混血，再加上他延續了南明的血脈（女兒國），合於一體就是這個「佩倭刀」的真真國「黃髮女子」了。而「真真國」之名一方面諧「鄭成功之國」（或「鄭成功」+「國姓爺」），同時也與金陵甄家互相呼應，但「真真國」雖遠居漢南海陬，卻比金陵甄家更為真上加真。顯見這最不中國的地方才是最中國的地方。

何以如此？這當然與抗清的熱度與持久有關。甄寶玉與賈寶玉見面時，我們看清了變節者的嘴臉，這樣的真怎麼能與「鄭成功」所領導的抗清大業相比擬呢？

歷來對甄寶玉的討論多無法有深入的見地，主要在於無法釐清他與寶玉的關係。其實甄寶玉確係用以與「賈寶玉」呼應且對照的「真寶玉」，也就是在南方繼續抗清的南明。甄寶玉原先與寶玉個性完全相同，愛女性、喜紅色、憎科舉、反傳統。但當寶玉最終與之相見時，他已變成了一個俗人。然而，值得特別注意的是，甄寶玉的世俗化所指涉的不是南明的腐化，而是滅亡。第一一五回他與寶玉見面時，已全然是變節知識分子的嘴臉。他用以勸誘寶玉的兩段話，正是已被新朝收編者的遊說之辭。甄寶玉在說第一段話前忖道：「既我略知了些道理，怎麼不和他講講？但是初見，尚不知他的心與我同不同，只好緩緩的來。」便說道：

> 弟少時不知分量，自謂尚可琢磨。豈知家遭消索，數年來更比瓦礫猶賤，雖不敢說歷盡甘苦，然世道人情略略的領悟了好些。世兄是錦衣玉食，無不遂心的，必是文章經濟高出人上，所以老伯鍾愛，將為席上之珍。弟所以才說尊名方稱。

見寶玉不為所動，他心想：「他知我少年的性情，所以疑我為假。我索性把話說明，或者與我作個知心朋友，也是好的。」便又說道：

> 世兄高論，固是真切。但弟少時也曾深惡那些舊套陳言，只是一年長似一年，家君致仕在家，懶於酬應，委弟接待。後來見過那些大人先生，盡都是顯親揚名的人；便是著書立說，無非言忠言孝，自有一番立德立言的事業，方不枉生在聖明之時，也不致負了父親師長養育

> 教誨之恩，所以把少時那一派迂想痴情，漸漸的淘汰了些。如今尚欲訪師覓友，教導愚蒙，幸會世兄，定當有以教我。適才所言，並非虛意。

先前曾謂台灣相對於甄寶玉（真寶玉）所代表的南明，乃是比真更真的「真真國」，至此不言而喻。南明最後雖迅速的土崩瓦解，但在台灣的鄭成功卻仍持續頑抗，甚至幾乎收復南京，相對於因腐敗而喪失南京（及整個復明力道）的甄寶玉，鄭氏統治之下的台灣當然更應名為「真真國」了。

五、「保今王」者終究「白雪紅梅」

寶琴的關鍵意義還不只如此。首先由其名可知「寶琴」乃是「保今王」之意（相對於「寶釵」意為「保又金」）。而且她一出現就取得了賈母最大的關注與最多的寵愛，馬上意欲撮合她與寶玉（第五十回）。可見她與寶玉之匹配遠在其他女子身上。黛與釵都有宿疾，而寶琴則幾乎是另一個兼美。

其關鍵的寓意在第五十一回「懷古十首」中更是表露無疑。這十首詩沒頭沒腦，論者對其意義也莫衷一是。但如果透過遺民情懷小說的視角，這十首詩的意義便不但清楚而且連貫，並構成了本書的核心意旨最完整的表達。

赤壁懷古　其一

赤壁沉埋水不流，徒留名姓載空舟。
喧闐一炬悲風冷，無限英魂在內遊。

這首詩向來多被理解成對曹操的同情（因為他也姓曹！）。然而，對照脂批在第一回的批語，卻可獲得相反的結論：

武侯之三分，武穆之二帝，二賢之恨，及今不盡，況今之草芥乎？

岳武穆的典故毫無疑問是針對北方蠻夷虜徽欽二帝之恨，而諸葛武侯的三分之恨則是針對北方僭奪之臣曹操。故《紅樓夢》一書中不可能出現讚美曹操的詩，「英魂」也不可能指「北方」人氏。而赤壁之戰正是北方僭奪者試圖殲滅蜀漢正統，以一統天下的關鍵性戰役。該役的結果是南方的驕傲，故若赤壁沉埋，則勢必象徵著南方的傾頹。本詩才會慨嘆在該役中的南方英雄英魂困頓、徒留名姓。但赤壁為何會沉埋？一炬（即「明」，也是破北方船陣之關鍵）已為悲風所滅。「悲風冷」諧音「北風冷」，而且冷風也應是北風。

交趾懷古　其二

銅鑄金鏞振紀綱，聲傳海外播戎羌。
馬援自是功勞大，鐵笛無煩說子房。

此詩當然是暗寓反滿（胡）之意；明亡之後遺民心中莫不希望能有馬援再世，再次北征南伐，震懾戎羌、重建漢威。

鐘山懷古　其三

名利何曾伴汝身，無端被詔出凡塵。
牽連大抵難休絕，莫怨他人嘲笑頻。

本詩典出南齊孔稚珪〈北山移文〉，原用以諷刺周顒作態隱逸，卻又接受詔書走入官場，結果落得受人嘲笑的下場。故明顯是在諷刺明亡後某些仕人原以隱逸自居，但在籠絡政策出爐後又奉詔出仕的鬧劇。

淮陰懷古　其四

壯士須防惡犬欺，三齊位定蓋棺時。
寄言世俗休輕鄙，一飯之恩死也知。

本詩的典故來自韓信，但也間接表達遺民之志。遺民拒不出仕者時受騷擾甚至迫害，故首先要防惡犬（清之鷹犬；犬羊也常為北方游牧民族之蔑稱）所欺，若一時被欺要堅其百忍。遺民雖未殉死，但其定位在千秋不在一時（「三齊位定蓋棺時」）。而對遺民最重要的是，即使在明朝統治時期未必飛皇騰達（「一飯之恩」），明朝之恩亦不能不報。

廣陵懷古　其五

蟬噪鴉棲轉眼過，隋堤風景近如何。
只緣占得風流號，惹得紛紛口舌多。

本詩典故為隋煬帝在通濟渠竣工後廣植柳樹並乘船南遊。但作者以此寓寫那些蟬噪鴉棲促人附清的言論，有如隋堤風景，因係得之不義（清朝及降官皆然），故儘管一時風光（「只緣占得風流號）」，徒為後人所議（「惹得紛紛口舌多」）。

桃葉渡懷古　其六

衰草閑花映淺池，桃枝桃葉總分離。
六朝梁棟多如許，小照空懸壁上題。

此詩表面描寫祭灶王爺，實乃描寫國亡之後，仕人分成二心（「桃枝桃葉總分離」，如黛與釵）。六朝梁棟句謂中國歷史長久，大臣如過江之鯽，但如今遺民寥落，徒留小照空懸及壁上題字。

青冢懷古　其七

黑水茫茫咽不流，冰弦撥盡曲中愁。
漢家制度誠堪嘆，樗櫟應慚萬古羞。

此詩寫王昭君，反滿寓意更溢於言表。遺民落入胡人統治之絕境，心中不免慨嘆漢家制度既妥善齊備，為何國家被糟蹋至此？原因當然是朝中的樗櫟之流。故此詩寓寫遺民在困頓中回顧亡國之根由。

馬嵬懷古　其八

寂寞脂痕漬汗光，溫柔一旦付東洋。
只因遺得風流跡，此日衣衾尚有香。

本詩典出楊貴妃與唐明皇戀情，詩中人已逝而情猶在（「此日衣衾尚有香」）。但沒有寫出來的是，人之逝肇因於安史之「胡亂」。故此處呼應本書通篇之旨：對明之情因清之介入而被迫終止，但對遺民而言，此情依依無絕時。

蒲東寺懷古　其九

小紅骨賤最身輕，私掖偷攜強撮成。
雖被夫人時吊起，已經勾引彼同行。

本詩寫《西廂記》，但重點放在「小紅」，可知本詩不只寫情之重要，更寫其維繫故明（中華道統）香火的企圖心（此「紅」雖小，但能成大事：「已經勾引彼同行」）。

梅花觀懷古　其十

不在梅邊在柳邊，個中誰拾畫嬋娟。
團圓莫憶春香到，一別西風又一年。

以此詩收尾意在為作者／遺民之希望做一總結。雖云「白雪紅梅」（白雪既落，紅已梅〔沒〕），[12]但柳暗花明或有其他可能（「不在梅邊在柳邊」），因為總會有人再舉明幟（「個中誰拾畫嬋娟」；嬋娟原指柳夢梅拾得杜麗娘自畫像，但嬋娟亦直指「明月」）。當月圓人亦圓（明朝再起之渺茫希望）的那一天來到時，眾人便不復一至春季（崇禎駕崩之季節）便覺莫大創痛（「團圓莫憶春香到」）。然而在期待的過程中，一年已又容易。

由以上分析可知，第一首是總綱，點出明亡現況，接下來七首各寫「期待中興之人、諷刺無恥降臣、遺民堅其不移、僭得終不持久、遺民無奈寥落、漢家制度無罪、胡亂不絕明情等七個主題」。第九與第十正如寶釵所這「史無鑑據」，但這正是這兩首的特別之處。前八首多屬慨嘆，此二首則特別點出未來之策略與原則。以《西廂記》與《牡丹亭》之俗文學為典，目的在於突出作者對（小傳統）的重視：其中對情的解放（中興）乃是遺民的生存策略及持守原則。因此，某種意義上來說，寶琴可謂一閃而逝的明之亡魂，也代表著作者對本書主題迂迴曲折的宣示。也就是說，所有「隱去的真事」盡在此矣。然而，「真事」無法直說、假語仍需敷衍的無奈也充分流露無遺。

六、更高層次的真與假

但清以救亡華夏者自居，復以天命（道統）的擁護者自詡，如此試圖「以假亂真」，是最讓遺民深惡痛絕的事。但清卻直指遺民們「以假作真，以無為有」，其理直氣壯更讓遺民氣結。故遺民信誓旦旦要把真假弄清楚，才會全書通篇以真與假貫穿，但其使用的則是反諷手法：以真諷假，以假護真。然而，明亡的現實卻是無法改變的。最後，遺民必須找到一個心理與實際的另類出路，才能在不仕的狀況下，勉力找到活下去的力量。比如，設法找到比警幻仙子所列的真假標準更高的標準，從那上面去確立更高層次的真與假。這個不同層次的差別在本書第二章已經討論過，也就是小說的後設架構。在這個架構中有三個層次：「大荒敘事」在最外層，中間是「太虛

12「沒」字在南方話中為入聲字，但《紅樓夢》大體上為官話寫成，故「沒」與「梅」可諧音。

敘事」，最內的則是「大觀敘事」。中層批判內層，外層批判中層且開示內層。因此，找到更高的層次，便是要遺民離開原先的「大觀敘事」，以擺脫警幻仙子的「太虛敘事」在真與假上面的糾纏，找到另一個屬「大荒敘事」層次的真與假。

第九章

逃禪與日常

——《紅樓夢》的兩種禪宗

欲尋找更高層次的真與假，必須要有某種思想上的依據。若警幻仙子用的是天命與倫理（見本書第七章），在當時中國社會的情境，還有什麼可為依據來對抗如此嚴峻的壓力？傳統上，在儒家倫理之外的另類出路多半是佛道。在本書中並不例外，但特別的是小說不但以禪為佛道之總稱，而且禪在書中還有其不同於一般的運用方式。[1]

一、佛家思想與紅樓幻夢

本書從書名到細節，從書首至書尾，作者筆下禪機偈語隨處可見，書中主要角色偶爾也談禪說佛，甚至主角寶玉最後似乎也遁入空門。但關鍵是哪種佛學？流派的確認牽涉到對本書關鍵細節的釐清（如寶玉是否出家）及題旨的理解。但另一方面，書中的佛家思想似又與儒家思想時依時違、關係曖昧。最顯著處就是警幻對寶玉的兩次告誡，都似以佛道始而以儒家終（「留意於孔孟之間，委身於經濟之道」及「以情悟道，守理衷情」），而使得欲以佛家思想貫穿本書時困難重重。歷來的論者始終無法提出一個前後連貫的佛學詮釋。[2]究其原委：一因書中有兩種意趣相反的佛家思維，二因又有警幻仙子挪用佛家術語描述遺民對明的效忠之情，以致論者無法以一般小說的單一敘事架構予以整合。

唯一的辦法是以本書第二章提出的「後設小說」（metafiction）架構為之。先前已一再提到，作為一部後設小說，本書有外中內三層架構，每一層各自有一種論述，即偶然說、前緣說及唯情說。中層批駁內層，而外層又批判中層並開示內層。透過此架構觀之就會發現，這兩種佛教思維事實上分屬本書的外層與中層兩個不同的敘事層次，在中層敘事中的佛道思想是超越性或來世傾向的，因此會鼓勵已體會人生無常的主體捨棄世俗之情的羈絆，但在外層敘事中，其佛家思想則屬禪宗，故是今世取向，所提出的解決之道，也與前者剛好相反：主體於頓悟之後不是要出世，反而是要再回到塵世、擁抱日常（雖不擁抱統治者）。[3]

然而，外層敘事與中層敘事並不是一種平行關係，而是外層批駁中層的關係。既然外層敘事

1　必須一提的是心學本身也受禪宗影響極深，從王陽明龍場悟道到王艮的「百姓日用即道」，皆有脈絡可循。

2　《紅樓夢》中的禪宗元素的討論，如圓香將全書視為一個禪宗行者悟道的過程，有過度解讀之可能，請參閱其《紅樓夢與禪》（台北：天華，一九七九）。張畢來則以社會學式的觀點將書中的禪宗元素視為明末禪悅風氣的反映，但並未探討為何作者有此禪宗架構。請參閱張畢來，《紅樓佛影：清初士大夫禪悅之風與《紅樓夢》的關係》（上海：上海文藝，一九七九）。

3　本書並不宜從一般佛家的角度一以貫之。從書首石頭下凡閱歷到書末「返本還原」，都是由僧人道士所貫穿：石頭原是青埂峰下補天所餘的棄石這個事實，唯有此二人知道。石頭墮入凡間，是二人所為。在石上鐫字，也是二人所為。此外，抄書者原先號為「空空道人」，但後來復改名「情僧」。以上佛家與道家思想互為表裡的現象，意味著書中主要的（即外層敘事中的）宗教思想不是一般的佛家思想；而是以道入佛或佛道兼具，故更接近禪宗的特質。下文針對禪宗與道家的關係也會有所著墨。

才是作者真正的意圖，那麼禪宗也才是本書思想真正的寄託之處。而中層敘事的出世佛家思維就只局限於此一層次的邏輯而已。在我們充分掌握警幻所隱喻乃是雍正（第七章）之後，自然洞悉她對佛學語彙的使用只是純粹工具性的挪用而已，充其量不過是個幌子，目的是要藉由佛教的空說，來曉寶玉以大義，以俾他不再執著於對明之情，因「明之兼美」並不存在。但這樣的理解不是對俗世全盤的否認，反而是要藉此讓寶玉回到孔孟經濟的正途上，成為附清的降臣。但寶玉又似乎未接受警幻之勸戒反而懸崖撒手。這是否意味著寶玉雖不接受警幻的目標（入世），但卻誤以警幻的手段（出世）為目標？然而寶玉出家的證據雖看似確鑿，但是他是否真的已出家，卻有待進一步考究作者的態度及故事的發展。

寶玉「出家」是因為大觀園崩解、黛玉殞命。但作者的態度與寶玉並不同調。前文提過，他雖然極端同情寶玉的立場，但他在批判警幻仙子時也同時試圖對寶玉有所開示。作者的立場是「偶然說」的立場，亦即，他本就已勘破「前緣說」的謬誤，不認為易代是因為天命的移轉，但同時也一定程度對遺民與明不可分割的關係（即「唯情說」）有不同於寶玉的新看法。對作者而言，第一一六回寶玉出家棄世未必一定是必要之舉，因為出家並不是禪宗思想必然的終點。（下文會詳說根由）

作者在外層敘事的思維也對最內層敘事（大觀園）的思維有所提點此一事實，揭露了《紅樓夢》的重大訊息。如果小說本於禪宗思維的外層敘事代表著作者的真正態度，那麼寶玉是否「出家」就值得推敲，而是否「出家」也是詮釋本書題旨的關鍵。針對寶玉出家與否筆者在第十章將有詳論。本章將先就書中的禪宗元素加以爬梳。因為對禪宗的正確理解，事關對本書結局的解釋。接下來我們將從回顧明末清初的歷史來了解「禪」在本書中的用法。

二、禪宗勘破與入世人生

禪宗之所以與其他佛家宗派有所不同，在於其本體論的入世取向。禪宗原先亦傳自印度，但其入世取向則是在進入中國後才發生的轉變，在此過程中禪宗逐漸中國化而發展出極異於其他宗派的中國特色。印度禪演化成貼近日常的「中國禪」的原因有三：一方面佛教初入中國為利傳播而大量挪用中國原生思想道家的觀念，另一方面則也受到老莊的實際影響，再加上所謂南方中國的民性對佛教的影響。[4]不過，促成印度禪中國化最根本的因素還是來自老莊玄學的影響。這部分的影響早在六祖慧能「入世即出世，生死即涅槃」之類論述已可見一斑。[5]唐代出現的牛頭禪

4 葛兆光，《禪宗與中國文化》（台北：東華書局，一九八九），頁一〇—一六；顧偉康，《禪宗：文化交融與歷史選擇》（上海：知識，一九九〇），頁三六—四五。

5 董群，《禪宗倫理》（杭州：浙江人民，二〇〇〇），頁六九。慧能「出世即入世」之觀念可見諸《壇經》，如：「法原在世間，於世出世間，勿離世間上，外求出世間」（三六節）。

又更具體的吸收了流行江東一帶的老莊思想與般若學，至慧能之後的石頭宗，更將牛頭禪融入曹溪宗，並在洪洲與石頭門下形成今日眾人所熟知的禪宗面貌：藉呵佛罵祖或棒喝交加讓徒弟自己去領悟。[6]

在這個過程中，禪宗從大乘佛教的「性空」轉為「真常妙有」，也就是從一個本體論上屬超越性格的宗教變成生活即道的體驗宗教。[7]自此，人人皆有佛性，而此佛性更不必經長年修行開發，而可經由「頓悟」當下證成。[8]但在另一方面禪宗也在倫理學上吸納儒學思想（主要是儒家孝與忠之觀念），並發展出所謂「居士修行」，而與現世的關係日益親近。[9]宗教倫理不再超越於世俗倫理之外，而是內存於世俗倫理之中。[10]日常生活的任何細節都成了修行的一部分，而且在此之外，也「不存在純粹的道德修行」。[11]

以此「入世即出世，生死即涅槃」為基礎所發展出來的禪宗思想，最關鍵處便是要先能放棄對二元對立的執著，尤其是「超越性本體」與「日常生活」的對立。因為二元對立乃是以「自我」或「心」為中心所建立，萬事萬物的分殊皆來自於此。[12]放棄二元對立之後所促成的視角改變（change of perspective），[13]能讓主體看穿由語言所形成的僵化世界觀，並了解到人世的偶然性（contingency）。此時，主體便進入了「無心」的境界，並釋放出受到上述僵化而局限的世界觀所綁束的能量。[14]

但釋放的能量並不會自動對主體或他人有益，而須被善用。[15]禪師往往會用「公案」來促成頓悟，同時又要確保徒弟在了解語言的不足之後，不會落入無言之境，或遁入隱逸。[16]他應在空境中看到諸象的可能及相互的糾結。[17]因此，頓悟後的主體必須重新關注日常生活，但又必須視之為沒有其他超越意義的「模擬物」（semblance），而不再執著於彼。重新關注生活的頓悟主體

---

6 印順，《中國禪宗史》（台北：正聞，一九八三），頁三二七—二九；董群，《禪宗倫理》，頁七〇。

7 同前注，頁五五。

8 董群，《禪宗倫理》，頁二三。

9 同前注，頁四一—四三，六九。印順對此有不同看法，認為禪宗在倫理方面已偏離大乘，「從利他轉為利己」（《中國禪宗史》，頁三二九）。但這似乎不是多數學者的看法。

10 董群，《禪宗倫理》，頁六八—六九。

11 同前注，頁七〇。

12 Peter D. Hershock, *Chan Buddhism* (Honolulu: University of Hawai'i Press, 2005), pp. 137, 139.

13 John R. McRae, *Seeing through Zen: Encounter, Transformation, and Genealogy in Chinese Chan Buddhism* (Berkeley, Los Angeles & London: University of California Press, 2003), p. 98.

14 Peter D. Hershock, *Chan Buddhism*, p. 142. 關於「無心」在禪宗中的關鍵意義，可參閱鄧克銘，〈禪宗之「無心」的意義及其理論基礎〉，《漢學研究》二五卷一期（二〇〇七年六月），頁一六一—八八。

15 Ibid., pp. 150-51.

16 Youru Wang, *Linguistic Strategies in Daoist Zhuangzi and Chan Buddhism: The Other Way of Speaking* (London & New York: Routledge Curzon, 2003), pp. 109-10.

17 Ibid., pp. 70, 166; Peter D. Hershock, *Chan Buddhism*, p. 140.

不再認為生活有固著的本質，而是縱浪於大化中，任其起伏。因為除了真實生活的狀況外，沒有其他超越性真理。[18]

從以上的論證看來，《紅樓夢》中的禪語能真正趨近禪境的並不多。如惜春第八十七回的詩云：「大造本無方，云何是應住。既從空中來，應向空中去」，以空為最後的依歸，顯然是出世佛教的境界。真正的禪境則可見諸第二十二回寶玉寶釵黛玉三人談禪的內容。賈寶玉和姐妹們聽了禪曲回怡紅院後，思及「赤條條來去無牽掛」的詩句，不僅大哭起來，更提筆寫了一偈：

你證我證，心證意證。
是無有證，斯可云證。
無可云證，是立足境。

寫後恐別人不解，又作一首〈寄生草〉置在偈後曰：「無我原非你，從他不解伊。肆行無礙憑來去。茫茫著甚悲愁喜？紛紛說甚親疏密？從前碌碌卻因何？到如今，回頭試想真無趣。」隔日，黛玉與寶釵湘雲到寶玉屋裡時，黛玉當著寶玉面又在偈後加了八個字「無立足境，是方乾淨」，至此，眾人都覺得禪境完整，已近乎傳說中的慧能名偈：「菩提本無樹，明鏡亦非臺，本來無一物，何處染塵埃？」寶玉原先的六行較似惜春的詩「空中來亦空中去」，但黛玉所補足之後的偈便不是單純的「空」，而是將空也予以否定的重回塵世之法。

但是，《紅樓夢》這本小說中的禪悟並不是本書最終所呈現的人生境界。面對國難的時候，入世的禪宗與儒家其實只剩一線之隔，甚至交雜相融、難以區分。

三、清初遺民與逃禪策略

我們雖然確認了《紅樓夢》中禪宗思想的主導地位，但細究其呈現卻不免發覺，本書的外層敘事中所顯示的禪宗意趣，雖也體現於主體「因悟道而再次回歸俗世」，但又不盡然是真正禪宗的境界。禪宗的豁達與隨緣在本書中並未得見，反而是其中有相當的悲愴與無奈。這個既禪又不禪的詭譎狀態，唯有從遺民的困境觀之，才能理解。

自唐代開始士人與禪宗的關係日趨密切，到明代時禪宗已成為佛教中的顯學。尤其明代中葉之後「禪悅」之風再起，禪學蔚為流行，禪與士人的日常生活又更為密切，不禪無以佛，甚至儒生們亦不禪無以儒，必須懂點禪學才能與言聖賢。陽明之學自龍場悟道以來便摻禪學於儒學，尤可謂結合儒禪的典範。在此影響下，明中葉後的知識分子似有將儒家與禪宗合而為一的趨勢；彼

18 Ibid., pp. 163, 165, 170; Peter D. Hershock, *Chan Buddhism*, p. 150.

等時儒時佛或以佛為儒的現象相當常見。[19]王門後學的文人如李贄，更是既剃度而又仍自居儒者，其出家的目的乃是欲以「這種極端的方式，重新檢視儒學的內涵」，他所立下的典範並開啟了「逃禪」的傳統。[20]這種傳統甚至可視為一種始於明末、士人面對社會困境的應變方式，到了清初更被遺民大量的採用。[21]

明遺民面對著有史以來最艱困的遺民處境，他們的選擇是：或激烈抗清，或隱遁山林（後者中有相當比例遁入空門），或隱遁與空門合而為一。而抗清與隱遁／空門之間又不時互有轉換，有抗清不成而隱遁山林者，也有隱遁山林後復出抗清者。在有記錄的二千多遺民中，逃禪者竟有三百人，可知當時逃禪的風氣，[22]亦可見當時遁入空門者並非都是四大皆空後完全的棄世，也多不是禪宗的優游自在了無拘礙。其中且有不少身在佛門而不喜僧釋、不誦經持戒，甚至儒言儒行、忽釋忽儒。[23]何以如此，因為宿志未泯、「有托而逃」者不在少數。[24]總體而言，孔定芳歸納了以下四個遺民出家佞佛的原因：避清廷之脅迫（如可逃避追捕）、圖謀再造、逃禪潔己（如可不剃髮、不易服、不履清土），及心靈的補償與慰藉，但也可能同時兼具幾種理由。[25]顯然，出家往往肇因於復明企圖受挫，但入世之心也未必稍減。故可謂相當程度是承襲了晚明以來「逃禪」的傳統，以遁入空門作為一種可謂暫時的「週轉存在」（transitional existence），頗類一般的

19 葛兆光，《禪宗與中國文化》，頁六四—七八。

20 廖肇亨，〈明末清初遺民逃禪之風研究〉（台北：國立臺灣大學中國文學研究所碩士論文，一九九四），頁四五。

21 廖肇亨認為，僧／道與遺民的關係，需從的「逃禪」現象來了解。由於明末李贄已藉逃禪來批評時政，故吾人對清初之逃禪不能以「逃禪必然反滿」一以貫之，但建立於明末的逃禪傳統的確也為明遺民逃禪的政治意味建立了先例。事實上，確有諸多明遺民以「逃禪」來表達或醞釀反滿之意。同前注，特別是頁九—一一八。另可參閱 Wai-yee Li, "Introduction," pp. 10-12；孔定芳，《清初遺民社會》，頁七六—八三。

22 孔定芳，《清初遺民社會》，頁七八。

23 同前注，頁七九。

24 同前注。如黃容的《明遺民錄・錢士升》中論及錢氏逃禪意趣時謂：「公托跡緇流，蕭然世外，視裴丞相之皈佛，王文正之服禪，似別有深意焉」即此意。而明言「有托而逃」者，如曾燦，《六松堂文集》卷一二《石濂上人詩序》：「今石師之為詩，其老于浮屠乎，亦有托而逃焉者耶？觀其刻飲大，狂歌裂眦之日，淋漓下筆，旁若無人，此其志豈小哉？」又如施閏章在《吳舫翁集序》中論及方以智時謂：「夫藥翁非僧也，卒以僧老，其儒言儒行無須臾忘也。舫翁迹溷僧，而儒言儒行未之或改也。二人者其皆有托而逃耶？」（孔定芳，《清初遺民社會》，頁七九—八〇）。由此，也可看出第一一八回寶玉與寶釵關於赤子之心的辯論中，寶釵的言論已是對逃禪（或隱遁）遺民自認「有托而逃」的直接批判。（寶玉點頭笑道：「堯舜不強巢許，武周不強夷齊。」寶釵不等他說完，便道：「你這個話益發不是了。古來若都是巢、許、夷、齊，為什麼如今人又把堯、舜、周、孔稱為聖賢呢？況且你自比夷齊，更不成話，伯夷、叔齊原是生在商末世，有許多難處之事，所以才**有托而逃**。當此聖世，咱們世受國恩，祖父錦衣玉食，況你自有生以來，自去世的老太太，以及老爺、太太視如珍寶。你方才所說，自己想一想，是與不是？」（強調為筆者所加）。

25 同前注，頁八一—八三。

隱遁。在隱遁／空門期間，遺民可能暫不有所行動，但也可能暗中或公然繼續抗清大業。[26]總之，無論是隱遁、出家，遺民所面對的都是滿清統治的現實，所據以生存的都是一種「另類」的圖存之道。[27]

但清廷對這種策略不但並非不知，甚且還主動鼓勵遺擄明臣出家以保全性命。原因是，清廷反可藉此監控遺民。故乍看逃禪有時為清廷所容忍，其實是清廷主動設下的牢籠，而未能盡從僧道者受到壓制或懲戒者亦頗有所聞。[28]因此，逃禪也不是一個容易的出路。

妙玉的命運便是某些「逃禪」遺民的寫照。妙玉「僧不僧，俗不俗」（第六十三回岫煙語），雖自謂「檻外之人」，但時入檻內，終至凡心偶動坐禪時走火入魔且為盜匪所擄，所寓寫正是「逃禪」遺民隱遁方外，但心在社稷，終至為清廷「匪徒」所乘所殘。第八十七回惜春聞此事件之後的評論可謂一針見血：「惜春聽了，默然無語，因想：『妙玉雖然潔淨，**畢竟塵緣未斷**』」（強調為筆者所加）。在此，塵緣當指對抗清之無法忘懷，並非對妙玉境界不足的貶語。

四、精神逃禪與迴轉空間

然而，逃禪並不只是如上述一般身體上的逃禪，作為本書的主要思想脈絡，禪宗也代表一種精神上的逃禪：也就是，在失去以朝代效忠為本的人生超越意義之後，再回到生活日用尋找精神上的「週轉空間」。本書外層架構所賴的「偶然說」就是奠基在精神逃禪的思維上。這種策略表面上看起來非常「禪宗」，但如前述，實際上可能更近儒家。比如，第二十二回黛玉在寶玉的六行偈後補那兩行之前，就提問寶玉：「寶玉，我問你：至貴者是『寶』，至堅者是『玉』。爾有何貴？爾有何堅？」黛玉對寶玉的這句詰問，乍看似在談兒女私情，但其實充滿了遺民的玄機。黛玉其實在問寶玉，能否堅此遺民之志，維護玉的命運？黛玉與寶釵作為遺民心中的兩種反向的聲音，後者極力慫恿遺民歸順新朝，前者則堅持遺民務必抗拒。因此這首偈就成了更具歷史文化影射意義的詩文了。當八句擺在一起時，雖然頗有禪宗的無拘無礙，但從另一個角度觀之，最後達於「無立足境，是方乾淨」的境界時，卻反可看出遺民堅拒仕清、有托而逃的意向。一如第一一八回寶玉與寶釵辯論時所強調，「跳出這般塵網」才是「赤子之心」的真正內涵。

第九十一回寶黛談禪時，更是把遺民的關懷交織在禪語之中：

---

26 前者如呂留良，後者如方以智、屈大均。另可參閱 Wai-yee Li, "Introducion," pp. 10-12。

27 在武裝抵抗無以為繼之後，遺民面對的是另一個更難應付的局面，那就是清室對遺民出仕的召喚，這時候堅辭者雖仍有之，但決志不仕者卻絕少，以空門為藉口者尤少。參見李瑄，《明遺民群體心態與文學思想研究》，頁四一〇—一二，四二〇—二七。

28 廖肇亨，〈明末清初遺民逃禪之風研究〉，頁七一—八一。

只見寶玉把眉一皺，把腳一跺道：「我想這個人生他做什麼！天地間沒有了我，倒也乾淨！」黛玉道：「原是有了我，便有了人，有了人，便有無數的煩惱生出來，恐怖，顛倒，夢想，更有許多纏礙。——才剛我說的都是頑話，你不過是看見姨媽沒精打彩，如何便疑到寶姐姐身上去？姨媽過來原為他的官司事情心緒不寧，哪裏還來應酬你？都是你自己心上胡思亂想，鑽入魔道裏去了。」寶玉豁然開朗，笑道：「很是，很是。你的性靈比我竟強遠了，怨不得前年我生氣的時候，你和我說過幾句禪語，我實在對不上來。我雖丈六金身，還借你一莖所化。」黛玉乘此機會說道：「我便問你一句話，你如何回答？」寶玉盤著腿，合著手，閉著眼，噓著嘴道：「講來。」黛玉道：「寶姐姐和你好你怎麼樣？寶姐姐不和你好你怎麼樣？寶姐姐前兒和你好，如今不和你好你怎麼樣？今兒和你好，後來不和你好你怎麼樣？你和他好他偏不和你好你怎麼樣？你不和他好他偏要和你好你怎麼樣？」寶玉呆了半晌，忽然大笑道：「任憑弱水三千，我只取一瓢飲。」黛玉道：「瓢之漂水奈何？」寶玉道：「非瓢漂水，水自流，瓢自漂耳！」黛玉道：「水止珠沉，奈何？」寶玉道：「禪心已作沾泥絮，莫向春風舞鷓鴣。」黛玉道：「禪門第一戒是不打誑語的。」寶玉道：「有如三寶。」黛玉低頭不語。

黛玉追問寶玉與寶釵的關係時，關心的是遺民是否會變節附清，因為對遺民而言，清籠絡政策對遺民的糾纏恐怕是遺民最無法承受的，也就是清為了讓「金」與「玉」匹配，而針對「傳國玉璽」上的八個字「勿失勿忘，仙壽恆昌」所編出來另外八個字「不離不棄，芳齡永繼」。尤其「不離不棄」道盡了「你不和他好他偏要和你好你怎麼樣」的精髓。但即使在寶玉立誓「任憑弱水三千，我只取一瓢飲」後，黛玉仍然擔心而追問萬一遺民身不由己又該如何？（「瓢之漂水奈何？」）寶玉的回答頗為漂亮；他的意思是，我遺民雖身在清朝的統治下，但我是我，清是清，兩不相干（「非瓢漂水，水自流，瓢自漂耳」）。此時，黛玉的追問卻沒頭沒腦變成「水止珠沉，奈何？」表面上看起來「珠」的聯想是「絳珠草」，但絳珠草最初的隱喻就是「紅色的朱明」，故這看來最接近公案模式的提問，卻也是最政治的提問。黛玉問的是：當一切關於朝代轉換的紛擾都塵埃落定的時候，也就是「朱」被遺忘（「水止珠沉」）的時候，又當如何？寶玉的回答是他的心將隨「朱」沉而沒入春泥，絕不會隨經濟仕途的籠絡政策起舞（「禪心已作沾泥絮，莫向春風舞鷓鴣」）。

再對照顧炎武——他曾再三強調自己的「遺民」身分——的一首詩，上述這段偈語的遺民內涵會更為清楚：

> 萬事有不平，爾何空自苦？長將一寸身，銜木到終古。**我願平東海，身沉心不改**。大海無平期，我心無絕時。嗚呼！君不見西山銜木眾鳥多，鵲來燕去自成窠！（《亭林詩集》卷一《精衛》〔強調為筆者所加〕）

「我願平東海，身沉心不改。大海無平期，我心無絕時」這四句，幾乎是「水止珠沉，奈何？」與「禪心已作沾泥絮，莫向春風舞鷓鴣」這一問一答的翻版。而顧炎武所慨嘆的「君不見西山銜木眾鳥多，鵲來燕去自成窠」，則又是「莫向春風舞鷓鴣」的反面。

然而是寶玉（大觀敘事）的態度與作者（大荒敘事）的態度畢竟不同。前者近乎出世，後者則近乎「逃禪」。以「禪心已作沾泥絮，莫向春風舞鷓鴣」來描寫雖也無誤，但其實禪心仍有所期待，亦即「大海無平期，我心無絕時」這兩句所暗示。這是種什麼樣的期待呢？我們必須先確認在《紅樓夢》中「回到生活日用」，並非達到所謂「見山又是山，見水又是水」的境界，而是先前提到的心靈的逃禪；遺民挪用禪境只是企圖在心靈上找到「迴轉空間」，以圖再起。

因此，「禪」在本書中的角色，基本上可以「逃禪」概括之，但其內涵包括行動上及心理上兩種「逃禪」。前者是明末清初遺民面對歷史現實的行動策略，可以是以逃世為終極目標，也可能只是暫時逃避滿洲統治而圖謀再起的策略。後者則也從隱遁入手，但反而更深入思考清的現實，且期待恢復的壯志亦未稍減，只是深埋。前者容或可以儒家喻之，後者則顯然與儒家密切結合。

故《紅樓夢》中遺民體會無常之後再回到現實時的精神狀態，並不能完全以禪宗悟道後的境界來詮釋，而更像拉岡所描述的、獲得「真正主體」之後的精神狀態。禪宗悟道的過程與拉岡的主體完成的程序本來就有諸多若合符節之處，尤其是就應對虛無與重尋意義而言。而《紅樓夢》所關注的主要議題——明亡於滿的空前災難——則提供了一個重大創傷的語境，使禪宗架構的運用「非典型化」（未如一般禪宗所隱喻的自在無礙），以作為明末遺民命運的隱喻。因此，拉岡的主體理論恰可更進一步說明，本書內含的「非典型」禪宗架構，其所進行的主體重建（re-aligning the subject）促成了何種新的遺民主體。

五、遺民主體最後的依託

如果《紅樓夢》是經由回憶對遺民的治療，那麼遺民主體最後獲得了何種救贖？拉岡精神分析對此的看法主要在於如何掙脫「大義物」（the Other）的宰制，但又能維持在「象徵」內基本的運作能力。於是主體必須經過兩道手續：「親證幻思」（go through the fantasy）及「認同病徵」（identify with the symptom）。「親證幻思」意指在經歷各種幻思後從「基本的幻思」（fundamental fantasy）中徹底覺悟，並透過此艱難的程序讓主體經歷「主體匱乏」（subjective destitution），也就是讓主體不再受到任何封閉意義系統所形成的幻思所宰制。但「真實」並非主體可以勾留之處，故更重要的是在「親證幻思」之後，我們還要能「認同病徵」，並「學習與真實共存」。[29]因為所謂「病徵」是「一組殊異的……表意構造（a particular ... signifying formation）」，它原本來

29 Mark Bracher, "How analysis cures according to Lacan," *The Subject of Lacan: A Lacanian Reader for Psychologists*, in ed. Kareen Ror Malone and Stephen R. Friedlander (Albany: State University of New York Press, 2000), pp. 196-97.

自那無以名之的情感糾結（即拉岡所謂的「執爽」），但到了治療的最後，反而成了主體唯一的支撐：不但讓主體得以形塑他與「執爽」的基本的、內建的關係，並能賦予主體「最低程度的一致性」（a minimum of consistency）。[30] 簡單講，病徵原是主體要治療的標的，最後卻成了主體最終的依歸。當主體認同了病徵，他便完成了他的精神分析治療，或是在非精神分析語境下的類似狀況。至此主體與「執爽」之間的拔河也暫時告一段落，並再次回到了象徵，既不再被「執爽」誘惑，也借助「認同病徵」，而能以一種不再受制於大義物的方式生存於象徵之中。

拉岡在其後期所提出的「認同病徵」的程序，對病徵賦予了一個新的名字——「㚇統」（the sinthome）。這個改變不只是名稱上的調整，而且促成了對主體性的整體再思考，並對「認同病徵」（嚴格講應稱為「認同㚇統」）的程序有了更清楚的說明。[31]

「㚇統」與「病徵」法文發音雖完全相同，指涉也仍是「病徵」，但拉岡經此對病徵卻有了全新的理解：從早期的「具編碼訊息的符徵」（signifier with coded message）到此時的「被執爽所瀰漫的符徵」（signifier penetrated with jouissance），兩者已有天壤之別。[32] 質言之，原先拉岡循佛洛伊德的看法，認為病徵必須被詮釋，病人才能完成治療，但到了晚期拉岡的㚇統階段，病徵卻變成了主體唯一的依憑。主要原因在於，拉岡晚期較著重於處理「執爽」的問題；由於「驅力」（drive）並無法被滿足，故主體最終反而應設法與多餘的「執爽」共存。由於病徵正是「真實的顯示」，[33] 也就是執爽所顯現之所在，[34] 故與執爽共存就必須認同㚇統。而這是拉岡從喬依斯的作品，尤其晚期的《芬尼根守靈夜》（此後簡稱《守靈》），得到的靈感。他以喬氏在此作品中處理執爽過強時的方式為主要參照，並引申而用諸四海。

拉岡以「叁統」的發明修改了他所謂構成主體的三個布羅米亞環（Borromean rings），並以之重新定義主體性。一般而言，「想像」（the Imaginary）、「象徵」（the Symbolic）、「真實」（the Real）這三個構成主體性的領域（在此各以一個環表示）是藉由「父之暗喻」（paternal metaphor）或「父之名」連結在一起。[35]但當父之名失靈（如「創傷」的衝擊而導致「真實」的影響過強）

---

30 Slavoj Žižek, *The Sublime Object of Ideology*, p. 81.

31 Sinthome是法文symptôme的舊式拼法。但可有其他含意：如聖・湯瑪斯・阿奎那（Saint Thomas Aquina）、聖人（Saint Homme）或「合成人」（synth-homme）等，可以更充分的說明其豐富多元但又殊途同歸的意涵。譯為「叁統」即取其能「重新統合三個界域」的功能（Slavoj Žižek, *The Sublime Object of Ideology*, p. 81; Jacques Aubert, "Avant-propos" in ed. Jacques Aubert, *Joyce avec Lacan* [Paris: Navarin Ediceur, 1987], p. 15）。

32 Slavoj Žižek, *Looking Awry*, pp. 128-29.

33 Robert Harari, *How James Joyce Made His Name: A Reading of the Final Lacan*. Trans. Luke Thurston (New York: Other Press, 2002), P. 69.

34 Dominiek Hoens and Ed Pluth, "The Sinthome: A New Way of Writing an Old Problem?" in ed. Luke Thurston, *Re-Inventing the Symptom: Essays on the Final Lacan* (New York: Other Press, 2002), p. 6.

35 Bruce Fink, *Fundamentals of Psychoanalytic Technique: A Lacanian Approach for Practitioner* (New York & London: W. W. Norton, 2007), p. 262.

的時候，主體就面臨了一個危險的局面：這三個環環相扣、構成主體的三環結構可能會因此而瓦解。這時便需要第四個環來將這三個環重新連結以拯救主體。這第四個環就是「⿱癶三統」。[36]

拉岡指出喬氏的作品中「父親」自始都是個無法履行「父之名」功能的角色。這種狀況遂造成了喬氏人格中「父之暗喻」失調的狀況，並導致構成主體的布羅米亞三環結構之崩解，故喬氏必須另謀出路，以確保主體仍能運作。而喬氏的做法即是經由將書寫與執爽的結合，自創父之名之外的意義，[37]也就是以喬氏自己透過其「⿱癶三統寫作」而博得之「名」取代父之名。故⿱癶三統提供了喬氏一個新的象徵系統（也就是他自己的祕語系統），以取代原先失靈的系統，以便能在徹悟舊系統之無意義之後，獲得繼續在「象徵」中運作的可能性。[38]

喬伊斯的特殊之處在於：能將此非宗教性的「靈光一閃」的剎那（the epiphanic moment）（即與真實相遇的剎那）[39]經書寫（也就是他作為作者對「真實」的獨特命名）化為「⿱癶三統」。[40]也就是經由將「執爽」繫結於「書寫」（writing）以為「執爽」找到安頓之法。[41]但「⿱癶三統」的特別，不但在於書寫，更在於經由書寫「有所創發」（invent something）。[42]也就是說，「⿱癶三統」不但能「收束執爽」（bind jouissance），[43]而且能不斷製造新的意義，以使意義變得開放。[44]由於「⿱癶三統」本身雖是一個「無意義的符號，一個謎」，卻可以「產生意義」，[45]故可謂「意義中的意義」（meaning of meaning）。[46]

然而，由於「⿱癶三統」既要保持沉默、又會不斷製造意義的弔詭性質，[47]使得它這種「對意義的享受」（enjoyment in meaning/ joui-sens）[48]會把以傳遞訊息為目的的「符徵」（signifier）變成以凸顯文字「物性質」（materiality）的「文元」（the letter）。[49]經由變病徵為圣統，喬伊斯「將文元如垃圾到處亂撒」，[50]也就是讓書寫持續以乍看意義不清的「謎」的方式出現，以獲得「個

---

36 Robert Harari, *How James Joyce Made His Name,* pp. 61-63.

37 Ibid, pp. 27-28.

38 Lorenzo Chiesa, "Lacan-le-sinthome: A Review of *Re-inventing the Symptom: Essays on the Final Lacan*. ed. Luke Thurston" *(Re)-turn: A Journal of Lacanian Studies*. Vol. 2 (Spring 2005), pp. 161-62.

39 Robert Harari, *How James Joyce Made His Name,* pp. 69-70.

40 Lorenzo Chiesa, "Lacan-le-sinthome," pp. 161-62.

41 Russell Grigg, *Lacan, Language and Philosophy* (Albany, NY: State University of New York Press, 2008), p. 23.

42 Robert Harari, *How James Joyce Made His Name,* p. 70.

43 Slavoj Žižek, *The Sublime Object of Ideology*, p. 81.

44 Dominiek Hoens and Ed Pluth, "The Sinthome," p. 12.

45 Ibid, p. 11.

46 Ibid, p. 12.

47 Ibid, p. 11.

48 Ibid, p. 10.

49 Russell Grigg, *Lacan, Language and Philosophy*, p. 23.

50 Jacques Lacan, "Lituraterre," *Litterature* , Vol 3 (1971), p. 3.

人化的象徵」（individualized Symbolic）[51]或「殊異性」（singularity），[52]也就是上文提到的「一個純粹個人的祕語系統」，以讓學界「在幾世紀後仍為他到底所指為何而擾嚷不休。」[53]

拉岡晚期朝向「真實」的轉向，尤其是「⿱癶王統」這個關鍵概念的提出，對《紅樓夢》的研究在兩個層次上尤有啟發。一方面，因為拉岡此觀念來自喬伊斯的《守靈》，此書遂成為「⿱癶王統」的第一個範例，從而促成了一個新的文學觀念，而這個觀念適可供對《紅樓夢》有更深刻的理解。另一方面，「⿱癶王統」的觀念也可以更進一步將本書遺民主體最後的政治選擇，予以更鮮活而巧妙的呈現。

上文提到過，拉岡認為對喬伊斯而言，面臨主體性受到威脅的精神病狀況，文學的「⿱癶王統」可透過將「執爽」結繫於文字（文元）之上，而將主體重新凝聚。亦即，「⿱癶王統」可以藉由其「物質性」來處理「徹底的無常性」（radical contingency）。然而，《守靈》是一種相當極端的處理無常性的方法：該書藉由製造一種「在文字中的純粹『執爽』」（pure jouissance in the letter）來面對無常，[54]亦即，經由在書中產製無數謎團的結謎過程，重構處於危機中的主體。

以上述的描述來看，筆者認為《紅樓夢》可謂一個中國古典文學中獨一無二的文學「⿱癶王統」。《紅樓夢》本身也是一個「滿布『執爽』的表意構造」（signifying formation permeated with enjoyment），寫作目的也是為了處理歷史創傷所造成的「徹底的無常性」。雖說《紅樓夢》比起《守靈》在表面上較容易接近，但實際上為了躲避文網，《紅樓夢》一如《守靈》建立了一個全然「個人化的秘語系統」，這個系統也是一個由各種謎語、影射詩、雙關語、諧音名、索隱人與物等所組成的龐大謎團。也如《守靈》一般，歷來這個謎團讓無數學者與民間人士著迷不已並一再試圖解謎。與《守靈》更重要的相似是，《紅樓夢》以其文學叄統的「文元」特質，在「欲張彌蓋，欲語還休」之間，不但讓解謎的成果有限，甚至反而製造了更多的「意義」，甚至謎團。除了少數幾個謎語被認為反映了書中女性的性格或前定的命運之外，組成這個豐富文字寶庫的謎語，多數迄未獲適恰的處理，更遑論藉此將小說重新界定為一個國族寓言。事實上，若說《紅樓夢》是中國文學史上迄今最大的謎團，也不為過。而筆者寫作本書的目的即在進行初步的解謎。

另外一方面，先前已提到，作為「叄統」的《紅樓夢》書中還有另一層對「叄統」的認同，也就是關於遺民主體最後之政治選擇的隱喻。《紅樓夢》對此選擇的呈現也以「認同叄統」的方式呈現，而且其處理之巧妙甚至逃過了多數讀者的耳目，不能不說是作者的匠心獨運。這裡所指便是主角賈寶玉最後的歸宿。寶玉也經歷了類似拉岡「親證幻思」及「認同病徵／叄統」這兩道程序，只不過第二道程序是以一種非常曲折的方式表達。在這道程序中，寶玉認同了一個頗為另類的角色，並讓小說獲致了一個令人意想不到的結論。這或是「叄統」理論對《紅樓夢》更大的

---

51 Lorenzo Chiesa, "Lacan-le-sinthome," p. 161.

52 Robert Harari, *How James Joyce Made His Name*, p. 30.

53 Richard Ellmann, *James Joyce* (Oxford: Oxford University Press, 1982), p. 521.

54 J. A. Miller, "Préface," in ed. Jacques Aubert, *Joyce avec Lacan* (Paris: Navarin Ediceur, 1987), p. 11.

貢獻。至於這個「叁統」到底是誰？寶玉如何認同之？這一部分將會在本書第十一章詳論。

六、「現代創傷」與中國現代性

拉岡的「親證幻思」的程序，極似禪宗主體參透二元對立而進入了「無心」境界的程序。而「認同病徵／叁統」則類似禪宗重新肯定日常生活的這個程序。不過，第二個階段兩者在情調上的差異——拉岡主體的緊張調性與禪宗主體的放鬆氣質——也見證了這二者的差別。但正如先前提到的，禪宗架構在本書中隱喻的意味大於宗教或思想的彰顯；也就是說，在《紅樓夢》中禪宗的頓悟虛寂與回歸日常所指涉的乃是遺民主體的轉變，而非宗教的證成，故拉岡主體的緊張氣質反而更能說明遺民主體的變動軌跡。

寶玉（遺民）在認同叁統前（或以禪回到塵世之前），確是經過了一番大悲大慟，也就是明的崩解。是這個「創傷」促成了寶玉對生命意義及主體本質的思考，以及最後的頓悟。

但這個創傷始料未及的結果之一是，從這個破裂待補的「普遍之天」的裂縫中冒出了中國第一個拉岡所謂的「現代主體」（modern subject）。紀傑克參照黑格爾的說法，將「現代主體」視為「普遍性本質的一個破洞」（a hole in the universal substance），[55] 質言之，所謂「現代主體」之所以「現代」，是因為他能看透一切以「具普遍性」自居的論述皆建構於「武斷性」與「人為性」

之上。[56]這個主體因此一方面可能深深陷入虛無之黑夜中踟躕喪志，但另一方面也可能因拘礙盡釋而大徹大悟，原因在於這個「普遍性本質的一個破洞」會促成「兩頭落空」（redoubled renunciation或die Versagung）的狀況。

「兩頭落空」意指在從舊秩序到新秩序的轉捩點上，主體面對了兩個選擇：堅持對他個人才有意義的舊秩序，或擁抱漸成普遍狀況的新秩序。他傾向於維護舊秩序，但此舉卻會讓他犧牲對他有特殊意義的「存在核心」（kernel of being），也就是他的最愛。然而，一般而言，「現代主體」會選擇犧牲自己原本寧願犧牲一切也要保有的「存在核心」來維護舊的秩序（反之就不會成為「現代主體」），因為所維護的舊秩序是「大業」（the Cause）；大業能維護，個人的幸福方能

---

55 Slavoj Žižek, *Tarrying with the Negative: Kant, Hegel, and the Critique of Ideology* (Durham:Duke University Press, 1993), p. 33.

56 所謂「破洞」指的是某種「失敗」（failure）——這是一種始於笛卡兒（René Descartes），經黑格爾、馬克思以迄拉岡，前所未有的構思主體的方式（Slavoj Žižek, *Interrogating the Real* [London: Continuum, 2006], pp. 14-15）。「現代主體」的理論認為，人變成「真正的主體」是因為從象徵世界跌入了以「死之驅力」（death drive）構成的「真實」領域（Ibid, pp. 35-36）。以這種「絕對不確定」（absolute uncertainty）（Ibid, p. 71）所定義的「現代主體」的核心，乃是一個全然「無意義的空洞」（purely nonsensical void）（Slavoj Žižek, *Tarrying with the Negative*, p. 40）。

被確保。[57]但因為大業已是明日黃花時不我予，在這種情況下私情與大業更不可兼得，故最後他必會因為放棄私情以維護大業而致兩頭落空，終至被拋入一無依憑的「真實」之黑夜中。[58]

這正是寶玉的故事。為了維持明朝仍然不墜的幻思，他必須犧牲他「存在的核心」，也就是他對黛玉（她象徵堅持理想的知識分子立場）的愛。在大觀園內寶玉不表達或甚至「犧牲」對黛玉的愛，意指他不相信園內還有其他雜音（尤其是如寶釵或湘雲與清的意識形態附和的聲音）。故而寶玉會以大觀園這個可以泛愛每個少女的「情的世界」，來維繫明之整體性（totality）仍然完好如初的想像，以等待南明中興。但問題是，如前述，犧牲他的最愛（即不積極尋求與黛的婚姻），反而讓年長的已婚女性聯合起來安排他與寶釵的婚事，並摧毀這個樂園（即驅散南明有如大觀園般理想化的想像／幻思）。而且，事實上寶玉與來自金陵的甄寶玉期待許久的會面已透露出，他所擁戴的這個「普遍性大業」（universal Cause）已變成了「一個虛有其表的贗品」（a parody/semblance of the "original"），一個「膚淺無能的表面，一個面具，徒然用以遮蓋貪瀆與腐敗的新勢力」。[59]從史實可知，南明朝庭確是充滿腐敗與內鬥，而使得抗清大業無以為繼。但事實上，在滿人入關前，明朝的治理亦無高明之處。

由於遺民主體明顯與拉岡精神分析定義下的「現代主體」極為類似，理論上這個主體與出現於晚明、以情為根基的中國現代性，應有可連結之處。遺民主體在大徹大悟之後，應能朝更具普遍性的方向發展。然而，在國難創傷的衝擊下，遺民這個「現代主體」遂在更深入發展普遍性論述或擴大響應國族論述之間，搖擺不定。中國現代性基於「重情論」，本具普遍性，但在國族之天開始破裂（明末國家情勢風雨飄搖）所形成的壓力下，遭到了「家國化」，男女之情遂成為家國之思的寓言（見本書第二章）。不過，遺民在復國大業勢不可為之後經過一番沉澱與反思，一度曾再次將之「普遍化」。可惜，異族的高壓統治未能讓此普遍化的精神持續。關於遺民論述從國族悲情走向普遍關懷的趨向，在本書十一章會詳論。[60]

七、禪宗與儒家一衣帶水

經過上述探討之後，值得一問的是，《紅樓夢》的作者是否因採取了禪宗的哲學而找到讓遺民更能自適的生存策略？以精神分析的理論來看，《紅樓夢》的遺民主體事實上是陷入了絕境之

57 Slavoj Žižek, *The Indivisible Remainder: An Essay on Schelling and Related Matters* (London & New York: Verso, 1996), p. 117.
58 Ibid, p. 121.
59 Ibid, p. 117.
60 論者如鄭家健指出滿清入關造成了明清易代之際的啟蒙思想家如黃宗羲、顧炎武等人的思想「國族化」（《中國現代文學的起源語境》（上海：上海三聯，二〇〇二），頁六六—八五）。但這種說法忽略了清初遺民論述中曾一度出現的「普遍化」傾向。詳見本書第十一章。

中，不過這個絕境卻也是提供大智慧的先決條件，而回到人間生存所賴的新人生觀便是繫於這大智慧的取得。故從這個角度而言，《紅樓夢》的禪宗思想其實是介於禪宗與儒家之間；一方面，這顯然與陽明心學，尤其是王門後學的禪宗元素有密切關係；也就是先前提到的，王陽明心學以迄王門後學之脈絡本就是禪宗化的儒學。但另一方面，禪宗對作者而言與其說是心靈的依歸，不如說是精神的策略。

清之天命論述（前緣說）的最大敵人不是遺民對故明之情的堅持，而是經由化身禪宗以潛回人世的實踐。寶玉所秉乃前者，而作者則取後者。前者目標明顯，氣勢悲壯，但到了清初諸帝時，其勢已竭，故只能作為內心的鼓舞，而無法發為實際的作為。因此，反而是後者得以成為實踐的策略。

至於這種精神的策略與清的籠絡政策進行了什麼樣的一種周旋？結果如何？我們會在本書下一章詳論。

第十章

覺迷與致命

——《紅樓夢》的兩種誘惑

本書上一章所提到《紅樓夢》作者（或遺民）係以「禪宗」為一種心理策略而非實質修為，但此策略也非唾手可得，而是必須經過一番寒徹骨才能修得拉岡式禪果。在遺民得道的路上有兩重障礙，一重是遺民的懷明之情無法捨棄，另一重是警幻仙子以清之大義威迫利誘。故小說的主軸可謂作者（藉由「石頭」）與警幻仙子同時對寶玉（遺民）進行互相衝突的遊說。這個遊說過程體現的正是遺民在清初面對新朝局面底定時的內心掙扎。

本章主要探討的就是中層「太虛敘事」及外層「大荒敘事」對擁抱「大觀敘事」的寶玉所進行的遊說／爭奪（包括在相關的「木石前盟」與「金玉良緣」之間的選擇，及甄寶玉與賈寶玉之分途等）。換言之，就是作者以玉為中心，針對「天命歸屬」展開的更深一層的論辯，以及針對「天命」與「倫理」的約制所進行的掙脫與超越。

一、誘惑赴死的祕密命運

由本書前幾章（尤其是第二章與第四章）的論證可知，中層「太虛敘事」及外層「大荒敘事」對寶玉的爭奪，便是對歷史詮釋權的爭奪；其核心議題乃是：清是否擁有天命？漢人知識分子（遺民）是否應對清的效忠？作者透過《紅樓夢》的寫作，以寶玉作為遺民象徵對此做出定奪。但由於政治現實的關係（尤其是康雍乾大肆實施文字獄），關於寶玉最終的覺悟，作者必須採用一種極為複雜而隱晦的方式表達，以迴避官方的耳目。但若以布希亞（Jean Baudrillard）的「誘惑」（seduction）理論，我們仍可抽絲剝繭，理清二者如何爭奪寶玉的認同或誘發其覺悟。藉由本書第二章提到的後設小說的架構，作者從《紅樓夢》的兩個層次設計了兩種同時對寶玉發出且互為拮抗的「誘惑」，而寶玉則是在這兩種「誘惑」的爭鬥中，獲致了最終的覺悟，也就是認同作者的立場。

「誘惑」理論來自當代理論家布希亞。布希亞認為當代商品的氾濫已到了一種失控的「遮真」（obscene）地步，以致「真實」（real）（此處指日常真實，而非拉岡理論中洶湧的能量世界）不復可尋、「超真實」（hyperreal）四處蔓延的現象。所謂「超真實」指的是複本（copy）多到無法確知原件（original）到底是什麼或到底存在與否的現象。[1]在物件獲得最終勝利（triumph of the object）的同時，人的主體性也不斷物化。布希亞在早期的作品《物件的系統》（*Le systeme des objets*, 1968）、《消費社會》（*La société de consommation*, 1970）、《符號政治經濟學批判》（*Pour une critique de l'économie politique du signe*, 1972）、《生產之鏡》（*Le miroir de la production*, 1973）等書中，對此有非常馬克思主義式的批判。但從一九七九年的《論誘惑》（*De la seduction*）一書起，布希亞開始逆向思考提出「誘惑」的觀念，到一九八三年出版的《致命策略》（*Les Strategies fatales*）時，「誘惑」的理論已近乎完成。這本書一改早先出自馬克思主義的態度，轉

1 Jean Baudrillard, *Simulacra and simulation*, trans. Sheila Glaser (Ann Arbor: University of Michigan Press, 1994), p. 1.

而將計就計把物件翻轉為革命的源頭。布希亞認為，畢竟「主體性」（subjectivity）本就是西方社會臣屬於布爾喬亞意識形態的徵狀，故主體物化的現象若能將之極端化（radicalized），則可經由布爾喬亞主體性的徹底摧毀而獲得另一種新的生命。故「致命的策略」（fatal strategies）也就是接受物件誘惑的策略。

布希亞將誘惑比喻成相對於鏡子的「水晶」（crystal），其目的是要以水晶的多面呈現讓主體無法再獲得鏡像對主體的「完美」呈現，從而失去舊有的主體性，並歧入其他的可能性。[2]故真正的誘惑必是「致命的」（fatal），在布氏的用法中，該字同時具有其在法文中的雙重意義：「致其死命」及「關乎命運」。因為「誘惑」在定義上就是要以暴露主體的祕密命運（secret destiny），來促成舊有主體的隱喻性死亡（metaphorical death）。如此，則中文仍可以「致命」一詞翻譯fatal，以同時傳遞「致其死命」及「致贈新命」之意。此處的死亡，指的是布爾喬亞主體或「啟蒙主體」（Enlightenment subject）的象徵性死亡，而非身體的死亡。當誘惑對主體現身時，主體總是既被吸引，又感到恐懼，因為誘惑的致命性，來自於誘惑者（the seducer）為被誘惑者（the seduced）帶來的祕密命運。由於祕密命運指向別處的另一個生命／生活，它必然危及此時此地的生命，因此，被誘惑者最初一定會自誘惑逃離。誘惑若要能完成（或曰「公案要了結」），主體必須與誘惑再度相逢。當這一刻來到時，主體明確獲知了自己的祕密命運；並了解到他一直以來都在誘惑物的「跟監」（shadowing）之下，而且他過去的生命自此也將由「監看者」所掌有的祕密命運取代。然而所謂「祕密命運」只是一種比喻，其實就是「徹底新生」的別名。主體對於與當前之生活完全不同的「徹底新生」不免恐懼，而彷彿有一種一切已被命定一般的龐大壓力。[3]

布希亞的誘惑理論乍看似是無中生有的一套邏輯，但其實與拉岡有極多類似之處。誘惑與拉岡「小異物」異曲同功，監看者及其所掌有的主體的祕密命運對主體所造成的壓力，則呼應拉岡理論中小異物所指向的大義物（即現有之價值體系）之內在空缺（constitutive lack）及因此而將造成大義物之「致命」崩解的命運。所不同者，布希亞之理論較能說明主體被小異物／誘惑衝擊主體促成「致命」之過程。也就是說，主體如何在受到創傷後開始面對「誘惑」，進而與之周旋，最後並徹底棄舊命迎新命的過程。

換言之，誘惑與覺悟二者實乃一體的兩面：誘惑致命之日，也就是覺悟及新生來到之時。然而，並非所有的誘惑都是致命的。有些所謂誘惑徒具誘惑之表象（或稱「冷誘惑」〔cold seduction〕），但其實並不徹底，也就是「不致命」，因此，最終仍會把主體重新安置於一個現有成規所設定、但細節僅略有不同的位置上。[4]事實上，《紅樓夢》之張力所在正是真與假兩種誘惑對寶玉的爭奪。真正的誘惑才能讓寶玉（遺民）大徹大悟。

---

2 Jean Baudrillard, *Fatal Strategies*, trans. Philip Beitchman and W. G. J. Brooklyn (N.Y.: Semiotexte; London: Pluto, 1990), pp. 113-15.

3 Ibid, pp. 128-44; Jean Baudrillard, *Seduction*, trans. Brian Singer (Basingstoke, Hampshire: Macmillan, 1990), pp. 72-78.

4 Jean Baudrillard, *Seduction*, pp. 157-78.

二、飛升太虛或回歸大荒

小說中對寶玉的兩種誘惑各來自敘事的兩個層次，彼此激烈競爭但又常無法區分。來自中層「太虛敘事」的誘惑，將諸豔（明遺民）之命運歸諸「前緣」（predestination），與《大義覺迷錄》的意識形態相互呼應。來自外層「大荒敘事」的誘惑，則是將諸豔（明遺民）之命運歸諸「偶然」（chance），代表作者抗拒警幻／覺迷之召喚（interpellation）的企圖。雖然在兩種論述中，情（對明的依戀與執著）都需要做某種調整，但由於兩種起源論對這段歷史的詮釋不同，故企圖要寶玉獲至的「覺悟」（disenchantment）遂大相逕庭。

然而，本書中誘惑的競爭關係比我們想像的還要複雜，因為，對寶玉的兩個誘惑都是要用以取代「大觀敘事」。先前已提到，「大觀敘事」是寶玉面對清之籠絡時的本能反應，也就是在回憶中將明已滅亡的事實加以掩蓋的國族幻思。而「太虛敘事」與「大荒敘事」都指出「大觀敘事」已不足為繼，但太虛敘事理直氣壯（因為認定天命已改），而大荒敘事則充滿哀戚並提出另類指引。

在中層「太虛敘事」中，情被追溯到太虛幻境的源頭，經此揭露一切情之所繫（遺民效忠的明代）不過是幻覺（亦即，一段有始也有必然有終的天命授予的過程），人生真正的意義乃是潛心向學求取功名以服務桑梓；統治者只要是握有天命，是誰並不重要。但「大觀敘事」則重履南明覆滅前的歷史，並拒絕接受已無力回天的事實。而在外層「大荒敘事」中，「情的對象」——遺民所效忠的明室——雖也被認為無常而不可信靠，但人生最終的真義已不在於另起幻思，而在於放下幻思，故絕不會是警幻所建議、藉由「求取功名，服務桑梓」以納編於新的國族幻思或大義物，而是回到「大荒山青埂峰下」的現實，另謀出路。後者雖然同情大觀敘事，但二者究竟已有區別：寶玉所代表乃是南明清初的遺民之心，而作者代表的則是寫作當下、清之統治已確立時刻的遺民之心。故寶玉的「大觀敘事」體現的「唯情說」是面對清初籠絡政策時的「反誘惑」，而外層「大荒敘事」所呈現的「偶然說」則是作者寫作當下，面對在《大義覺迷錄》中達到高潮之清初籠絡政策（即「前緣說」）時所提出的、超出國族論述的「另類誘惑」。

換言之，作者回顧這段歷史時，寶玉的大觀敘事（復明想像）已是明日黃花，因此，小說主要的論述（誘惑）競爭，就非易代之初遺民與清初籠絡政策之間的拉鋸，而是雍正之後的遺民與以《大義覺迷錄》為高潮的籠絡政策之間的拉鋸，也就是中層「太虛敘事」與外層「大荒敘事」之間的拉鋸。但此二者的拉鋸卻因為前述大觀敘事（寶玉）與大荒敘事（作者）的糾結而產生強烈的故事性與悲劇感。因為，本書的主要部分其實都在重述南明之抗清與滅亡（即南明抗清帶來的微弱希望，及其滅亡所帶來的徹底絕望）。因為有南明的步向衰亡，才有滿洲統治者不斷的召喚（interpellation），也才有大荒敘事最後所採取的反擊策略。

然而，《紅樓夢》所回歸處，卻似乎無法給予主體任何精神上的慰藉；因為前文已提到，該地乃是石頭無力補天之地，也就是由滿人統治、意義已經荒蕪的現實世界。如此，則回到「大荒山青埂峰下」應如何理解？

三、保守的夢與激進的玉

我們必須先了解「誘惑」在本書中的兩種不同模態（modality）。首先是來自太虛的誘惑。太虛幻境所為就是發出訊息，讓寶玉意識到園中諸豔的淒涼命運都已完整的寫錄在太虛的卷冊之中，所以他應該斬斷對彼情感上的執著，轉而發憤於經書、致力於仕途。警幻的這些訊息透過兩個夢來告知寶玉，一在第五回，另一在第一一六回（也就是倒數第五回）。在第一個夢中，未經人事的寶玉漫遊太虛，並且看到了諸豔命運的卷冊。但當時他似無法了解這些暗示命運的詩句，因此醒後只記得他與警幻之妹「兼美」（兼有釵與黛之美）的雲雨之戲，但這其實也是警幻主要目的之一：要藉此讓寶玉進入「成人世界」。不過，寶玉雖立即把這一套在襲人身上搬用了一遍，但此後卻未再有意於此，反而更執迷於「情的世界／女性世界」。在第二個夢裡，寶玉再次被送往太虛，但如今他已歷經不少人世，終於似乎對一切了然於心，從而「大徹大悟」。

這兩個夢呈現出若干特質，使得太虛的企圖看似是個非常完整的「誘惑」。首先，太虛一直在監看寶玉且又掌有他在「別處」的「祕密命運」。而他被太虛所吸引的原因不但是因為那幾乎是個大觀園翻版的女性世界，而且更有兼具釵黛之美貌似秦可卿的警幻之妹「兼美」。但另一方面，這兩次的太虛之旅都讓寶玉被鬼怪所嚇醒。因為誘惑的目的是要被誘惑者意識到一切的根柢乃是「虛空」（void），故一旦接受誘惑，必導致今日之我的「致命」。前文已提到，警幻的目的是要提醒寶玉，以情為本的人生（效忠明朝）畢竟「無常」，但她並無意讓寶玉「對整體人生」都產生幻滅，而是要他回歸程朱道統，只不過此處的「回歸」在根本處意味著向新朝輸誠。因而，一如布希亞所謂的誘惑，太虛之旅的印象既吸引寶玉又威脅寶玉；太虛幻境有如複製的大觀園，更有「兼美」，但最終等著他的卻是「深有萬丈」的黑水迷津。但誘惑之為誘惑本就是要有第一次因誤解而逃離，須至第二次再度遭遇時才會因了解這是不可逃避的命運而了結公案。[5] 果然，寶玉第一次在太虛時最後因害怕而逃離；直到一一六回與太虛的誘惑再次相遇，他才了結了公案，完成自己的「命運」：他在此時此地（大觀園）的生命就此結束，並前往他處另啟新生。由以上這些特質看來，寶玉似是接受了警幻的提點。然而，根據「太虛敘事」（即石上之書《石頭記》）的結尾判斷，他又似乎完全沒有接受「專心向學以經世濟民」的建議，而很可能是離開了俗世，出家為僧。

一如「太虛敘事」經由夢將寶玉攜往「太虛幻境」，以警寶玉之幻，「大荒敘事」也試圖以各種訊息提醒寶玉：一切都源自一個空無（void），也就是那個位在「別處」的「大荒山青埂峰下」。「大荒敘事」的誘惑或訊息傳遞者，則是那顆寶玉生而啣之、每日佩帶的玉；玉的存在可

5 Jean Baudrillard, *Fatal Strategies*, pp. 186-88.

謂也日日「監看」著他，且不斷對他發出訊息，提示他在「別處」有他的祕密命運。也一如太虛一般，這塊玉讓寶玉又愛又恨，因為它既對他有正面意義，也對他構成難言的威脅。就正面意義而言，玉是他的命根子。有兩個事件證明了玉是寶玉生存的核心：一是，玉若蒙塵則寶玉也命在旦夕。[6]但更重要的是暗喻層面的意義：玉的前身「石頭」乃是補天棄石，所喻其實是殘存的「中華道統」或「華魂」。玉緊隨著神瑛侍者（曾服侍玉的遺民）乃暗指遺民日夜以道統為念，不能稍有離棄。一旦離棄遺民便失了心性，不復為寶玉（保玉者）。

但玉同時也是遺民無法承受之重。因為清的籠絡政策正是以新的道統維護與傳遞者自居。換句話說，玉隨時可以變成向新朝歸順的理由。這時候玉儼然成了用以提醒他作為一個社會化男性的責任，以及他與身邊少女之不同（這就是為什麼寶玉必須時時提醒自己，儒家道統與程朱杜撰的不同）。而寶玉與寶釵之間可能的姻緣更是坐實了這種想像。寶釵與黛玉雖係大觀園內唯一在才智與美貌上能匹敵者，在性情上兩者卻南轅北轍；後者堅持理想，前者則順應現實。作為政治隱喻，黛玉象徵的是拒絕被新朝收編的立場，而寶釵則代表以儒家經世濟民之藉口接受滿洲收編的立場。寶玉與寶釵之姻緣顯示在寶釵之金鎖與寶玉之佩玉上鐫字之間絕妙的呼應：不但玉上的鐫字「莫失莫忘、仙壽恆昌」與金鎖上的鐫字「不離不棄、芳齡永繼」可謂絕配，而金與玉更形成所謂「金玉良緣」之暗示。

基於以上原因，寶玉才會對玉有極強的矛盾情感：既本能的了解它的道統意義及對自己作為遺民的中樞性，又無法忍受它隨時可能變成歸順新朝的說項者（也就是依附主流〔conformist〕

意涵）。這也說明了為什麼寶玉在第三回初遇黛玉時，聽說黛玉「沒有玉」，就把自己的玉死命往地下摔。如果黛玉象徵的是拒絕被新朝收編的立場，寶玉有玉就不對了。嗣後在第二十九回，當黛玉暗示他與寶釵可能有一段注定的姻緣之時，他又一次摔玉表態。總之，他選擇不接受玉可能所傳遞的誘惑便是因為，玉所象徵的乃是最終意義的荒蕪；他只要佩著玉，他就會娶寶釵而失去黛玉，當然也失去大觀園。

四、困頓於木石與金玉之間

不過，寶玉對石頭／大荒之誘惑的反應遠強過對太虛之誘惑，這已足以讓我們意識到前者可能才是真的誘惑。但如上文已提到，有趣的是，如果石頭是真誘惑，它的訊息卻讓寶玉覺得是極

6 首先是第二十五回寶玉與鳳姐遭趙姨娘使人作法而病倒後不久，適有一位和尚與一位道士路過，道士把玉拭淨，並對之念了一段咒語，便治好了二人。第二次是寶玉失玉的同時也失去了聰慧，直到一位和尚前來還玉後，才又恢復了原先的慧黠。（故通靈寶玉「莫失莫忘，仙壽永昌」的表面意義經此可證。）玉的中樞意義在第九十四回寶玉失玉之後更明確為讀者所確認：失去玉便失去了生存的可能；無怪乎，失玉的同時也發生了已婚婦人們為寶玉商定寶與釵二人的婚事，並隨即導致黛玉之心碎與死亡。

端保守的，因為它是透過「通靈寶玉」來傳達訊息；反而是太虛的訊息雖也保守（警幻仙子要寶玉「將謹勤有用的功夫，置身於經濟之道」），但因經過近乎出世佛家的途徑（事實上是假佛家），相形之下卻未如石頭（玉）那麼保守（其實「將謹勤有用的功夫，置身於經濟之道」，與玉預示寶玉將與寶釵婚配是一樣的意思）。然而，事實上玉的訊息不論在表面或在骨子裡卻是徹底激進的。

前文已提到，表面上玉讓寶玉畏懼的原因是其「文化」意義。除了玉所帶來的文化／儒家／妥協／從眾（conformist）的一般性聯想之外，最能凸顯玉的負面意義的，當然是寶玉的玉與寶釵的金鎖匹配這件事。此事首先點出了寶玉存在處境——亦即，在「金玉良緣」與「木石前盟」間的選擇，或更簡單的說，在釵與黛之間的選擇——的困難或「不可能」。這個選擇看似「自由選擇」（free choice），其實是一個拉岡式的「被迫選擇」（"forced choice"）；也就是看似有兩種選擇，其實只有一種。[7]因為，在書中這個知識分子的政治選擇是寄寓於「成長」或「成為（有用的）男人」的隱喻中。如果少年要成長為「男人」就必須成婚，他就只會被允許娶世故的寶釵。或說即使娶了黛玉也等於娶寶釵，因為任何女人婚後都會被男人污染，而變成寶釵（即由自然之木石，變為文化之金玉）。

寶玉之所以獨鍾「木石前盟」是因為神瑛侍者與絳珠草的前緣。但從政治隱喻的角度觀之，絳珠草意指「有紅色淚珠之草」，而赤瑕宮神瑛侍者則由「赤瑕」二字可知是與紅色相關的一塊「有所缺憾」的玉石（即遺民），兩者的姻緣當然離不了遺民對明的情感。而神瑛侍者將三生石上這棵即將凋萎的絳珠草予以灌溉回春，明顯便是明遺民在明末企圖回天或補天的努力。故黛玉與寶玉所私訂的奇緣，乃是神瑛侍者對絳珠仙草的灌溉之緣。在滿人入關後此紅色（絳珠）之情一度被迫乾枯凋萎，但在明庭於南方續立政權之後，希望又燃而重獲灌溉。從新統治者的角度而言，天下歸警幻（清）之後，知識分子理應滌盡對明之情感，但仍有神瑛侍者（遺民）執迷不悟，故警幻仙子才諭令下凡了結公案以「斬斷塵緣」（第一一七回），即故國之思。斬斷之方式就是透過還淚，讓寶玉（神瑛侍者）看清，一切前緣皆有盡時，而今日的現實（滿洲已統治中國）才是知識分子應獻身之所在。

「木石前盟」與「金玉良緣」二者事實上亦有頗為清楚的索隱寓意。木石前緣與「朱」字有關（「朱」字據《說文解字》意為「赤心木」），此處正說明了石頭（國璽）與木（明）的關係。而金玉良緣則明顯與「金」（清國號原為「後金」）有關，暗指清對國璽的爭取。而遺民（寶玉）的選擇則藉由〈終身誤〉中關鍵文句表明：「都道是金玉良緣，俺只念木石前盟。」[8]

---

7 Slavoj Žižek, *The Sublime Object of Ideology*, pp. 165-67; Jacques Lacan, *The Four Fundamental Concepts of Psycho-analysis*, trans. Alan Sheridan (New York: W. W. Norton, 1978), p. 212.

8《元後傳》敘述王莽篡漢之後，向孝元皇太后逼索傳國玉璽，皇太后大怒，對王莽猛摔玉璽，玉璽缺角而由王莽補之以金，由此敘事更可推論，「後金」在此是被比諸篡國僭奪之奸人（逗紅軒，《石頭印紅樓之傳國玉璽傳》，頁九—一七；潘重規，《紅樓夢新解》，頁一五五—六五；《紅樓血淚史》，頁一六五—七八）。也難怪寶玉會獨鍾「木石前盟」。

然而，玉若以本書第四章所論理解為「傳國玉璽」，通靈寶玉與金鎖之關係就非命定，而是金鎖的持有人（或製造者，即太虛／清室）刻意欲與「傳國玉璽」匹配，而以鑴字來附會兩者的命定關係，並進一步「鎖住」兩者的關係。這也就是雍正所代表的太虛敘事（君臣之義重於華夷之辨，及所有其他以繼承中華道統為體現的籠絡政策）（引文見本書第七章）的企圖。故「金玉良緣」的可能性並非「玉」的原罪，而是因為「後金」奪得天下後，所塑造出的新形勢。然而，玉的真正意義又不只是「傳國玉璽」所具的「國族意義」（一姓，漢族）；最終而言，「國族意義」也需被看透，而回到石頭所來自的根源處：大荒山青埂峰下。

簡單講，玉雖然乍看是遊說附清的幫凶，但那是假象；只要不被清所強加的籠絡內涵（「不離不棄，芳齡永繼」的金鎖）所惑，玉就不會是清之幫兇。寶玉（遺民）原先的想法應是，如果他下凡後發現玉（關於道統的詮釋）已遭到污染（變成了歸順新朝的理由）馴至受到「金玉良緣」的脅迫，那麼還原為「神瑛侍者」後便可重回他所疼惜的「木石前盟」。但「失玉」後（也就是自以為擺脫了玉的新意義之後）和尚帶它重遊太虛所得出的認知卻是，「木石前盟」已經不存在（絳珠仙子／黛玉並不搭理他）（第一一六回）。這看來雖是太虛所提供的結論，但也是事實。因為，神瑛侍者與絳珠仙草的關係，已被太虛藉由驅使彼等下凡而予以終結（如前述，下凡之目的乃是「還淚」以了結公案）。故當和尚要寶玉「還玉」時，才是他真正了解玉之訊息的時候：玉的誘惑不僅要他頓悟情之虛幻（也就是對明的國族幻思），因為這只是玉／作者第一階段的目的，同時也是太虛第一階段的目的。更重要的還是第二階段的目的：對警幻而言，是讓寶玉

（遺民）走向經濟仕途，而對作者而言，則是讓寶玉重返石頭在「大荒山青埂峰下」的存在狀態。但所謂「重返」並非回到最初的狀態，而是回到遺民曾試圖逃避的、清已確立其統治之現實，雖然對遺民而言，明亡之際與清之統治都是大荒。

五、拋棄富貴路，重回傷心地

然而，兩種誘惑「成功」的時候竟似在同一個場合。在第一一六回，一名和尚來到賈府還玉，寶玉登時墜入昏迷，同時靈魂則出竅隨和尚重遊太虛，並再次翻閱相關的命運的卷冊。此時，上述兩種誘惑似已合而為一。但事實上，兩者中只有一個是真正的誘惑；惟彼能「致命的」改變寶玉的主體及生命。而且，這兩個誘惑雖然在此曾有相遇，卻並未合而為一。不過，寶玉原先倒是並不知有這兩種誘惑有所不同。直到重遊太虛之後回到人世與來要銀子的和尚相談時，寶玉才體悟到太虛敘事與大荒敘事的誘惑有別，且兩者間甚且互為拮抗。第一一七回兩人一見面寶玉便與和尚展開以下問答：

「……弟子請問師父，可是從『太虛幻境』而來？」那和尚道：「什麼『幻境』，不過是來處來，去處去罷了！我是送還你的玉來的。我且問你，那玉是從那裏來的？」寶玉一時對答不來。那僧笑道：「你自己的來路還不知，便來問我！」

由此可知，和尚（與道士）的目的並非為太虛代言（「什麼『幻境』？」），而向來都是作者用以穿越後設小說不同層次的使者。此處他是在提醒寶玉之原始出處（「我且問你，那玉是從那裏來的？」）。其後小廝偷聽寶玉與和尚談話之後，回覆詢問時答曰：「我們只聽見說什麼『大荒山』，什麼『青埂峰』，又說什麼『太虛境斬斷塵緣』這些話。」我們要注意的是寶玉在重遊太虛時，確曾聽聞尤三姐揮劍曰：「一劍斬斷你的塵緣」，但完全沒有人言及「大荒山」及「青埂峰」，後二者是和尚在這段談話中才提到的。換言之，在此處，兩種誘惑見出了分曉。正因為和尚與道士貫穿了外中內三層敘事，而使得他們能看清外與中這兩個層次的差異。雖然在第一一六回和尚也說：「你見了冊子，還不解麼？世上的情緣，都是那些魔障」，但對塵緣或情緣（即對一姓的效忠）的解悟其實是兩種誘惑所共有，兩者的差別在於太虛敘事是主動為之，而大荒敘事是被動為之，更重要的當然是如何回應此一了悟。太虛誘惑的最終目的是希望讓寶玉對情（明）幻滅而投效新朝，而玉（和尚）的最終目的則是要他在幻滅之後回到幻滅之初的傷心地——大荒山的青埂峰下——再試圖以「非效忠新朝」的方式重回人生。

回到青埂峰下才是真正的「還玉」，即把玉還原成頑石，也就是接受了「大荒敘事」的誘惑所提供的祕密命運。寶玉雖因太虛而看透紅塵（即對情／明的執著），卻並未接受「天命已革」的「太虛敘事」（即《大義覺迷錄》論述）；在獲得外層「大荒敘事」的奧援之後，他在石上之書《石頭記》結束前就掌握了對付「太虛敘事」的策略，也為自己在人生找到了新的可能性。簡單講，寶玉是以「出家」為掩護回到了青埂峰下。換言之，也就是以一種另類的態度（即類似禪宗的態度，實則更似拉岡「成為真正主體」的方式——認同叄統）重新肯定塵世（參閱本書第九章）。然而，如前述，寶玉並未對情完全失望；回到大荒山青埂峰下，並不是回到朝代之情幻滅之後的虛無，而是回到了一種不同於「朝代之情」的庶民／天下之情。這種不同於警幻所期待的另類結論意指：他雖不能拒絕成長，但也不願以一般的方式成長為「男人」（即拉岡說的進入「象徵體系」或「大義物」〔Other〕，亦即接受《大義覺迷錄》的召喚），因此，解決之道便是「還玉」，即把玉還原成石。如此，他就不是回到道統的意義尚未被清廷污染之前的狀態，而是更激進的回歸不受一姓所限的中華道統。因此，回到青埂峰下卻又弔詭的是回到人世，這就是為什麼第一一七回王夫人問寶玉方才與他談話的和尚住哪兒時，他笑答：「這個地方說遠就遠，說近就近。」

六、遺民的末世與順民的聖世

另一方面，來自太虛的誘惑看似激進，實則其可供選擇的兩極只是同一個選擇的兩面：對警幻而言，接受情之虛幻理論上應導至勤讀經書以獻身桑梓的結論。換言之，對程朱八股的屈從是以出世佛家的面貌出現。這個看來是激進佛家的誘惑（即情緣即空）其實是為協助知識分子回歸程朱（八股）／回歸主流／合理化失節。因此，本書中所論的兩種誘惑對寶玉／遺民的差別在於：太虛誘惑以出世佛家面貌出現，應該較為容易；而以禪宗面貌出現的石頭之誘惑，則因並不離開滿人所統治的塵世，又不附和新朝，則相對困難。之前已提到，雖然到了關鍵時刻，寶玉必會捨釵而就黛，但他並非不受寶釵吸引。也就是說，作為一個知識分子，「將謹勤有用的功夫，置身於經濟之道」並非沒有其吸引力；畢竟這是傳統知識分子夢寐以求的事（第一一五回：釵：「做了一個男人，原該要立身揚名的，誰像你一味的柔情私意」），而且事實上也是多數知識分子在易代時的選擇。第一一八回寶玉與寶釵關於出仕或隱逸的辯論，更說明了這種選擇的困難：

卻說寶玉送了王夫人去後，正拿著《秋水》一篇在那裏細玩。寶釵從裏間走出，見他看得得意忘言，便走過來一看，見是這個，心裏著實煩悶。細想：「他只顧把這些出世離群的話當作一件正經事，終究不妥。」看他這種光景，料勸不過來，便坐在寶玉旁邊，怔怔的坐著。寶玉見她這般，便道：「你這又是為什麼？」寶釵道：「我想你我既為夫婦，你便是我終身的倚靠，卻不在情欲之私。論起榮華富貴，原不過是過眼煙雲，但自古聖賢以人品根柢為重……」寶玉也沒聽完，把那書本擱在旁邊，微微的笑道：「據你說人品根柢，又是什麼古聖賢，你可知古聖賢說過『不失其赤子之心』。那赤子有什麼好處？不過是無知、無識、無貪、無忌。我們生來已陷溺在貪、嗔、痴、愛中，猶如污泥一般，怎麼能跳出這般塵網？

如今才曉得『聚散浮生』四字，古人說了，不曾提醒一個。既要講到人品根柢，誰是到那太初一步地位的？」寶釵道：「你既說『赤子之心』，古聖賢原以忠孝為赤子之心，並不是遁世離群、無關無係為赤子之心。堯、舜、禹、湯、周、孔時刻以救民濟世為心，所謂赤子之心，原不過是『不忍』二字。若你方才所說的，忍於拋棄天倫，還成什麼道理？」寶玉點頭笑道：「堯舜不強巢許，武周不強夷齊。」寶釵不等他說完，便道：「你這個話益發不是了。古來若都是巢、許、夷、齊，為什麼如今人又把堯、舜、周、孔稱為聖賢呢？況且你自比夷齊，更不成話，伯夷、叔齊原是生在商末世，有許多難處之事，所以才有托而逃。當此聖世，咱們世受國恩，祖父錦衣玉食，況你自有生以來，自去世的老太太，以及老爺、太太視如珍寶。你方才所說，自己想一想，是與不是？」寶玉聽了，也不答言，只有仰頭微笑。

此處討論的焦點「赤子之心」本就有王門後學（即整個「重情」的論述）的指涉，也自然暗指故明（見本書第三章）。但直接從本段的脈絡論「赤子之心」也可見政治指涉的端倪，亦即，「赤子之心」究竟意指「不忍」（關注生民之苦）還是「節操」（關注自身羽毛）？但關鍵就在於寶釵最後提到的「時機問題」：當今之世，到底是「末世」（而「有許多難處之世，所以才有托而逃」），還是「聖世/盛世」（「咱們世受國恩，祖父錦衣玉食……」）？其實《紅樓夢》中多處提到「末世」，如甲戌本第二回就由冷子興向賈雨村介紹榮寧二府已處於「末世」。這段文字中雖未直言「末世」，但其描述則明顯是末世光景：

子興嘆道：「老先生休如此說！如今的這寧、榮兩門，也都蕭疏了，不比先時的光景。」雨村道：「當日寧、榮兩宅的人口極多，如何就蕭疏了？」冷子興道：「正是，說來也話長。」雨村道：「去歲我到金陵地界，因欲遊覽六朝遺跡，那日進了石頭城，從他老宅門前經過。街東是寧國府，街西是榮國府，二宅相連，竟將大半條街占了。大門前雖冷落無人，隔著圍牆一望，裏面廳殿樓閣，也還都崢嶸軒峻；就是後一帶花園子裏面樹木山石，也還都有蓊蔚洇潤之氣，那裏像個衰敗之家？」冷子興笑道：「虧你是個進士出身，原來不通！古人有云：『百足之蟲，死而不僵。』如今雖說不及先年那樣興盛，較之平常仕宦之家，到底氣象不同。如今生齒日繁，事務日盛，主僕上下，安富尊榮者盡多，運籌謀畫者無一；其日用排場費用，又不能將就省儉，如今外面的架子雖未甚倒，內囊卻也盡上來了。這還是小事，更有一件大事：誰知這樣鐘鳴鼎食之家，翰墨詩書之族，如今的兒孫，竟一代不如一代了！」

同時，針對這段文字，脂硯齋有三段側批皆提到「末世」二字：「記清此句。可知書中之榮府已是末世了」、「作者之意原只寫末世，此已是賈府之末世了」、「亦是大族末世常有之事。嘆嘆！」都是以寫賈府來譬喻明代。其既要點明又要模糊的處理方式，正是本書一貫「欲張彌蓋，欲語還休」的寫作策略。[9]

若知識分子堅守遺民立場，則清初對彼而言當然是「末世」，而且在遺民的著作中，以

「巢、許、夷、齊」自況者亦時有所見。但對依附新朝者而言，清初卻是盛世；遺民與變節者之間對清初是盛世／聖世或末世應是難有交集。故當寶釵強調當今乃是「聖世／盛世」時，寶玉的反應是「也不答言，只有仰頭微笑」，[10] 因為再談下去就談到了問題的核心，而這在情節中也好，在本書的寫作時代也好，都是不可說的。但寶玉心中的結論則是，既然身處「末世」，師法巢、許、夷、齊，就是古有典範理所當然，所以必須毅然割捨寶釵所代表的太虛敘事（警幻／雍正）詮釋下的儒家立場。因為這種所謂儒家立場，只是程朱八股而非中華道統，且在清的統治下，不啻猛虎之倀。真正的中華道統反而必須到大荒山青埂峰下去尋。

9 用「末世」來描述家族，明顯的小題大作，也不是一般寫作的慣例。故顯然有國族相關的托寓，才會以「末世」描述。

10 此為程高本文字；王府本如程高；夢稿則為「寶玉聽了無言可答，只有仰頭微笑」。但意思並無太大差異。

第十一章

今聖與後王

——《紅樓夢》的雙重視野

但是在大荒山下如何尋得中華道統？這中間必須經過一個複雜的過程。首先，寶玉（遺民）必須從對明的執著中抽離，然後必須試著回到清朝統治的紅塵。對明之情能夠抽離的前提是大觀園必須崩解，經由崩解看到明的兼美的確從來不曾存在。透過這個徹悟看穿「一姓」國族主義的幻思，再經由此找到中華道統的精髓，最後才能在滿洲主宰的世界中既不納編於「新大義物」中，也不喪失對「中華道統」再生的希望。至此，中華道統已是超越種族、具有普遍性的文化論述。本章便是要討論遺民最後是如何獲致了這種可茲圖存的雙重視野。

一、婚與不婚的遺民困境

賈府抄家當然是整個故事的轉捩點。這個事件隱喻的是南明抗清力量的全面瓦解。作為遺民回憶錄的《紅樓夢》，其中最痛的時刻當然在此，但賈府（南明）一步一步走向滅亡的過程在小說中可謂都有明確的對應。諸如，從第一回英蓮失蹤（李自成亂，中國遭劫）開始，第十一至十二回賈瑞由淫而死（國之將亡但佞臣仍持續淫國），第十三回可卿死（崇禎自縊，明亡），第十三回可卿與鳳姐交接（統治者延續香火，但一代不如一代），第十六回元春選妃（南明抗清），第十七回建立大觀園（建立南方想像），第五十二回真真國（鄭成功），第七十三回繡春囊事件（「從逆案」等內部歧異與衝突重挫南明士氣），第七十七回晴雯死（庶民義舉不為南朝當權者所容），第九十六回元妃薨（大觀園解體：南方希望破滅），第一〇五回抄家（南明亡），第一一二回妙玉遭劫（逃禪志士遭劫），第一一八回寶玉與寶釵辯論（清籠絡遺民，遊說出仕）。但其核心的潰散則發生在大觀園的解體。解體的原因形式上是因為元妃薨。但更直接的原因則是前一章已提到的：寶玉在黛與釵之間做了選擇。

之前已提過，從大觀園是（南）明的幻思的角度觀之，寶玉是沒有必要在園中再做選擇的，因為大觀園就是明的「整體」（totality；故曰「大觀」）。但由於在此一時刻明已瀕於滅亡，整體既已崩壞（fall），知識分子開始分歧而各有選擇，園中與寶玉有曖昧情愫的女子（釵黛妙湘）其實各自隱喻了明末清初知識分子對清的態度：從黛玉的理想主義（堅持反清復明）、妙玉的「逃禪避世」（遁入空門）、湘雲的「見風轉舵」（大談陰陽）、到釵的妥協主義（服務桑梓為尚）蓋皆有之。寶玉避不選擇是因為仍對復明保持期待，但當南明也繼之崩潰，選擇已無法迴避時，以其特質必會選擇黛玉不願屈服的理想性格。這選擇的必然性不必等到「弱水三千，只取一瓢飲」，早在第二十九回作者已表達得很清楚：「原來那寶玉自幼生成有一種下流痴病，況從幼時和黛玉耳鬢廝磨，心情相對；及如今稍明時事，又看了那些邪書僻傳，凡遠親近友之家所見的那些閨英闈秀，皆未有稍及黛玉者：所以早存了一段心事，只不好說出來。」這便是先前木石前盟的凡間呈現。由此觀之，寶玉雖然可能被妙湘二人所吸引，甚至對釵也有少許動心，但如果被迫一定要選擇的話，「只取一瓢飲」卻是寶玉必然的選擇。

但問題是一旦寶玉同意結婚，他就只能娶寶釵。前一章已提到，寶玉的這個選擇其實是拉岡所謂的「被迫的選擇」（forced choice）。因為，結婚在本書中乃是隱喻接受八股取仕之途。原先大觀園幻思對明的理想化想像中排除了程朱八股的存在，故也沒有結婚之必要。但如果非接受八股取仕不可，當然必須為「明」服務，故結婚的對象非黛玉莫屬。然而，由於「明」已不存在；為「明」服務到頭來必然變成為「清」服務，故與黛玉結婚即是不與黛玉結婚，或與黛玉的反面——寶釵——結婚。這是作者在回憶中重履南明覆滅的關鍵時刻。當時，接受清的統治已變成一種宿命，因此，如果要選擇婚姻（即進入社會）的對象，其實已沒有其他選擇可言；做任何（婚姻的）選擇，都等於選擇寶釵（接受成人之社會價值；對桑梓有所貢獻；歸附新朝），「木石前盟」自然會在結婚的剎那變成「金玉良緣」。

更重要的是，如何處理「『男』大當婚」這個來自社會的要求。也就是說，作為男性如何才能避免「功名」的召喚而進入「成年男性」的世界？雖然寶玉刻意壓抑男性在大觀園中的存在，但因為他不表明心中所屬，反而讓男性（價值）得以回返，其途徑則是經由年長的已婚（已遭男性污染的）女性的仲介。她們明知寶玉屬意黛玉，卻背地裡安排他與寶釵成婚。在這種狀況下，他刻意壓抑的「男性屬性」便被凸顯了。換言之，他在園中的存在自始便決定了這個世界必然崩毀的命運（因為，大觀園早已不是明朝最初的圓滿，而是對失樂園的幻思）。是男性的話，有朝一日就必須結婚，也就是接受拉岡所謂的「大義物」（即「社會的積極價值」）的收編。在本書的政治寓意中，這就意味著南明一旦滅亡，如果男性要做個對社會「有用的人」，就只剩下效忠新朝一途。所以對寶玉而言，真正關鍵的問題，並不是結不結婚的問題，而是要不要「成為成年男人」的問題。To be man or not to be man, that's the question。

但結婚必竟是通往成為男人的捷徑。被迫在黛與釵之間做了選擇之後，以元春為「執爽」（或「母性之物」）所建立的純女性樂園的幻思，便無法再維持。這就是何以在這個節骨眼上（第九十四回），寶玉的「命根子」也不知去向，元春隨後便在第九十五回駕崩。此後，事件便快速如連鎖反應般發生。第九十六回賈母等人哄騙寶玉與寶釵成婚，第九十八回舉行寶玉與寶釵的婚禮，同時黛玉香消玉殞。黛玉之死也正式宣告了大觀園這個明朝幻思的終結。

但大觀園的終結並非遺民志業的終結。

二、以出家為名的身分交換

在本書第九章曾提到，拉岡認為精神分析治療包含兩個步驟：先是親證幻思，而後再認同「䜌統」（sinthome）。但這個過程也能自發形成，如喬伊斯即是。職是，幻思的意外瓦解有時也可能引發穿透幻思的程序（只不過這是一個痛苦的過程）。這個程序讓人理解到所有的論述都是幻思（除非如大荒敘事已具有雙重視野），因為「大義物」（Other）的核心處有個空洞。了然於此，從此刻起主體就需擺脫「大義物」的全面籠罩而進入「主體匱乏」的狀態，並成為「真正的主體」。然而拉岡也認為，這個主體生存的唯一依憑卻是由病徵（symptom）轉化而成的「䜌統」。

寶玉的幻思瓦解之後，這個落入絕境中的主體似乎達到了某種「主體匱乏」的境地。在拉岡的體系中，這意味著精神分析治療的結束。[1]接下來無可依憑的寶玉要做的，就是「認同叁統」。由於太虛敘事的邏輯自始都是要寶玉做個「男人」，也就是自幻中警醒之後，「將那謹勤有用的功夫，置身於經濟之道」。但這於寶玉自是斷然不可能接受的論述，故在幻思瓦解後，他必會「認同叁統」。由於太虛敘事著重成為「男人」，它的病徵（也就是，無法容於這個論述的多餘部分）自然是個不容於男人世界的男人，也就是一個「不像男人的男人」，或「不男不女」的男人。如何才能生活在清的統治之下「長大而不成為男人」？寶玉最後巧妙的繞過了《石頭記》的邏輯，讓自己認同了蔣玉函這個不男不女的「叁統」。

蔣玉函這個以反串為業的男性，顯然不是一個普通男性。首先，他所從事的演員行業「優」，是傳統職業排名的最底層。而男性反串女性的演出雖然在明清兩代是一種流行，但仍然不是正規的行業。因此，這些特質所描繪出的蔣玉函便是一個反成規或成規外的男性，以拉岡的理論來看，他就是男性社會的「病徵」。也就後期拉岡所謂一個「充滿『執爽』的表意型構」（a signifying formation permeated with enjoyment），一個「承載『意義之執爽』的符徵」（a signifier as a bearer of joui-sense, enjoyment-in-sense），一個「叁統」。[2]此處叁統的功能就是讓甫經「親證幻思」程序而進入了「主體匱乏」狀態的寶玉，經認同叁統以維持主體的穩定性。蔣氏是本書中少數幾個寶玉覺得可親的男性，因為他們都是難得能感能情的男性。不過，寶玉對蔣氏的感情遠超過其他幾位男性，而且甚至於在第二十八回初遇蔣氏時還與他交換「繫小衣兒的」絲製汗巾以茲留念。

交換汗巾的行為本身具有高度的政治與存在的（existential）（而非「性」〔sexual〕的）暗示：兩人交換了這最私密的內褲褲帶（以蔣之紅汗巾易寶玉之綠汗巾）後，等於是交換了身分（identity switch）。故雖然最後寶玉似乎離開了紅塵，但其實他已藉此信物交換之舉「重生」為蔣玉函。也就是說，第九十六回鳳姐雖想出了「掉包計」將黛玉換成了寶釵，但其實寶玉早已將自己「掉包」成了蔣玉函。蔣雖也是男性，但已是一個改良過的新男性；他跨越了男與女的邊界（也就是出仕清與忠於明的邊界），因此既非男也非女（苟活於清之統治，但並未仕清；懷有明情的殘跡，但並非效忠於明之一姓）。在第一二〇回，也就是最後一回，寶玉消失後蔣玉函隨即再次入場，並與襲人——寶玉最親近的婢女，也是唯一與他有過性愛的女人——成婚。這段婚姻事實上在第二十八回與第九十三回已埋下伏筆。在第二十八回寶玉與蔣玉函交換汗巾後為襲人發現，因汗巾原屬她所有，因而略有賭氣言辭，寶玉遂在夜裡將蔣的汗巾繫在襲人小衣上。在第九十三回他第二次與蔣玉函見面時心中暗忖：「不知日後誰家的女孩兒嫁他？要嫁著這樣的人材兒，也算是不辜負了。」這是寶玉唯一一次正面看待婚姻一事，同時也預言了未來蔣與襲人的婚姻。寶玉之所以心中若有所思，便是因為他心中已在「為日後盤算」。蔣與襲人成婚之後，中層

1 Slavoj Žižek, *The Indivisible Remainder: An Essay on Schelling and Related Matters* (London & New York: Verso, 1996), p. 94.

2 Slavoj Žižek, *The Sublime Object of Ideology*, p. 81.

太虛敘事結束並併入了外層的大荒敘事。從中層敘事回到外層敘事這段期間，寶玉經歷了一段從「害怕男性」到「接受改良後（或去男性化後）的男性」的奇特旅程。

這就是作者所隱喻的知識分子在滿洲統治下的自處之道。換言之，即使寶玉在中層敘事看似出家為僧，那絕對不是外層敘事所提出的結局。我們甚至可以說，出家只是一個煙幕；事實上，賈寶玉巧妙的「變成了」蔣玉函，並且展開了另一段新生。

三、「事二主否」誠千古艱難

但第一二〇回這段文字看來是對襲人的譏諷：

看官聽說：雖然事有前定，無可奈何。但孽子孤臣，義夫節婦，這「不得已」三字也不是一概推委得的。此襲人所以在「又副冊」也。正是前人過那桃花廟的詩上說道：「千古艱難惟一死，傷心豈獨息夫人！」

全書只有第一回及第一二〇回有「看官」二字。故這應是作者的觀點，但作者在完成了寶玉與蔣玉函的身分交換之後，為何還要說上這一段？其實這也是作者故意製造的煙幕。作者以其一貫的「欲語還休、欲張彌蓋」之法，明明讓人看到交換身分之事實，隨後卻又故意宣稱沒有，顯然是要擾亂視聽以騙過警幻及當時所有的思想檢查者。

就《紅樓夢》是一本遺民情懷小說的角度觀之，相當程度而言，我們可以說此書的主要議題之一正是「是否事二主」的問題。對照湘雲在第三十一回強調的「主陽奴陰」的意識形態，可知到書末為何要再回到「事二主」的問題：

> 湘雲笑道：「你知道什麼？」翠縷道：「姑娘是陽，我就是陰。」說湘雲拿手帕子捂著嘴，呵呵大笑起來。翠縷道：「說是了，就笑得這樣！」湘雲道：「很是，很是。」翠縷道：「**人規矩主子為陽，奴才為陰**，我連這個大道理也不懂得？」湘雲笑道：「你很懂得。」（強調為筆者所加）

在第四十五回又假家中僕人賴嬤嬤之口，再強調一次：「你哪裏知道那『奴才』兩字是怎麼寫？只知道享福，也不知你爺爺和你老子受的那苦惱，熬了兩三輩子，好容易掙出你這個東西。」奴才與主子在書中絕不只是一般的階級關係，而是統治者與被統治者，或說征服者與被征服者間關係的譬喻。而這也是遺民在面對前述強而有力的籠絡政策時，難以輕易找到解答的問題。故當這本用以堅遺民之志的書寫到了書末，主奴的問題應如何思考，必須有一個交代。

從外層敘事的角度觀之，寶玉重生為蔣玉函一事可謂具全書的關鍵意義。襲人雖是「孽子孤臣」，但與蔣玉函成婚其實並未「事二主」；因為，如上述，她如今所服待的是已經重生為蔣玉函的寶玉。襲人最後未堅持尋死，正是因為她經由蔣所示的、受贈於寶玉的松花綠汗巾，發現了蔣「真正的身分」——重生的寶玉。這個新男性在男性與女性之間找到了一個不為任何一端所制約的位置，不男不女不明不清，因此而能不捨明情且苟存於清世。至此也就沒有「主不主」的問題了。

在上述論證的基礎上重新詮釋《紅樓夢》，我們可以說寶玉在中層太虛敘事的範圍內對警幻的論述作出了高度技巧的反抗。他實際上以退為進，假意已大徹大悟斬斷塵緣（情緣）並剃度為僧，實則化身為男扮女裝的乾旦，繼續「情」之志業，只不過這個情與朝代效忠已有不同（後詳）。寶玉表面上回到了補天不成之原始出處——大荒山的青埂峰下。但如前述，這個出家的行為其實反而是以一種不同的態度回到了滿人統治的、意義已然荒蕪的現實世界。這也就是本書第九章所論的「精神的逃禪」。

前文已提到，警幻仙子的警幻行為乃是滿洲統治者對明遺民進行的遊說。雖然她對「皮膚濫淫」戒之再三，但她的真正意圖是要寶玉了解到「意淫」的不妥（雖然一如清初三帝（順康雍），她對意淫（即遺民對南明之情）並不是全然否定）。她的意思是，和園中女子廝混絕非「男性」之正途；他最終必須學習如何經世濟民。以更政治的語言來說便是，「服務桑梓」比「效忠前朝」更為重要。但寶玉卻並不接受這個表面上貌似「儒家」的說法。的確，他對南明——一度對他而言是情的象徵——感到失望，但他失望的對象是「情的對象」，而非對於作為其人生觀基礎的「情本身」。換言之，從政治寓言的角度理解就是，寶玉並沒有完全對「天下」或「中華道統」（而非「朝代」）失去信心。這也讓他最終採取了以蔣玉函為象徵的「不男不女」（即「非朝代」）的立場。總之，《紅樓夢》的訊息是，在這個重大的歷史時刻，知識分子無須一味以儒家「經世濟民」之呼籲為準則，以免落入太虛敘事／《大義覺迷錄》論述的陷阱。但《紅樓夢》也強調，明的遺民仍可在別處擁有另一種「重情的生命」。

但「別處」就是此處，只不過他再次踏入紅塵時已變成了另一個人（在實際與隱喻層面皆然）；他並不是那個皈依三寶的寶玉，也不再是原先那個執著於明朝乃是「純淨之理想」的寶玉，而是娶了襲人的蔣玉函（襲人亦可寓意「承襲原先之人」），這意味著新的寶玉是在滿洲的統治下，過著一種極「不像男人」（不儒家〔出仕〕／不附從主流／不朝代主義）的生活。蔣玉函的名字事實上已隱含了這個結論的關鍵：蔣玉函（函）可寓意「將玉含」，一方面固可意指「在亂世且將才能隱藏」，但更重要的意義則在於「在亂世且將（庶民中國的）『傳國王璽』隱藏」。[3]換言之，遺民情的對象從朝代改成了中華道統。

寶玉變身蔣玉函所隱喻的政治態度雖為若干清初遺民所採，但這卻不是水到渠成的選擇，而是「千古之艱難」。難度可從故事中的隱喻可知：在傳統社會裡，哪個知識分子不希望成為「男人」？亦即，以己之才服務桑梓、報效邦國？但在異族的高壓統治之下，這個一般情況下的必

3　潘重規，《紅樓夢新解》，頁一六二。

然，卻成了極具爭議的事。本書中層太虛敘事與外層大荒敘事之間辯論的焦點，就是上述「成為男人」與否的「千古的艱難」：到底是否可以事二主（尤其是牽涉到異族統治）？在哪種情況下，事二主是可被接受的？如果事二主是為了庶民生存或延續道統，那麼民族大義應如何理解？[4]這些都是千古難題！

如此看來，寶玉與寶釵辯論「赤子之心」時，兩人的齟齬並不是真的在於「跳出這般塵網」與「不忍」。寶玉化身為蔣玉函就不是真的「跳出塵網」，而是跳出籠絡政策的塵網；實則寶玉是在另一個更高的層次上實踐「不忍」。

四、始於「保國」，終於「保天下」

《紅樓夢》最銳利的洞察不只在於暴露清之大義物是幻思，更在於勇敢面對大觀園也是一種幻思。但是，大觀園的崩解並不意味著「情」不存在，而是指出「情的烏托邦」（或作為烏托邦的明朝）並不在存。然而，情的樂園崩解後，在書末卻又有蔣玉函與襲人之間發展出了真情，而且這是書中唯一受到祝福的情。轉譯成政治隱喻，大觀園的崩解所寓意的正是，「理想化的明」（即明作為一個「神物」〔Thing〕或絕對之理想狀態）的不可能；明朝絕對不是寶玉當初所想像般的美好。如此一來，對寶玉而言，唯一的依託還是回到「情」，只是這種情已不再是劉宗周的

「君臣之情」或「一姓之情」。但這也不是純粹的「個人之情」，而是一種較偏向庶民的、以蔣玉函為象徵的「圖存之情」，但這種情對「天下」或「道統」其實仍充滿眷戀。故如前述，蔣玉函只是「將玉含」，一則意謂知識分子「在亂世且將才能暫時隱藏」，但更重要的意義則在於「在亂世且將『天下』的『傳國王璽』暫時隱藏」。暫時隱藏目的當然是期待伺機再起。

但天下或道統在這時的內涵如何？我們可以從當時幾位代表性遺民的論述中見出端倪，而且他們的態度也正好呼應了上述《紅樓夢》「既男又不男」的結尾：著述而不仕。

遺民在天下大勢底定之後，不得不另尋心理出路。顧炎武、黃宗羲、王夫之等遺民大儒，雖皆拒不出仕，但卻更勤於著述。其最初的企圖想必是要針對清的「天命」、「倫理」、及再次被當道奉為國學的程朱八股等意識形態，予以迎頭痛擊，故處處以此等觀念為假想敵。如黃宗羲謂：「古者以天下為主，君為客」，[5]這種以「庶民」（天下）為主體的論述，便是從根本上拆解「君王上承天命」的神話。何以「君為客」？因為君應是為天下之公來服務的（「有人者出，不以一己之利為利，而使天下受其利；不以一己之害為害，而使天下釋其害」。[6]但今日的君王則「使

4 事實上，易代之時，漢族知識分子本來就分二類：一是認為華夷之辨甚於君臣之分，另一則注重「人能弘道」，「經濟淑世」（孔定芳，《清初遺民社會》，頁一七九）。

5 黃宗羲，《黃宗羲全集》，沈善洪主編（杭州：浙江古籍，二〇〇五），第一冊，〈原君〉，頁一。

6 同前注，頁二。

天下之人，不敢自私，不敢自利，以我之大私為天下之大公」，[7]這種妄稱「天命」但目無「天下」的君王，「天下之人」自會「怨惡其君，視之如寇讎，名之為獨夫，固其所也」。[8]他把「天命」改成「天下（之命）」後，籠絡政策中一再以「天命」為是的說法便無法再有任何拘束力。

拆解天命後，黃宗羲繼續拆解「倫理」。他指出雖然這種君主不值一顧，但「小儒規規焉以君臣之義無所逃於天地之間，至桀、紂之暴，猶謂湯、武不當誅之」。[9]「君臣之義」的倫理觀就是這種怪現象的病源。他更進一步明指天下絕對不應屬於一姓所有：「豈天地之大，於兆人萬姓之中，獨私其一人一姓乎」；[10]會有此種冥頑不化的普遍認知，黃宗羲仍認為「非導源於小儒乎」？[11]因為「小儒規規焉以君臣之義無所逃於天地之間」。故而仕人出仕與否，必須是由天下的徵召，而非國君（天命及倫理）的要求：「故我之出而仕也，為天下，非為君也；為萬民，非為一姓也」。[12]由此，他也跨出了傳統治亂的觀念：「天下之治亂，不在一姓之興亡，而在萬民之憂樂」。[13]

從對「小儒」的不屑即可窺知黃宗羲對科舉的深惡痛絕。以下他對科舉的批判，更是切中肯綮：

> 舉業盛而聖學亡，舉業之士亦知其非聖學也，第以仕宦之途寄蹟焉爾！而世之庸妄者，遂執其成說，以裁量古今之學術。有一語不與之相合者，愕眙而視曰：「此離經也，此背訓也。」於是六經之傳注，曆代之治亂，人物之臧否，莫不各有一定之說。此一定之說者，皆膚論瞽言，未嘗深求其故，取證於心。[14]

科舉最大的問題在於將思想軌轍專定於一，不容偏離，同時又只在細節上餖飣計較，終至士人都淪為統治者的傳聲筒。清恢復科舉部分原因也是看準了科舉在鞏固統治上的效果。而遺民要抗拒清的收編便須極力抗拒科舉，一如《紅樓夢》中的寶玉。

五、「期待後王」與遺民思想普世化

但遺民著述更重要的目的則是為向「後王」提供治天下之方針。這種以今日之著述「條具為

7　同前注，頁二。
8　同前注，頁三。
9　同前注，頁三。
10　同前注，頁三。
11　同前注，頁三。
12　同前注，頁四。
13　同前注，頁五。
14　同前注，第十冊，〈雷南文案〉，卷一，頁四。

治之大法」以「待後王」的模式，證明了他們對當朝的不屑及對真正「治世」的渴望。[15]而且由於他們在國破之後對「前朝」的深刻反省，及對「治世」的用心擘畫，而使得他們的思考出現了重大的突破。其中最重要的精義便是「庶民性」的深化及「普遍性」的擴大。就中尤其是「國」與「天下」意義的區隔。

於是，在遺民的著述中充滿了各種類似「待後王」的說法，作為遺民精神上的出路。比如，顧炎武在其著述中屢屢以「有王者起」為其前提，如曾自謂其《音學五書》及《日知錄》之目的在於：「有王者起，將以見諸行事，以躋斯世於治古之隆，而未敢為今人道也」。[16]又謂《日知錄》之作「意在撥亂滌污，法古用夏，啟多聞於來學，待一治於後王」，[17]又曾謂自己「一生所著之書頗有足以啟後王而垂來學者」。[18]黃宗羲也有類似的期待：如在《留書》中，也期待「聖人復起」，而能「因吾言而行之」；[19]或「吾意有王者起，必當重定天下之賦」；[20]在《明夷待訪錄・題辭》中也表示本書乃為「條具為治大法」，「以遇明主」。[21]王夫之也謂自己的《黃書》「言之當時，世莫我知。聊慨寤而陳之，且亦以勸進於來茲也」。[22]

由以上可知，遺民於武裝抗清逐漸沉寂、恢復暫無可能之後，對於「恢復」的期待，逐漸演變成對「後王」的期待。故遺民們轉而發憤著述以為「後王」「條具為治大法」。但在著述的過程中，原來激越的民族主義論述，也逐漸發展出了較為「普世」的面貌。

如黃宗羲以「天下」取代「天命」的作法，在顧炎武的著作中，有更進一步的發展。在黃宗羲的著作中，一姓不再是知識分子的終極關懷，取而代之的是天下之福祉，那麼遺民要保的就不再是「國」，或曰一姓的政權，而是天下。顧炎武在《日知錄》卷十三謂：

「有亡國，有亡天下。亡國與亡天下奚辨？曰：易姓改號，謂之亡國。仁義充塞，而至於率獸食人，人將相食，謂之亡天下。」又謂：「知保天下然後知保國。保國者，其君其臣，肉食者謀之；保天下，匹夫之賤與有責焉耳矣。」[23]

一方面，真正的危機不是亡一姓之國，而是亡天下。所謂天下亡者，精神價值的崩壞（「而

15 同前注，頁二六九—七九。
16 顧炎武，《顧亭林詩文集》，沈華之校點（北京：中華，一九八三），《亭林文集》，卷四，《與人書二十五》，頁九八。
17 同前注，《亭林文集》，卷六，《與楊雪臣》，頁一三九。
18 同前注，《亭林文集》，卷三，《答曾庭聞書》，頁六七。
19 《黃宗羲全集》，第十一冊，《留書・自序》，頁一。
20 同前注，第一冊，《明夷待訪錄・田制一》，頁二四。
21 同前注，第一冊，《明夷待訪錄・題辭》，頁一。
22 王夫之，《船山全書》（台北：中國船山學會、自由，一九七二），第十七冊，《黃書・後序》，頁九八二四。
23 顧炎武，《原抄本日知錄》（台北：明倫，一九七〇），卷一七，頁三七九。

至率獸食人，人將相食，謂之亡天下」），以當時的情境而言，就是中華道統的淪喪。故顧炎武曾在詩中表達「人臣遇變時，亡或愈於死」，[24]對他來說，不死，或曰「無死」，比死更重要。死了或也一了百了，但是活著不但有肉體存活的問題及出仕與否的千古難題，還有「保天下」的終極議題。而最後這個問題才是關鍵：在無法也不願出仕的狀況下，如何保存中華道統？

這種以顧炎武為代表、從「保國」到「保天下」的論述演變，論者也有謂可視為對遺民立場不知不覺的棄守（及對《大義覺迷錄》的認同）。[25]但筆者認為，他們的立場並沒有完全認同雍正，因為雍正的「去種族主義」、天命、倫理，及科舉出仕四大論述，他們只接受了「去種族主義」，其他三個論述則盡為遺民所破，並在破的過程中，在思想上有了巨大的飛躍，接近了真正具普遍性的啟蒙論述。

從保國到保天下的轉變意味著中國的現代性論述從國族現代性走向了真正普世的現代性。從一方面看，這種轉變只求治世之來到，是從民族主義撤退。從另一方面看，則是現代性論述的突破。這個突破的原因正是源自「普遍性本質（或曰『普遍之天』）破了一個破洞」（a hole in the universal substance）。[26]就遺民所面對的情境而言，就是「天子上方的天空」出現了一個無力可補的破洞。破洞的出現讓原先自以為已經具有普世意義的本土現代性開始有機會反省自己的傲慢與不足，也就是在保護舊秩序（明＝中華道統）與抗拒新秩序（清）的過程中，遺民雖對新秩序的野蠻知之甚詳，但卻也逐漸意識到舊秩序的缺失（程朱八股及政權腐敗），甚至發現舊秩序的這一部分（理學小儒所倡的程朱八股）竟成了新秩序的共謀。因此而促成了遺民主體對其原先的秩序（包括王門後學對儒家的解釋）的反省。[27]

這個破洞讓遺民主體了解到，其實任何的「大義物」在本質上都有一個破洞，但這個破洞反而是促成「大義物」改善的機會。遺民所暗中擁抱的舊大義物因此遂從「保國」（保一姓的政權）發展到保天下（保中華道統＝保人民）：從封建而民主，甚至相當程度從漢人而普世。

上文已提到，遺民們勤懇著述的目的不是為了當朝，而是為了後世。相對於警幻鼓勵「待今聖」，明遺民如顧炎武、黃宗羲、王夫之等則以「待後王」為其最後的目標。

但期待中的後王是否真有可能出現？這個治世是否應是漢人主導的治世？眼看清的統治益形鞏固、對中華道統表面的擁抱益形體制化，預見清之滅亡也愈加困難，但遺民心中能夠戰勝現實

24《顧亭林詩文集》，《亭林詩集》，卷三，《濰縣》，頁三三四。

25 如孔定芳所言：「當新朝認同了遺民所保的『天下』——更主要地是漢族文化，遺民們便有棄守遺民立場的理由和可能」（《清初遺民社會》，頁二一〇—二一一）。

26 Slavoj Žižek, *Tarrying with the Negative*, p. 33.

27 如黃宗羲系出王學，但對狂禪或心學異端仍有諸多保留。如針對王學之分化，黃氏有云：「陽明先生之學，有泰州、龍溪而風行天下，亦因泰州、龍溪而漸失其傳。泰州、龍漢時時不滿其師說，益啟瞿曇之秘有歸之師，蓋躋陽明而為禪矣。然龍溪之後，力量無過於龍溪者，又得江右為之救正，故不至十分決裂。泰州之後，其人多能以赤手搏龍蛇，傳至顏山農、何心隱一派，遂復非名教之所能羈絡矣。」黃宗羲，《黃宗羲全集》第八冊《明儒學案》（下）（台北：里仁，一九八七），頁七〇三。

的反而是論述的高度，唯有從高度中看到一種真正的治世，遺民所有的犧牲才會有終極的意義（而不是一時的情緒），才能在龐大的誘惑中存活下去。

七、興亡有迭代，中華無不復

然而，第六章已討論過，任何一個看似普世而無私的論述（也就是拉岡所謂的「大義物」或「父之名」或「大法」）背後，都藏著一種「執爽」，也就是一團不為人知的鬱積或隱衷。在遺民殫精竭慮所「條具為治大法」的背後，一樣有著那不為人知（或當時廣為人知）的辛酸，也就是那在理性思考的焠煉下，不得不放棄的「民族情感」。

在「中華道統」（天下；庶民）與「民族情感」之間，遺民選擇了前者，促使中華道統又更趨精進、更遍蓋普天王土，但同時目睹「待後王」或「待治世」機會可能與抗清的初衷未必相吻合時，心中的幽微之處，不免又更覺荒唐與辛酸。

但就《紅樓夢》作者而言，寫小說相較於「條具為治大法」又有不同的心理及實質意義。在石上之書《石頭記》之末，新男性（或一種另類的圖存於清朝的態度）是寶玉認同的「叄統」，但在外層敘事的層次上，還有另一個「叄統」，那就是《紅樓夢》本身。文首已提到過，本書不僅結構如後設小說有三層敘事，而且也如後設小說般運作，也就是外層的大荒敘事對中層的太虛敘事加以議論，並藉以凸顯石上之書《石頭記》敘事的可議及不可欲——因其詮釋架構乃是為了新朝遊說遺民而設。從大荒敘事的角度觀之，真實歷史（明亡清興）並非由「前緣」所「命定」，而純係偶然。中層太虛敘事堅持一種由因果決定、結構封閉的書寫，外層的大荒敘事則突出「機遇」（chance）乃歷史之動能、並確認偶然／無常（contingency）乃存在之核心。前者體現了「主體屈化」（subjectivization）的程序，也就是企圖把主體重新安頓於（清朝新國族的）象徵體系之中，而後者則標舉「主體匱乏」（subjective destitution）之必要性，因為如此才能揭露前者的迷思，並將注意力導向「真相」（truth），也就是人生（歷史）的偶然性（contingency），[28]最終則是要證明此一命題：滿洲占領中國並非「天命」，而是歷史的偶然；以中華道統的高度絕對不會注定要殞落。

然而，畢竟現實世界是難以承受之重，面對天下士人之日漸受到納編，匱乏的主體不能不「認同叄統」，也就是《紅樓夢》一書自身，以苟全性命於亂世。換言之，本書的「隱含作者」（the implied author）一方面以小說堅其遺民之志，另一方面也藉由小說中外層大荒敘事與中層太虛敘事的競逐，將神瑛一生的經歷都歸諸機遇與偶然。如此一來，這本謎樣的小說便成了拉岡所言的「叄統」，可以將滿人入關對遺民所造成的「父之名」失效而導致的主體崩解，予以重整，也就是為其荒蕪的生命提供最低程度的「一致性」（consistency）或「意義」。

28 Slavoj Žižek, *The Indivisible Remainder*, pp. 93-94.

而作者認同《紅樓夢》為其「叄統」，不只是一種純粹藝術上的認同，亦即透過藝術作品的寫作與閱讀，進行個人心理的「淨化」（catharsis）或救贖，而是有更重要的工作，也就是透過小說進行遺民志業的祕密傳遞。換言之，遺民在《紅樓夢》全書中進行了三次的身分變形：第一次是寶玉出家，這似乎意味著他採取的是如《桃花扇》般傳統的出世方式，來處理世變之際知識分子補天不成後的困境。第二次則是祕密轉變為蔣玉函。這次轉變讓人以為寶玉將暫時偃旗息鼓，回到庶民的日常生活中勤奮著述。第三次則是透過《紅樓夢》的完成及（如果可能的話）流傳，以「隱語曲言」繼續傳遞「反清悼明」（及期待後王）的訊息。

全書最後才會有這段「返本還原」之說：

這一日，空空道人又從青埂峰前經過，見那補天未用之石仍在那裏，上面字跡依然如舊，又從頭的細細看了一遍，見後面偈文後又歷敘了多少收緣結果的話頭，便點頭嘆道：「我從前見石兄這段奇文，原說可以聞世傳奇，所以曾經抄錄，但未見返本還原。不知何時復有此一佳話？方知石兄下凡一次，磨出光明，修成圓覺，也可謂無復遺憾了。只怕年深日久，字跡模糊，反有舛錯，不如我再抄錄一番，尋個世上清閑無事的人，托他傳遍，知道奇而不奇，俗而不俗，真而不真，假而不假。或者塵夢勞人，聊倩鳥呼歸去；山靈好客，更從石化飛來，亦未可知。」想畢，便又抄了，仍袖至那繁華昌盛的地方，遍尋了一番，不是建功立業之人，即係饒口謀衣之輩，那有閑情更去和石頭饒舌。直尋到急流津覺迷度口，草庵中睡

> 著一個人，因想他必是閑人，便要將這抄錄的《石頭記》給他看看。那知那人再叫不醒。空空道人復又使勁拉他，才慢慢的開眼坐起，便草草一看，仍舊擲下道：「這事我早已親見盡知。你這抄錄的尚無舛錯。我只指與你一個人，托他傳去，便可歸結這一新鮮公案了。」空空道人忙問何人，那人道：「你須待某年、某月、某日、某時，到一個悼紅軒中，有個曹雪芹先生，只說賈雨村言，托他如此如此。」說畢，仍舊睡下了。
>
> 那空空道人牢牢記著此言，又不知過了幾世幾劫，果然有個悼紅軒，見那曹雪芹先生正在那裏翻閱歷來的古史。空空道人便將賈雨村言了，方把這《石頭記》示看。那雪芹先生笑道：「果然是『賈雨村言』了！」**空空道人便問：「先生何以認得此人，便肯替他傳述？」曹雪芹先生**笑道：**「說你空，原來你肚裏果然空空。既是假語村言，但無魯魚亥豕以及背謬矛盾之處，樂得與二三同志，酒餘飯飽，雨夕燈窗之下，同消寂寞，又不必大人先生品題傳世。似你這樣尋根問底，便是刻舟求劍、膠柱鼓瑟了。」**那空空道人聽了，仰天大笑，擲下抄本，飄然而去。一面走著，口中說道：「果然是敷衍荒唐！不但作者不知，抄者不知，並閱者也不知。不過遊戲筆墨，陶情適性而已！」後人見了這本奇傳，亦曾題過四句偈語，為作者緣起之言更轉一竿頭云：說到辛酸處，荒唐愈可悲。由來同一夢，休笑世人痴！（強調為筆者所加）

由此可知，《紅樓夢》不只是中間的那個名為《石頭記》的故事。而是石頭在《石頭記》之後又加了一段（當然也包括《石頭記》開始前的那一段）而成的故事（「後面偈文後又歷敘了多少收緣結果的話頭，便點頭嘆道：『我從前見石兄這段奇文，原說可以聞世傳奇，所以曾經抄錄，但未見返本還原。不知何時復有此一佳話？』」）。全書最後必然要能「返本還原」，回到青埂才是。唯其如此，才算擋住了警幻的遊說攻勢，並另闢了入世蹊徑。而且「作者」也再次強調，全書「正面」只是虛構以掩不能不說、又不能直說的實情；若執著於「正面」就是以假為真了（「空空道人便問：『先生何以認得此人，便肯替他傳述？』曹雪芹先生笑道：『說你空，原來你肚裏果然空空。既是假語村言，但無魯魚亥豕以及背謬矛盾之處，樂得與二三同志，酒餘飯飽，雨夕燈窗之下，同消寂寞，又不必大人先生品題傳世。似你這樣尋根問柢，便是刻舟求劍、膠柱鼓瑟了。』」）。此說也讓寓言閱讀之必要再次被突出。

然而，《紅樓夢》批判石上之書（警幻邏輯／太虛敘事）為編造虛構，除了反滿的主旨之外，又更進一步凸顯了在歷史的大災難之後，作者體會到人的存在本身其根柢處必然內含了拉岡所謂的「先天缺憾」（constitutive lack），亦即，人生在根柢處也許並沒有連貫或更深層的意義。面對新朝統治局面的日形鞏固、籠絡政策的益加全面，遺民除了以圖存之情保有一絲「後王之期」的渺茫希望之外，人生終極的缺憾恐已無法填補。故作者（而非變成蔣玉函前的寶玉）必須藉由認同「叁統」（也就是書寫這本小說），強化自己苟活於人世的力量；一方面經由寫作進行心理的昇華，另一方面也期待經由小說的流傳，在重重風險中或有一絲「遺民」之情得以傳諸後世的希望。

第十二章

結論：黃華二牘

——《紅樓夢》與身分認同

一本《紅樓夢》深藏了如此強烈的反清悼明的訊息，但除了目前遭放逐的索隱派仍持續不斷的執著於此之外，基本上遭到了主流研究（曹學研究與「文學」研究）的忽視。後二者對紅學皆貢獻匪淺，其成果也未必會與反清悼明的可能性有所齟齬。然而索隱派時而「一對一」對號入座，時而又「一對多」，甚至滿漢都對的「刻舟求劍」式的研究方法，也是索隱派無法真正復活的原因。

本書的企圖則是在文學研究與索隱直覺之間找到中庸的可能性，避開一般文學研究過於「純文學」（即新批評前的傳記式研究及新批評式忽略脈絡的研究）及索隱鉤沉的無限上綱，並以當代的理論穿透《紅樓夢》作者以「欲張彌蓋、欲語還休」的方式所設下的重重迷彩與煙霧，以自其草蛇灰線的佈局中，找到那讓作者及其周邊友人有椎心之痛的原因。

對遺民來說，異族的高壓統治固然是可忍，孰不可忍，但更可怕的壓力來自籠絡。當異族統治者在附清士人的協助下，以「普世論述」拆解「民族主義」，並以「天命」及「倫理」威迫其接受統治，復以「道統」（程朱）遊說出仕的時候，遺民能夠反擊的空間其實甚為有限。尤其是民族主義的反抗基礎一旦動搖，遺民的防守立時變得異常脆弱。

前一章已提到，太虛所賴以勸誘遺民的《大義覺迷錄》論述對寶玉（遺民）而言並非絲毫沒有說服力，正如寶釵也曾吸引過他。原因除了出仕本就是儒家士人最終自我實現的途徑外，雍正事實上也提出了強而有力的說帖。在關鍵的第六十三回耶律雄奴段中，寶玉自謂「大舜之正裔」（「幸得咱們有福，生在當今之世，大舜之正裔，聖虞之功德仁孝，赫赫格天，同天地日月億兆不朽，所以凡歷朝中跳梁猖獗之小丑，到了如今，竟不用一干一戈，皆天使其拱手俯頭，緣遠來降。我們正該作踐他們，為君父生色。」）以凸顯華夏與周邊夷狄之高低與不同。這乃是典型遺民對滿洲的態度，遺民們的「華夷有別論」是最具代表性的論述（參見第五章）。故雍正必須以「華夷無別論」來破解此論；惟有瓦解了民族主義的心防，使遺民接受「華夷無別」，才有可能使之走上歸順的第一步。故雍正的論述運用了自孔子時便已存在的普世論述，來質問「華夷有別論」者：

> 韓愈有言：「中國而夷狄也，則夷狄之；夷狄而中國也，則中國之。」[1]
>
> 徒謂本朝以滿洲之君，入為中國之主，妄生此疆彼界之私，遂故為訕謗詆譏之說耳。不知

華夏是否在種族上必然更優越？抑或只是一種文化的涵養？若然，則這種涵養是否其他種族也可以企及？就此雍正的結論是：

1（清）雍正帝，《大義覺迷錄》，頁一六。韓愈原文應為：「孔子之作《春秋》也，諸侯用夷禮則夷之，夷而進於中國則中國之」（韓愈，《五百家注昌黎文集》；（宋）魏仲舉集注（台北：臺灣商務，一九八三），卷一一《原道》，頁二—四）。

本朝之為滿洲，猶中國之有籍貫。舜為東夷之人，文王為西夷之人，曾何損於聖德乎？[2]

雍正指出華夏自始就是一個混雜的族群，不啻從根本上推翻所謂「華夏」是一個純正之種族的認知。連華夏最正統的聖君也都不是華夏之人，則華夏就變成了無法有鑑別度的一個範疇了。雍正更進一步強調，華夏的觀念一直都在不斷演化中，隨著中國領土的擴張，其定義也一步步的擴大。如今清朝為中國大幅增加了疆土，也就是為中國納入了更多未來的華夏，中國應感激才是：

且自古中國一統之世，幅員不能廣遠，其中有不向化者，則斥之為夷狄。如三代以上之有苗、荊楚、玁狁，即今湖南、湖北、山西之地也。在今日而目為夷狄可乎？至於漢、唐、宋全盛之時，北狄、西戎世為邊患，從未能臣服而有其地。是以有此疆彼界之分。自我朝入主中土，君臨天下，並蒙古極邊諸部落，俱歸版圖，是中國之疆土開拓廣遠，乃中國臣民之大幸，何得尚有華夷中外之分論哉！[3]

這種具普世意味的論述與近代論「民族國家」的理論乍看有相當的呼應。比如何南（Renan）在知名的〈何謂國族〉（What is Nation?）一文中便指出，「國族」（nation）向來都是多元種族所融合而成，「國族」能否成功的形成，「遺忘」（forgetting）當是關鍵：各種族必須忘記彼此的差異甚至仇恨，才能融為一體。而且如果是長時期生活在一起，遺忘也會隨著時間的流逝而變得必然（如法國之法蘭克人與高盧人之融合）。[4]若來不及遺忘，而社會體制又不夠成熟，則難免淪入「南斯拉夫」的局面。尤其中國的「華夏」觀念中，文化因素本來就多於種族因素，遺忘的速度又必然更快。[5]事實上，就有清一代而言，從朝代之初到朝代之末，漢人知識分子對清室態度已大為改變，到清末時多半知識分子已相當習慣於視滿清王朝為中國正統的王朝，以致到民國改朝換代時，甚至有王國維之類知識分子以清之遺民自居，在庶民之間這樣的意識也相當普遍。而當代「後殖民理論」似乎也有強化此一論述的傾向。一般都從「雜化」（hybridization）的角度，

---

2 同前注，頁四—五。

3 同前注，頁九—一〇。

4 Renan Ernest, "What is a Nation?" in *Nation and Narration*. Ed. Homi K. Bhabha (London & New York: Routledge, 1990), pp. 10-11.

5 孔子修春秋之要旨在尊王攘夷。攘夷的部分重點在「明辨華夷之防」，以文化為主要的區隔。其指導原則便是韓愈所謂的：「諸侯用夷禮則夷之，夷而進於中國則中國之。」比如楚國原自稱蠻夷，受中原文明陶染之後，遂漸被納入華夏；反之，鄭國雖本屬諸夏，但因行不由徑，反被視為夷狄。總之，自孔子始，所謂「華夷之辨」，就不是以種族為標準，而是以文化禮義作量度。故余英時謂：「但以中國觀念而言，文化尤重於民族。無論是『天下』或『中國』，在古代都是具有涵蓋性的文化概念，超越了單純的政治與種族界線」（余英時，《文化評論與中國情懷》〔台北：允晨文化，二〇一一〕，頁一八）。

論證殖民的痕跡不但不應清除，更應善加利用。[6]

如此觀之，相對於雍正論述所呈現的普世價值，曾靜襲自呂留良的國族主義則頗有種族主義的反動意味，從今天的角度看來似尤不可取。然而，我們不能忘記，前述後殖民主義的事例都發生在被長期殖民之後。但曾靜及呂留良所代表的「反殖民」論述則發生在殖民統治初期，暴力與壓迫仍極為普遍的階段。「反殖民」的意義主要是針對殖民正在發生的當下，而非「殖民結束」之後。而且，在壓迫性或殖民統治發生的初期，普遍性論述常被強勢的一方挪用成為瓦解國族抵抗的藉口；[7]而相對的，國族主義（甚至種族主義）則往往是對抗殖民統治最有效的武器。即使像法農（Frantz Fanon）這位常被後殖民論者引用的反殖民理論家，甚至在殖民結束後也未曾對反殖民立場有任何鬆動的意思。[8]因此，若以某些「後殖民」理論的當代視角來評斷本書中的國族主義立場（或明遺民之反滿論述），就未必見得公允。甚至以此等角度評斷近代殖民時期的國族主義抵抗也須審慎，不宜動輒將國族主義視為完全反動。就本書而言，尤其不能因為顧及今天的民族和諧，就對當年滿人入關時漢人知識分子的反應隨意貶抑，因為，針對本書的政治面向的研究（甚至大部分的後殖民研究），目的並不在於政治清算（這多半已無意義），而是在於彰顯一種節操，亦即威武而不能屈、富貴而不能淫的節操。而這種節操是一個永恆的議題，任何時空中的知識分子都有可能遭遇而有必要思考的問題。故這不是今天跨國時代中如何高來高去的議題，而是在殖民統治下如何自尊自重的議題。

但事實上，本書反滿弔明的主旨並非單純的出自異族征服的背景。國族／種族主義雖也有之，但更關鍵的因素則是滿洲在征服中國後的統治方式。本書著作年代由其《大義覺迷錄》的痕跡看來，最早應該在此事件之後。而這正是文字獄愈演愈烈的關鍵時點。康雍乾三朝雖稱盛世，但文字獄則一朝比一朝嚴厲。到雍正曾靜事件之後更正式成為打壓漢人知識分子的手段，並在乾隆時達到高潮。[9]知識分子對清室的反感之所以會持續不歇，而未加速「遺忘」，正是因為其高壓統治，尤其是文字獄讓知識分子動輒得咎，且每案皆株連廣泛，以致知識分子之間風聲鶴唳、人人自危。故有所謂「諱忌而不敢語，語焉而不敢詳」的說法，隱諱曲折的寫作方式也因應而

6 如史碧娃克甚至有點沾沾自喜於殖民者所提供的「社會化資本」（socialized capital）（B. J. Moore-Gilbert, *Postcolonial Theory: Contexts, Practices, Politics* [London; New York: Verso, 1997]），參閱如p. 76。

7 殖民帝國（包括日本）在合理化其殖民行為時，莫不是以其（殖民）現代性為普世而不可違逆的價值。參閱如Brett Bowden, *The Empire of Civilization: The Evolution of An Imperial Idea* (Chicago: University of Chicago Press, 2009)。

8 法農的觀點其實始終都相當「反殖民」，而鮮見不少所謂後殖民論者和稀泥的態度。參閱《大地上的受苦者》（*The Wretched of the Earth*, trans. Richard Philcox [New York: Grove Press, 2004]）。

9 清初各朝文字獄數目各為：順治五起，康熙六起（但其即位前的莊氏明史案首度讓上千人喋血，且有無數人流放），雍正六起（但由彼開始刻意以文字獄作為震懾知識分子之工具），至乾隆時則暴增為一百三十多起。故某種意義上來說，這也意味著排滿的意圖至乾隆時仍然隨處可見。參閱李鍾琴，《中國文字獄的真相》，頁三七一—五二六。

生。[10]而《紅樓夢》的各種索隱詮釋方式之所以會出現，相信也正是因其寫作方式明顯是為了躲避文字檢查，而極盡隱諱之能事。

是文字獄促成了這本書的寫作方式，並構成了本書極為精采迷人的部分。但不幸的是本書的真相之所以遭到埋沒，也肇因於此。對遺民巧妙隱匿的寓言而言，時間是最大的敵人。在文網綿密的情況下，隱語曲言是必然的策略。但如果真相埋之過深（亦即隱藏得太過技巧），又遲遲無法見天日（如果文字獄的威脅持續不滅），一旦事過境遷，尤其認同也隨之轉變之後，真相就有可能灰飛煙滅。《紅樓夢》應該是一個最明顯的例子。[11]

然而，這樣一本鉅著所亟欲傳遞的重大訊息竟漸隨時間煙滅，當然是本書作者最大的痛。但在寫作及最初流傳的時候，想必是在極隱密的狀況下以手稿流傳於至親好友之間，並無意也無法刻版印行。因此，作者或早已預見今日寓意遭遺忘的結果？「假作真時真亦假，無為有處有亦無」這幅太虛的對聯，本是清廷用以警惕明遺民勿持續以明之假為真，而將清之真誤為假，但卻不幸成了紅樓夢詮釋上的寫照。

但話又說回來，或許紅樓夢長期以手稿流傳才有機會流傳至今，否則以其遍布著反清悼明的線索來判斷，恐早被禁絕。這個事實也佐證了《紅樓夢》反清悼明的絕對可能。在程高本問世之後，反清悼明的文字就遭到了一定的刪節，如自甲戌本即存在的第六十三回「耶律雄奴」段就遭全予刪除。但程高本的刪節卻也間接確認了後四十回中其他反清悼明意味的文字，應不是續書者自己所杜撰，而應是有來自殘稿的根據。程高本會刪「耶律雄奴」段，就表示續書者有相當的政治警覺（這與高鶚是滿人或有關係），他們雖有可能放行反清悼明意味不那麼直接的文字，但似無可能自己再就此議題加油添醋。

總之，將紅樓夢置入當時的歷史脈絡中，書中各種無法解釋的細節及矛盾，便可由反滿弔明的情感及力拒收編的辛酸所貫穿，而成為一本前後連貫、寓意深遠、劇力萬鈞的大河史詩。這本既有歷史情境下的血淚辛酸，也有超越時空的高尚節操的小說，長久以來被窄化成一篇簡單的言情敘事（風月寶鑑），不只淺化了這本書的內涵，也淡化了本書的劇力，長此以往甚至可能影響本書的藝術地位。唯有能穿透滿紙荒唐情淫之言，重現一把心酸國殤之淚，明清易代時具遺民認同者的心聲才能重新出土、還諸歷史；《紅樓夢》一書也才能獲得公允的評價，及真正的不朽。

---

10 余英時，《方以智晚節考》，頁四。

11 這類案例在明清易代時，其實不只一樁。趙世瑜與杜正貞合撰之〈太陽生日：東南沿海地區對崇禎之死的歷史記憶〉發現，流傳於東南沿海、台灣、甚至北京的太陽生日，其在農曆三月十九日祭祀太陽，原係用以婉轉迂迴的紀念崇禎之崩殂。然而，數百年後的今天雖仍有少數人知其原意，但對一般人而言，「已經變成了一般意義上的祈福禳災，後代的普通信眾似乎淡忘了其中包含著的痛苦回憶。創造這一故事的先人們的苦心孤詣，終於難以抵抗時間的如水而逝」（趙世瑜、杜正貞著，趙世玲譯，趙世瑜、杜正貞審校，〈太陽生日：東南沿海地區對崇禎之死的歷史記憶〉，收入司徒琳主編，趙世瑜等譯，《世界時間與東亞時間中的明清變遷》〔上卷〕《從明到清時間的重塑》〔北京：生活・讀書・新知三聯，二〇〇九〕，頁三二七）。這樣的演變主要乃肇因於此節日最初對其原意過於婉轉迂迴的表達。

參考書目

中文部分

傳統文獻

〔唐〕韓愈，《五百家注昌黎文集》四十卷；〔宋〕魏仲舉集注（台北：臺灣商務，一九八三）。
〔宋〕朱熹，〔宋〕黎靖德編，《朱子語類 一百四十卷》（台北：正中，一九七〇）。
〔宋〕朱熹，《四書章句集注》（北京：北京圖書館出版社，二〇〇三）。
〔宋〕朱熹，劉永翔、朱幼文校點，《晦庵先生朱文公文集 一百卷，續集十一卷，別集十卷》（北京：北京圖書館出版社，二〇〇六）。
〔宋〕程頤、程顥著，〔宋〕朱熹編，《河南程氏遺書》（台北：臺灣商務，一九七八）。
〔宋〕程顥、程頤，《二程集》（北京：中華，一九八一）。
〔明〕王守仁，《王陽明全集》（上海：上海古籍，二〇〇六）。

〔明〕王艮，《重刻心齋王先生語錄》（上海：上海古籍，一九九七）。
〔明〕李贄，《焚書・續焚書》（北京：中華，二〇〇九）。
〔明〕袁中郎，《瓶花齋雜錄》（北京：中國書店，二〇〇〇）。
〔明〕馮夢龍，《情史》（杭州：浙江古籍，二〇一一）。
〔明〕陸九淵，《陸象山全集》（北京：中國書店，一九九二）。
〔明〕湯顯祖，〈題辭〉，《牡丹亭》（台北：三民，二〇〇〇）。
〔明〕湯顯祖，〈寄達觀〉，《湯顯祖集》（上海：上海人民，一九七三）。
〔清〕太平閑人，《妙復軒評石頭記》（台北：天一，一九八五）。
〔清〕王夫之，《船山全書》第五冊（長沙：嶽麓書社，一九九三）。
〔清〕文康，《兒女英雄傳》（台北：師大出版中心，二〇一二）。
〔清〕康熙帝，《御定全唐詩》（台北：臺灣商務，一九八三）。
〔清〕黃宗羲，《黃宗羲全集》，沈善洪主編（杭州：浙江古籍，二〇〇五）。
〔清〕夏燮，《明通鑑》（上海：上海古籍，一九九五）。
〔清〕張玉書等編撰，《康熙字典：標點整理本》（上海：上海辭書，二〇〇八）。
〔清〕曹雪芹，《戚蓼生序本石頭記》（北京：人民文學，一九七五）。
〔清〕曹雪芹，《妙復軒評石頭記》（北京：北京圖書館出版社，二〇〇二）。
〔清〕曹雪芹，《脂硯齋重評石頭記：甲戌校本》（北京：作家，二〇〇〇）。
〔清〕曹雪芹，《蒙古王府本石頭記》（北京：書目文獻社，一九八六）。
〔清〕雍正帝，《大義覺迷錄》（台北：文海，一九六九）。
〔青〕顧炎武，《原抄本日知錄　三十二卷》，黃侃、張繼同校；徐文珊點校（台北：明倫，一九七〇）。

近人論著

孔立，《清代文字獄》（北京：中華，一九八〇）。
孔定芳，《清初遺民社會：滿漢異質文化整合視野下的歷史考察》（武漢：湖北人民，二〇〇九）。
尹協理，《宋明理學》（北京：新華，一九九三）。
方正耀，《明清人情小說研究》（上海：華東師範大學出版社，一九八六）。
王乙安，《紅樓夢引》http://balas.idv.tw/emperorr.htm。
王穎，《才子佳人小說史論》（北京：中國社會科學，二〇一〇）。
史景遷（Jonathan Spence），《雍正王朝之大義覺迷》，溫洽溢、吳家恆譯（台北：時報文化，二〇〇二）。
任福申，〈論朱熹理學的最高範疇〉。2008.5.6，http://www.confuchina.com/10%20lishi/zhuxi%20lixue%20fanchou.htm（2009.2.10上網）
印順，《中國禪宗史：從印度禪到中華禪》（台北：正聞，一九八三）。
向仍旦，《中國古代婚俗文化》（北京：新華，一九九三）。
朱則杰，《清詩代表作家研究》下編（齊魯書社，一九九五）。
朱淡文，《紅樓夢研究》（台北：貫雅文化，一九九一）。
牟宗三，《從陸象山到劉蕺山》（台北：臺灣學生，一九七九）。
何滿子，《中國愛情與兩性關係：中國小說研究》（台北：臺灣商務，一九九五）。
余英時，《方以智晚節考》（北京：生活‧讀書‧新知三聯，二〇〇四）。
余英時，《紅樓夢的兩個世界》（台北：聯經，一九八一）。
余英時，《文化評論與中國情懷》（台北：允晨文化，二〇一一）。

李明鳥，〈索隱考釋秦可卿〉，收入《藝術評論》雜誌社編，《是誰誤解了《紅樓夢》：從劉心武「揭秘」看紅學喧囂》（西安：陝西人民，二〇〇六），頁七九—一〇三。
李明輝，〈朱子對「道心」、「人心」的詮釋〉，收入蔡振豐編，《東亞朱子學的詮釋與發展》（台北：國立臺灣大學出版中心，二〇〇九），頁七五—一〇〇。
李紀祥，《明末清初儒學之發展》（台北：文津，一九九二）。
李瑄，《明遺民群體心態與文學思想研究》（成都：巴蜀書社，二〇〇九）。
李鍾琴，《中國文字獄的真相》（台北：國家出版社，二〇一一）。
杜保瑞，〈對王陽明批評朱熹的理論反省〉，《國立臺灣大學哲學論評》四四期（二〇一二），頁三三—七二。
汪辟疆校錄，《唐人小說》（上海：上海古籍，一九七八）。
周汝昌，〈《紅樓夢》與情文化〉，《紅樓夢學刊》一九九三年第一期（一九九三年一月），頁六七—七八。
周汝昌，《定是紅樓夢裡人：張愛玲與紅樓夢》（北京：團結，二〇〇五）。
周汝昌，《紅樓夢新證》（北京：人民文學，一九七六）。
周汝昌，《曹雪芹小傳》（天津：百花文藝，一九八〇）。
周汝昌，《獻芹集》（太原：山西人民，一九八五）。
周志文，〈「童心」、「初心」與「赤子之心」〉，《古典文學》一五期（二〇〇〇年九月），頁七五—九七。
林月惠，〈朱子與羅整菴的「人心道心」說〉，收入蔡振豐編，《東亞朱子學的詮釋與發展》（台北：國立臺灣大學出版中心，二〇〇九），頁一一一—五六。
金性堯，《清代筆禍》（北京：紫禁城，二〇一〇）。
南佳人，《紅樓夢真相大發現》（台北：秀威資訊，二〇〇八）。
姚瀛艇，《宋代文化史》（開封：河南大學出版社，一九九二）。

柯慶明，〈愛情與時代的辯證——《牡丹亭》中的憂患意識〉，收入華瑋主編，《湯顯祖與牡丹亭》（台北：中央研究院中國文哲研究所，二〇〇五），頁二一五—五八。
胡適等，《紅樓夢考證》（台北：遠東圖書，一九八五）。
胡適著，歐陽哲生編，《胡適全集》（北京：北京大學出版社，一九九八）。
計六奇，《明季北略》（上海：上海古籍，一九九五）。
夏志清，《紅樓夢藝術論》（台北：里仁，一九八四）。
孫遜，〈關於《紅樓夢》的「色」、「情」、「空」觀念〉，《紅樓夢探究》（台北：大安，一九九一），頁五七—七五。
馬育良，《中國性情論史》（北京：人民，二〇一〇）。
高辛勇，〈從「文際關係」看《紅樓夢》〉，收入張錦池、鄒進先編，《中外學者論紅樓：哈爾濱國際《紅樓夢》研討會論文選》（哈爾濱：北方文藝，一九八九），頁三二〇—二七。
張玉書、陳廷敬等，《康熙字典》（台北：文化，一九七七）。
張立文，《宋明理學研究》（北京：人民，二〇〇二）。
張春田，〈不同的「現代」：「情迷」與「影戀」——馮小青故事的再解讀〉，《漢語言文學研究》二〇一一年第一期（二〇一一），頁三四—四八。
張畢來，《紅樓佛影：清初士大夫禪悅之風與《紅樓夢》的關係》（上海：上海文藝，一九七九）。
張廣達，《史家 史學與現代學術》（桂林：廣西師範大學出版社，二〇〇八）。
張愛玲，《紅樓夢魘》（上海：上海古籍，一九九五）。
許蘇民，《李贄評傳》（南京：南京大學出版社，二〇〇六）。
逗紅軒，《石頭印紅樓之傳國玉璽傳》（濟南：山東畫報，二〇〇八）。

陳佳銘，〈朱子理氣論在儒家形上體系中的定位問題〉（台北：國立政治大學哲學研究所博士論文，一九九七）。
陳正夫，〈朱熹哲學思想研究〉，《江西社會科學》（一九八一），第一期，頁四八—五九。
陳來，《宋明理學》（台北：允晨文化，二〇一〇）。
陳慶浩，《新編石頭記脂硯齋評語輯校》（台北：聯經，一九七九）。
黃懷萱，〈「紅樓夢」佛家思想的運用研究〉（高雄：國立中山大學中國文學研究所碩士論文，二〇〇四）。
陶清，《明遺民九大家哲學思想研究》（台北：洪葉文化，一九九七）。
傅衣凌主編，楊國楨、陳支平著，《明史新編》（台北：雲龍，一九九九）。
圓香，《紅樓夢與禪》（台北：天華，一九七九）。
楊興讓，〈曹雪芹的社會思想〉，《紅樓夢研究》網站，2005.03.11，http://www.redchamber.net/（2007.11.12上網）。
葛兆光，《禪宗與中國文化》（台北：東華書局，一九八九）。
董群，《禪宗倫理》（杭州：浙江人民，二〇〇〇）。
廖肇亨，〈明末清初遺民逃禪之風研究〉（台北：國立臺灣大學中國文學研究所碩士論文，一九九四）。
趙士林，《心學與美學》（北京：中國社會科學，一九九二）。
趙世瑜、杜正貞著，趙世玲譯，趙世瑜、杜正貞審校，〈太陽生日：東南沿海地區對崇禎之死的歷史記憶〉，收入司徒琳主編，趙世瑜等譯，《世界時間與東亞時間中的明清變遷：從到清時間的重塑》上卷（北京：生活・讀書・新知三聯，二〇〇九），頁三〇四—三四。
趙興勤，《理學思潮與世情小說》（北京：文物，二〇一〇）。
劉心武，《紅樓望月：從秦可卿解讀紅樓夢》（太原：書海，二〇〇五）。
劉在復，《紅樓夢悟》（香港：三聯書店，二〇〇八）。
劉夢溪，《紅樓夢與百年中國》（台北：風雲時代，二〇〇七）。

劉瓊雲，〈人、天、魔——《女仙外史》中的歷史缺憾與「她」界想像〉，《中國文哲研究集刊》三八期（二〇一一年三月），頁四三—九四。
慧能，《壇經》（長春：吉林文史，二〇一一）。
潘重規，《紅樓血淚史》（台北：東大，一九九六）。
潘重規，《紅樓夢新解》（台北：三民，一九九〇）。
潘重規，《紅學六十年》（台北：三民，一九九一）。
潘運告，《從王陽明到曹雪芹：陽明心學與明清文藝思潮》（長沙：湖南教育，一九九九）。
蔡元培，《石頭記索隱》（北京：北京大學出版社，一九八九）。
蔡義江，《紅樓夢：新注校本》（杭州：浙江文藝，一九九四）。
鄧克銘，〈禪宗之「無心」的意義及其理論基礎〉，《漢學研究》二五卷一期（二〇〇七年六月），頁一六一—一八八。
鄭家健，《中國現代文學的起源語境》（上海：上海三聯，二〇〇二）。
鄭振鐸著，鄭爾康編，《鄭振鐸全集》（石家莊：花山文藝，一九九八）。
魯迅，《中國小說史略》（香港：三聯書店，一九九九，二版）。
錢穆，《中國思想史》（台北：臺灣學生，一九八〇）。
顧偉康，《禪宗：文化交融與歷史選擇》（上海：知識，一九九〇）。
顧誠，《南明史》（北京：光明日報出版社，二〇一一）。
龔鵬程，〈紅樓猜夢：紅樓夢的詮釋問題〉，《紅樓夢夢》（台北：臺灣學生，二〇〇五），頁四一—六八。
蕭敏如，〈清初遺民《春秋》學中的民族意識——以王夫之、顧炎武為主的考察〉，《臺北大學中文學報》五期（二〇〇八年九月），頁一九三—二三二。

英文部分

Baudrillard, Jean. *Fatal Strategies*. Trans. Philip Beitchman and W. G. J. Brooklyn. N.Y.: Semiotexte; London: Pluto, 1990.

____. *Seduction*. Trans. Brian Singer. Basingstoke, Hampshire: Macmillan, 1990.

____. *Simulacra and Simulation*. Trans. Sheila Glaser. Ann Arbor: University of Michigan Press, 1994.

Boes, Tobias. "Modernist Studies and the Bildungsroman: A Historical Survey of Critical Trends," *Literature Compass* 3.2 (2006): 230-43.

Bol, Peter Kees. *Neo-confucianism in History*. Cambridge, Mass.: Harvard University Asia Center: Distributed by Harvard University Press, 2008.

Borch-Jacobsen, Mikkel. *The Absolute Master*. Stanford, Calif.: Stanford University Press, 1991.

Bowden, Brett. *The Empire of Civilization: The Evolution of An Imperial Idea*. Chicago: Chicago University Press, 2009.

Bracher, Mark. "How analysis cures according to Lacan," in *The Subject of Lacan: A Lacanian Reader for Psychologists*. Ed. Kareen Ror Malone and Stephen R. Friedlander. Albany: State University of New York Press, 2000, pp. 189-208.

Buckley, Jerome Hamilton. *Season of Youth: The Bildungsroman from Dickens to Golding*. Cambridge, Mass: Harvard University Press, 1974.

Culler, Jonathan. *Structuralist Poetics: Structuralism, Linguistics, and the Study of Literature*. Ithaca, N.Y.: Cornell University Press, 1975.

Eliade, Mircea. *A History of Religious Ideas*. Trans. Willard R. Trask. Chicago: University of Chicago Press, 1978-1985.

Ellmann, Richard. *James Joyce*. Oxford: Oxford University Press, 1982.

Engel, Manfred. *Romantic Prose Fiction*. Ed. Gerald Gillespie and Bernard Dieterle. Amsterdam; Philadelphia: J. Benjamins Pub. Co., 2008.

Enrique, Dussel and Alessandro Fornazzari. "World-System and 'Trans'-Modernity," *Nepantla: Views from South* 3.2 (2002): 221-44.

Fanon, Frantz. *The Wretched of the Earth*. Trans. Richard Philcox. New York: Grove Press, 2004.

Fink, Bruce. *Against Understganding Vol II: Commentary, Cases, Critique in a Lacanian Key*. London & New York: Routledge, 2014

____. *Lacan to the Letter: Reading Ecrits Closely*. Minneapolis & London: University of Minnesota Press, 2004.

____. *Fundamentals of Psychoanalytic Technique: A Lacanian Approach for Practitioner*. New York & London: W. W. Norton, 2007.

____. *The Lacanian Subject: Between Language and Jouissance*. Princeton, N.J.: Princeton University Press, 1995.

____. *A Clinical Introduction to Lacanian Psychoanalysis: Theory and Technique*. Cambridge, Mass.: Harvard University Press, 1997.

Goldsmith, Marcella Tarozzi. *The Future of Art: An Aesthetics of the New and the Sublime*. Albany: State University of New York Press, 1999.

Grosz, Elizabeth. *Jacques Lacan: A Feminist Introduction*. London; New York: Routledge, 1990.

Harari, Robert. *How James Joyce Made His Name: A Reading of the Final Lacan*. Trans. Luke Thurston. New York: Other Press, 2002.

Hershock, Peter D. *Chan Buddhism.* Honolulu: University of Hawai'i Press, 2005.

Hirsch, Marianne. *Family Frames: Photography, Narrative, and Postmemory.* Cambridge, Mass.: Harvard University Press, 1997.

Hollier, Denis. *Against Architecture: The Writings of Georges Bataille.* Trans. Betsy Wing. Cambridge, Mass.: MIT Press, 1989.

Idema, Wilt L., Wai-yee Li and Ellen Widmer. *Trauma and Transcendence in Early Qing Literature.* Cambridge, Mass.: Harvard University Asia Center, 2006.

Iversen, Margaret. *Beyond Pleasure: Freud, Lacan, Barthes.* University Park, Pa.: Pennsylvania State University Press, 2007.

Jameson, Fredric. "Third-World Literature in the Era of Multinational Capitalism," *Social Text* 15 (1986): 65-88. *JSTOR.* Web. 15 Aug, 2000. http://www.jstor.org/stable/pdfplus/466493.pdf?acceptTC=true.

Jay, Paul. *Being in the Text: Self-representation from Wordsworth to Roland Barthes.* Ithaca, N.Y.: Cornell University Press, 1984.

Jung, C. G. *Man and His Symbols.* New York: Doulbeday, 1964.

Lacan, Jacques. *Anxiety.* Trans. A. R. Price. Cambridge U.K.; Malden, Massachusetts: Polity Press, 2014.

____. *Ecrits: The First Complete Edition in English.* Trans. Bruce Fink in collaboration with Heloise Fink and Russell Grigg. New York: W.W. Norton, 2006.

____. Book IV "Object Relations," *The Seminar of Jacques Lacan.* Trans. Cormac Gallagher. S.l.: s.n., 2002.

____. "Joyce Ie symptom," *Joyce avec Lacan.* Ed. Jacques Aubert. Paris: Navarin Ediceur, 1987, 21-68.

____. *On Feminine Sexuality: The Limits of Love and Knowledge.* Trans. Bruce Fink. New York: W. W. Norton, 1998.

____. *The Four Fundamental Concepts of Psycho-analysis*. Trans. Alan Sheridan. New York: W. W. Norton, 1978.

____. *La relation d 'objet , 1956-57*, http://staferla.free.fr/S4/S4%20LA%20RELATION.pdf

____. "Lituraterre." *Litterature* 3 (1971): 3-10.

Levenson, Daniel. *The Seasons of a Man's Life*. New York: Knopf, 1978.

Levine, Steven Z. *Lacan Reframed: A Guide for the Art Student.* London; New York: I. B. Tauris; New York, 2008.

Li, Wai-yee. "Introduction." *Trauma and transcendence in early Qing literature*. Ed. Wilt L. Idema, Wai-yee Li, Ellen Widmer. Cambridge, Mass.: Harvard University Asia Center: distributed by Harvard University Press, 2006.

McRae, John R. *Seeing through Zen: Encounter, Transformation, and Genealogy in Chinese Chan Buddhism*. Berkeley, Los Angeles & London: University of California Press, 2003.

Moretti, Franco. *The Way of the World*. London; New York: Verso, 2000.

Moore-Gilbert, B. J. *Postcolonial Theory: Contexts, Practices, Politics*. London; New York: Verso, 1997.

Plaks, Andrew. *Archetype and Allegory in the Dream of the Red Chamber.* Princeton, N.J.: Princeton University Press, 1976.

Rabate, Jean-Michel. *Jacques Lacan: Psychoanalysis and the Subject of Literature*. Houndmills and New York: Palgrave, 2001.

Renan, Ernest. "What is a Nation?" *Nation and Narration*. Ed. Homi K. Bhabha. London & New York: Routledge, 1990. pp. 8-22.

Silverman, Kaja. *The Subject of Semiotics*. New York & Oxford: Oxford University Press, 1983.

Swales, Martin. *The German Bildungsroman from Wieland to Hesse*. Princeton, N.J.: Princeton University Press, 1978.

Summerfield, Giovanna. *New Perspective on the European Bildungsroman.* London; New York: Continuum, 2010.

Szeman, Imre. "National Allegories Today: A Return to Jameson," *On Jameson: From Postmodernism to Globalization.* Ed. Caren Irr and Ian Buchanan. Albany: State University of New York Press, 2006, pp. 299-329.

Wang, Youru. *Linguistic Strategies in Daoist Zhuangzi and Chan Buddhism: The Other Way of Speaking*. London & New York: Routledge Curzon, 2003.

Wang, Jing. *The Story of Stone: Intertextuality, Ancient Chinese Stone Lore, and the Stone Symbolism of Dream of the Red Chamber, Water Margin, and The Journey to the West.* Durham, N.C.: Duke University Press, 1992.

Waugh, Patricia. *Metafiction: The Theory and Practice of Self-conscious Fiction.* London & New York: Methuen, 2003.

Wood, Alan T. *Limits of Autocracy: From Sung Neo-Confucianism to a Doctrine of Political Rights.* Honolulu: University of Hawai'i Press, 1995.

Žižek, Slavoj. *The Sublime Object of Ideology*. London & New York: Verso, 1989.

____. *Looking Awry*. Cambridge, Mass.: MIT Press, 1991.

____. *Enjoy Your Symptom!: Jacques Lacan in Hollywood and Out*. New York: Routledge. 1992.

____. *Tarrying with the Negative: Kant, Hegel, and the Critique of Ideology*. Durham, N.C.: Duke University Press, 1993.

____. *The Indivisible Remainder: An Essay on Schelling and Related Matters*. London & New York: Verso. 1996.

____. "Kant and Sade: the Ideal Couple" *Lacanian Ink 13* (1998). Web. http://www.lacan.com/zizlacan4.htm.

____. *Interrogating the Real*. London: Continuum, 2006.

Zupančič, Alenka. *Ethics of the Real: Kant and Lacan.* London; New York: Verso, 2000.

《紅樓夢》的補天之恨：國族寓言與遺民情懷

2017年7月初版
2021年7月初版第二刷

定價：新臺幣580元

著　者　廖咸浩
叢書主編　沙淑芬
封面設計　兒日
校　對　吳淑芳

出版者　聯經出版事業股份有限公司
地址　新北市汐止區大同路一段369號1樓
叢書主編電話　(02)86925588轉5310
台北聯經書房　台北市新生南路三段94號
電話　(02)23620308
台中分公司　台中市北區崇德路一段198號
暨門市電話　(04)22312023
台中電子信箱　e-mail：linking2@ms42.hinet.net
郵政劃撥帳戶第0100559-3號
郵撥電話　(02)23620308
印刷者　世和印製企業有限公司
總經銷　聯合發行股份有限公司
發行所　新北市新店區寶橋路235巷6弄6號2樓
電話　(02)29178022

副總編輯　陳逸華
總編輯　涂豐恩
總經理　陳芝宇
社長　羅國俊
發行人　林載爵

行政院新聞局出版事業登記證局版臺業字第0130號

本書如有缺頁，破損，倒裝請寄回台北聯經書房更換。　ISBN 978-957-08-4872-4 (精裝)
聯經網址：www.linkingbooks.com.tw
電子信箱：linking@udngroup.com

國家圖書館出版品預行編目資料

《紅樓夢》的補天之恨：國族寓言與遺民情懷/廖咸浩著．初版．新北市．聯經．2017年7月（民106年）．360面．14.8×21公分
ISBN 978-957-08-4872-4（精裝）
[2021年7月初版第二刷]

1.紅學 2.研究考訂

857.49 105025264